Le Hold-up des salopettes

Des mêmes auteurs
chez le même éditeur

Marc Behm

À côté de la plaque
La Reine de la nuit
Trouille
Et ne cherche pas à savoir
Crabe
Tout un roman
Hurler à la lune (avec Paco Ignacio Taibo II)

Jérémy Behm

Démolitions en tous genres

Marc Behm
Jérémy Behm

Le Hold-up des salopettes

Collection dirigée par
François Guérif

Rivages/noir

Retrouvez l'ensemble des parutions
des Éditions Payot & Rivages sur

www.payot-rivages.fr

106, boulevard Saint-Germain – 75006 Paris

ISBN : 978-2-7436-2325-8

1

Balle perdue

C'est peu de temps après que Vince eut fait rebondir la balle que les emmerdes commencèrent. Mais au fond, est-ce que cela avait vraiment un rapport ? Nombre d'êtres humains y auraient vu un signe du destin. Bon sang, il y avait bien des timbrés pour penser que leurs vœux s'exauceraient s'ils arrivaient à faire rebondir une balle mille fois contre un mur, ou des trucs dans ce goût-là…

Pour sa part, il s'en foutait. Dieu, les signes, les esprits, les coïncidences inexplicables… Conneries, tout ça ! Il avait déjà bien assez à faire avec sa petite vie terrestre pour en plus venir y ajouter une dimension spirituelle. C'était le genre de type qui « s'accrochait au pinceau une fois l'échelle retirée », comme il aimait à le dire sur le ton de la plaisanterie.

Mais en vérité, il ne plaisantait pas. En tout cas, plus depuis que Louise l'avait quitté et qu'il survolait littéralement sa vie. Tout bien pesé, il croyait au moins en une chose : les esprits… Il en voyait un chaque matin en se regardant dans le miroir. Incroyable mais vrai : venez voir l'attraction numéro un du cirque, Vincent Cronyn, le seul putain de fantôme de ce monde fait de chair et d'os.

La vie n'était qu'un vaste hall de gare, et il était ce passager diaphane assis sur le banc attendant le grand train de la mort. Hé, pas mal, ça… La phrase aurait été idéale pour le début d'un livre, s'il avait voulu se donner la peine d'en écrire un. Sauf qu'il n'avait jamais été doué pour ça. Une fois, tout de même, il avait essayé : une histoire d'amour qui finissait par tourner vinaigre, à l'instar de sa propre vie.

Au bout de quatorze pages et dix-sept lignes, il avait laissé tomber. Le récit était banal et insipide et n'aurait pas intéressé le plus incurable des romantiques. Il avait tout foutu au feu, et jamais réitéré l'expérience. La prose, il laissait ça à ceux capables de la manier. Lui, il se contentait de la vendre. Il était libraire. Un libraire « banal et insipide », comme les premières pages de son bouquin.

« La vie n'était qu'un vaste hall de gare… » Non, à la réflexion, c'était nul, comme accroche. Pompeux, inutile, du Shakespeare contemporain massacré par un romancier de seconde zone. Encore un bouquin qu'il n'écrirait jamais. D'ailleurs, il l'avait déjà, son intro : « C'est peu de temps après que Vince eut fait rebondir la balle que les emmerdes commencèrent. » Bien mieux. Simple, direct, efficace… même si ce n'était pas de lui. Bon, il s'en remettrait.

Il devait être environ six heures trente, sept heures maxi, quand tout débuta. C'était toujours dans ces eaux-là qu'il faisait sa promenade matinale avant de se rendre au travail. À ce moment, le monde était calme, apaisé. Les fêtards noctambules s'endormaient, complètement défoncés ou bourrés comme des coings, tandis que les gens convenables, ceux qui avaient un travail « sérieux », se retournaient dans leur lit en se persuadant que leur réveil ne venait pas de sonner. Vince appréciait ces instants où il pouvait se balader, seul au monde, mains dans les poches, en regardant le soleil se lever, promesse mensongère d'une journée nettement meilleure que celle de la veille.

Il ferma les yeux, ouvrit ses poumons, inspira l'air frais et humide dispensé par les arbres environnants, et se remit en marche d'un pas léger. Deux joggeurs le croisèrent et le toisèrent dédaigneusement. Il était sur *leur* chemin de ronde. Pourquoi ne se donnait-il pas la peine de courir ? Il était handicapé, ou quoi ? Vince se mit en devoir de trottiner quelques minutes, puis laissa tomber. Ce matin, il se sentait plus tortue que lièvre. La secte des joggings rayés devrait se faire une raison.

Déjà essoufflé, il reprit sa respiration, et c'est en se redressant qu'il la vit. Ronde, jaune et presque neuve, la balle avait dû atterrir là récemment, puisque, hier encore, elle ne s'y trouvait pas. Vince fronça les sourcils. Il n'y avait pas de court de tennis dans les environs. Qu'est-ce que cette balle fichait là ? Il aurait pu passer son chemin et rentrer chez lui prendre une douche. Il serait alors arrivé dans sa rue quelques minutes avant l'incident, et les choses se seraient peut-être déroulées différemment. Mais non.

Abandonnée, si pleine de potentiel et pourtant si seule, la balle de tennis ressemblait à une métaphore de sa propre vie. Hou là ! Qu'est-ce qu'il lui prenait, à imaginer des trucs pareils ? Pas de doute, il devenait chaque jour un peu plus dingue. Vince souffla et la ramassa, sentant les muscles de son dos protester sous le coup de ce nouvel effort. Il la fit rebondir une fois, deux fois, puis reprit sa route. L'essayer, c'était l'adopter. Il y avait un vide dans sa vie, et cette balle réussirait peut-être en partie à le combler. Ça lui reviendrait toujours moins cher qu'un chien ou un chat.

Dix, onze… Vince se prit soudain à penser comme tous ces détraqués. Mille rebonds, et Louise lui reviendrait. Mille de plus, et il écrirait un best-seller. Encore mille, et il rétablirait la paix dans le monde. Il gloussa tandis qu'il franchissait la grille et remontait la rue adjacente au parc, très justement baptisée Parkside Street par les petits génies de l'urbanisme. Le quartier était désert. Son immeuble, situé dans une zone en pleine restructuration – comprenez que la mairie avait décidé de convertir la plupart des logements sociaux en appartements de luxe pour renflouer les caisses –, faisait figure de survivant, avec sa vue imprenable sur le seul parc de la ville. Un peu comme lui.

Tiens, une nouvelle métaphore ! Il allait devoir trouver un nom pour chacune d'entre elles, s'il ne voulait pas finir par lasser le lecteur. Quels étaient les synonymes, pour métaphore ? Allégorie, parabole, allusion foireuse… Non, pas terrible, ça ! Trente-deux, trente-trois… Courage, plus que quatre cent soixante rebonds… Ou un peu plus ? Vince n'avait jamais été très doué en maths, pas plus qu'en français, d'ailleurs. Il faisait partie de cette sinistre catégorie d'individus moyens en tout. « Peut mieux faire », c'est ce que ses professeurs n'avaient cessé d'écrire sur ses carnets de notes durant toute sa scolarité.

Une voiture passa en trombe devant lui, manquant de peu de lui faire louper un rebond. Connard ! Voilà pourquoi il lui avait fallu si longtemps pour avoir son permis ; au fond, il n'avait aucune envie de subir la terrible malédiction transformant tout individu normalement constitué en facho hystérique dès lors qu'il passait derrière un volant, comme dans ce dessin animé de Walt Disney avec Donald qu'il avait vu gamin. N'en déplaise bien sûr à l'examinateur qui lui avait refusé pas moins de quatre fois le précieux sésame sous prétexte qu'il était incapable de respecter la moindre priorité. Les gens étaient tellement obtus...

Quarante-six, quarante-sept... Il traversa la rue, direction la porte d'entrée, et aperçut alors le fou du volant garé non loin d'elle. Interdiction de stationner, ducon, ça t'évoque quelque chose ? Ou peut-être que tu es au-dessus des lois ? Pendant qu'il se rapprochait, le conducteur sortit de la voiture et tourna la tête vers lui. Gagné ! Sa mine patibulaire, ses sourcils gris broussailleux et son costume passé en velours crème faisaient de lui le candidat idéal pour le délit d'initié et les pots-de-vin en tous genres. Un promoteur immobilier, peut-être ? Et devant son immeuble, en plus ? Aïe ! Voilà qui ne présageait rien de bon...

Ces vautours n'étaient donc jamais rassasiés ? Il n'avait déjà plus grand-chose, mais une fois qu'ils se seraient approprié son domicile et l'auraient foutu dehors, que lui resterait-il, hein ? Cinquante-huit, cinquante-neuf... Réponse : la balle, bien sûr ! Il aurait toujours la balle ! Bon, d'accord, mais si ce type était vraiment ce qu'il paraissait être, il allait quand même se risquer à lui parler à deux doigts des bacchantes, histoire de faire preuve d'un minimum de civisme. Cela ne servirait à rien, mais au moins, il aurait la conscience tranquille quand il se retrouverait à l'hôtel avec ses valises. Allez, en selle, saint Georges ! Le dragon n'attend que toi ! Soixante-trois, soixante…

Un coup de feu éclata dans l'air matinal, se répercutant sur les murs des immeubles vides. À moins de trois mètres de lui, l'homme poussa un couinement de porc, fit trois pas en s'appuyant sur le capot de sa voiture, et s'écroula d'un bloc dans le caniveau. Vince s'arrêta net au beau milieu de la rue, et lâcha la balle de tennis, oubliant brusquement le compte, les vœux impossibles, et tout le reste. La balle s'éloigna en bondissant le long du trottoir, à la recherche d'un maître moins versatile. Nom de Dieu, venait-il *vraiment* de voir ce qu'il venait de voir ? Le gars allongé sur le sol semblait lui indiquer que oui.

Il traversa le reste de la rue en trois enjambées et se pencha sur le corps inerte. Puis il attrapa son poignet, comme il l'avait vu faire dans les films, et essaya de détecter son pouls. Que dalle ! Ou il était le pire médecin du monde, ou le promoteur véreux était bel et bien mort. Et en voyant la petite mare de sang en train de se former sous la nuque du type, il penchait pour la seconde solution.

Un choc sourd retentit non loin de lui, et Vince, tous sens en alerte, se redressa et fit volte-face. Le « témoin gênant » n'avait pas franchement envie de se prendre la prochaine balle. La mâchoire serrée, il observa un instant la façade de son immeuble. Le coup de feu n'avait pu être tiré que de là, mais d'où ? Il n'eut pas à chercher plus de quelques secondes. Il n'y avait qu'une seule fenêtre ouverte, au rez-de-chaussée ; c'était celle-là !

Sans réfléchir, Vince se précipita vers elle, et scruta l'intérieur, les yeux plissés, pour essayer de s'accommoder à la pénombre qui régnait. Wow ! Eh ben, mes aïeux… Quel changement, depuis la dernière fois où il avait eu l'occasion d'y jeter un œil ! L'appartement avait été rénové du sol au plafond, et sentait la peinture fraîche et le bois verni. Personne n'y habitait plus, mais nul doute qu'avec un tel coup de propre, le propriétaire trouverait vite un nouveau locataire. Le dernier en date remontait à près de six mois, et non content d'avoir laissé le lieu dans un état déplorable, il avait aussi…

Vince avisa un objet posé sur le parquet neuf, et interrompit le cours de ses pensées. Il prit appui sur le rebord de la fenêtre, bondit sur le parapet, puis atterrit à l'intérieur tel un félin (du moins aima-t-il à le penser…). Sans attendre, il se baissa et ramassa l'arme du crime, un vieux fusil qui semblait avoir connu plusieurs décennies de guerres en tous genres. Vince soupira. Il n'était pas expert, mais un truc comme ça devait avoir une certaine valeur. Si seulement ça n'avait pas été une pièce à conviction… Il se releva et secoua la tête. Et merde ! Il devait arrêter de se laisser distraire, s'il voulait avoir une chance de coincer Lee Harvey Oswald.

Le fusil à la main, il traversa en trombe l'appartement neuf jusqu'à la porte d'entrée. Celle-ci était grande ouverte. Vince la franchit, et atterrit dans un couloir qu'il connaissait bien, puisqu'il s'agissait du sien. Il tourna la tête à droite, vit que la porte principale de l'immeuble était toujours fermée, regarda l'escalier qui montait au premier étage, se dit que puisque le propriétaire avait assez d'argent pour refaire tout un appart à neuf, il aurait pu se donner la peine d'installer un ascenseur, et pour finir il pivota vers la gauche et aperçut au fond du couloir la porte de la sortie de secours en train de se refermer.

Il se remit à courir, son cœur battant à tout rompre et son front ruisselant de sueur. S'il avait su qu'il devrait courser un tueur, il aurait davantage forcé sur le jogging, ces dernières semaines. Il percuta la porte avec son épaule et jaillit à l'extérieur, dans la vaste cour arrière reliant l'immeuble au suivant. Il s'arrêta à nouveau, histoire de faire le point, et c'est là qu'il l'aperçut.

L'homme, de dos par rapport à lui, avait déjà traversé le carré de pelouse jaunie et atteint l'extrémité opposée de la cour, et il franchissait l'arche du hall d'entrée du second bâtiment en courant toujours. S'il atteignait la rue, Vince le perdrait, il le savait, et ça, il ne le voulait sous aucun prétexte. En abattant un homme juste devant ses yeux, le type avait ruiné sa journée, et sa chemise était bonne pour le pressing. Hors de question de le laisser s'en tirer à si bon compte !

Les poumons brûlants, il prit une grande inspiration et lui emboîta le pas. Mais il n'avait pas franchi la moitié de la cour qu'une voix retentit tout à coup derrière lui.

– On se fixe, mon pote !

Vince se figura que l'individu était un voisin qui avait vu trop de films avec Chuck Norris et se prenait pour un justicier. Il continua donc à cavaler sans s'inquiéter outre mesure des conséquences… jusqu'à ce qu'une balle érafle les dalles de pierre à quelques centimètres de sa jambe gauche. Là, il comprit deux choses : un, le type ne plaisantait pas, deux, il tenait plus à la vie qu'à une gloire hypothétique. Il arrêta sa course et mit les mains bien en évidence.

– Lâche ce truc ! fit l'homme en se rapprochant lentement de lui.

Vince, excédé, pointa son doigt vers son adversaire, juste avant qu'il ne disparaisse de leur vue.

– C'est lui, là ! Regardez ! Il est là-bas, il va…

– La ferme ! le coupa l'autre en aboyant. Lâche ton arme, j'ai dit !

Avec regret, il s'exécuta.

– Bien. Maintenant, tu mets tes mains derrière le dos !

En soufflant de déception, Vince détourna enfin son regard du hall d'entrée pour voir à quoi ressemblait Roy Rogers. Il eut un petit hoquet de surprise. Il s'était planté. L'homme qui pointait son arme sur lui était peut-être un cow-boy, mais c'était un cow-boy assermenté. Il s'agissait d'un flic, en képi et uniforme impeccablement repassé, s'il vous plaît. Pour une fois que la cavalerie arrivait à temps, elle se plantait de cible.

– Vous êtes en train de le laisser s'échapper, vous vous en rendez compte, j'espère ? insista Vince, sachant pertinemment que c'était peine perdue.

– Les mains derrière le dos ! répéta le flic, savourant un instant qu'il avait sans doute attendu toute sa vie.

Vince finit par abandonner la partie et obéit. Il n'en fallut pas plus pour que l'autre lui bondisse dessus et lui passe les menottes, qui se refermèrent sur ses poignets avec un claquement retentissant. Les fers, trop serrés, mordirent sa chair, et il protesta. C'était évidemment la chose à ne pas faire.

Le flic, qui n'attendait que ça, attrapa ses cheveux et tira sa tête en arrière, puis il lui chuchota à l'oreille qu'un meurtrier comme lui n'avait que sa gueule à fermer, parce que là où il l'envoyait, ce n'était pas ses poignets qui le feraient souffrir chaque jour dans les douches, et un paquet d'autres conneries issues du manuel du parfait petit inspecteur Harry.

Vince s'apprêtait à lui rétorquer qu'il aurait quand même besoin de son poignet droit au top de sa forme quand il penserait à lui durant les longues soirées d'hiver, ce qui aurait à coup sûr fait péter les plombs au flic, lorsqu'une fenêtre s'ouvrit au-dessus d'eux, laissant apparaître une vieille femme en robe de chambre avec des cheveux blancs en bataille.

– Qu'est-ce qu'il a fait, monsieur l'agent ? piailla-t-elle en se penchant dangereusement au-dessus de sa rambarde afin de mieux les observer. Pourquoi est-ce que vous l'arrêtez ? Hein ? Hein ?

– Meurtre ! répondit le flic, bombant le torse.

– Hein ? Quoi ? caqueta la vieille, sourde comme un pot.

– Rentrez chez vous, madame ! grogna le policier, peu désireux de se lancer dans une explication laborieuse. Vous en apprendrez plus en regardant le journal de vingt heures !

– Hein ? Hein ? Hein ?

La vieille commère tournait maintenant en boucle comme un jouet mécanique déréglé, mais le flic l'ignora. Il ramassa le fusil et fit faire demi-tour à Vince, après quoi ils regagnèrent le long couloir d'entrée de l'immeuble jusqu'à la porte principale.

Une foule de badauds, composée aux deux tiers par la fameuse « secte des joggeurs », s'agglutinait déjà autour du corps comme des mouches attirées par un pot de miel. Même l'arrivée d'une voiture de patrouille ne suffit pas à les disperser.

Il fallut attendre que l'un des deux nouveaux agents de police leur ordonne de reculer pour qu'ils consentent enfin à faire quelques pas en arrière. Mais quelques pas seulement. La scène était bien trop intéressante pour qu'ils en perdent ne fût-ce qu'une miette. Ce fut ce moment-là que choisit superflic pour ouvrir la porte d'entrée et pousser sans ménagement Vince devant lui.

– Je l'ai eu ! s'écria-t-il en levant le fusil à bout de bras.

La foule applaudit à tout rompre, et quelques bravos fusèrent.

– Qu'est-ce que vous entendez au juste par « je l'ai eu » ? marmonna Vince, identifiant dans le public l'un des deux joggeurs croisé moins d'une heure auparavant dans le parc.

– Toi, je crois t'avoir déjà dit de la fermer ! cracha l'autre, et de sa main libre, il lui administra un violent revers en plein visage.

Vince tituba, voyant trente-six chandelles, et manqua de s'effondrer sur le trottoir. L'enfoiré n'y avait pas été de main morte. Il ne supporterait pas que quiconque gâche son triomphe, encore moins le bâtard qu'il avait épinglé. Il essaya de trouver au moins un regard compatissant dans la foule, en vain. Les gens avaient l'habitude des histoires qui finissaient mal, alors quand un malfrat se faisait enfin appréhender, il servait d'exutoire à toutes leurs frustrations.

– Bon boulot ! fit le second flic en l'attrapant par le bras juste avant qu'il ne tombe dans le caniveau.

– Oh, vous savez, j'ai surtout eu beaucoup de chance, sourit le premier avec une fausse modestie tellement flagrante qu'il se serait fait jeter de n'importe quel cours de théâtre. J'étais là-bas, un peu plus haut dans la rue, quand j'ai entendu le coup de feu. En quelques secondes, j'étais sur place. Mon entraînement physique assidu a fait le reste.

– Lisez-lui ses droits ! lui ordonna le troisième, n'ayant aucune intention d'écouter le récit héroïque de superflic.

Il saisit Vince par l'autre bras, et ils le traînèrent ainsi à deux jusqu'à leur voiture, tandis que les curieux, pressentant que le spectacle était terminé, commençaient à s'éparpiller dans les quatre directions.

2

Le roi Holt

Le spot braqué sur le visage de Vince façon Gestapo l'empêchait de bien distinguer la pièce, mais il essaya malgré tout. De toute façon, pour l'instant, il n'avait rien de plus intéressant à faire. Quelques heures plus tôt, les agents l'avaient amené, toujours menotté, dans ce cagibi sombre et sans fenêtres uniquement meublé d'une vieille table en fer rivetée au sol et d'un tabouret, sur lequel ils l'avaient assis sans ménagement. À la suite de quoi, ils s'étaient barrés sans un mot, passant le relais à deux autres flics en civil qui devaient employer leurs journées à tabasser des suspects avant de leur offrir des cigarettes, comme en témoignaient leurs phalanges usées et leurs dents jaunies par la nicotine.

Pour l'instant, il n'avait eu droit ni à l'un ni à l'autre, mais quelque chose lui disait que la jolie brunette en tailleur et chignon strict debout près de la porte n'y était pas étrangère. Manches retroussées et cravate défaite, Heckel et Jeckel tournaient autour de lui comme deux corbeaux convoitant un animal blessé, et il ne donnait pas cher de son nez et de ses pommettes si leur supérieure s'absentait.

Il lui sourit, essayant de s'attirer ses bonnes grâces, mais ne reçut en retour qu'un regard dur et sévère. La demoiselle veillait à ce qu'il ne lui arrive rien, mais il ne fallait pas en demander trop non plus. Bon… Elle le croyait donc coupable, elle aussi. Ce n'était pourtant pas faute de lui avoir expliqué deux fois de suite en long, en large et en travers tout ce qui s'était passé ce matin. D'accord, les circonstances étaient contre lui… Et le bénéfice du doute, alors ?

Percevant un léger mouvement sur sa droite, Vince tourna la tête, et vit le flic numéro un passer l'ongle de son pouce sur sa gorge en lui administrant un sourire de connivence. Au temps pour lui ! Le seul droit qu'il avait ici était d'avouer les pires crimes de l'humanité pour qu'on le fasse condamner à mort. La jeune femme regarda sa montre et soupira. Manifestement, ils attendaient encore quelqu'un. Allons bon… Est-ce qu'il allait cette fois avoir droit au Docteur de la Mort et à ses instruments de torture ? Vince se tenait prêt à tout, maintenant. Enfin… *presque* tout !

– Je vais me chercher un café, grogna la femme-flic. Vous le surveillez ?

Les deux chacals se retournèrent vers lui, et dans leurs yeux brillait la flamme de ceux qui se voyaient déjà arracher les aveux du « sniper de Parkside Street ».

– Avec plaisir, boss ! répondit le second, bave aux lèvres.

– J'ai droit à une feuille de papier et un stylo, avant ? bredouilla Vince.

– Pour quoi faire ? demanda le premier. Tu veux écrire tes mémoires, comme tous les grands tueurs en série ? Peut-être as-tu fait d'autres victimes ? Peut-être… as-tu besoin de soulager ta conscience ?

– Heu…, expliqua Vince, je demandais ça car je n'ai jamais rédigé de testament, et quelque chose me dit que dès que vous aurez franchi le pas de cette porte, vos deux molosses vont me tomber dessus à crocs et à griffes raccourcis… Sans vouloir jouer les balances, inspecteur !

– Le seul inspecteur digne de ce nom, c'est moi, mon gars ! lança une voix de baryton à l'autre bout de la pièce.

Vince se contorsionna sur son tabouret pour s'écarter au maximum de l'éclat de la lumière blanche, et essaya de distinguer l'apparence du nouveau venu qui, arme du crime au poing, se tenait maintenant dans l'encadrement de la porte. Pendant un moment, celui-ci ne bougea pas, se contentant de l'observer. Sa silhouette, immense et majestueuse, était nimbée du halo brumeux provoqué par la fumée de son cigare.

Puis, il se décida enfin à entrer, et tel un vieux lion, s'avança d'un pas pesant vers Vince jusqu'à ce que son ombre gigantesque l'englobe tout entier. Qu'importe si son costume était froissé, ses cheveux grisonnants rebelles à tout type de peignes, son ventre un peu trop proéminent, ou si même il n'était pas le plus gradé du commissariat : s'il y avait un seigneur, ici, c'était lui. L'attitude obséquieuse des deux autres types, qui s'écartèrent pour lui laisser la place en courbant presque l'échine, le démontrait d'ailleurs assez clairement. Seule la jeune femme, habituée aux entrées théâtrales de ce maxi-Columbo d'un mètre quatre-vingt-dix pour cent dix kilos au bas mot, ne broncha pas.

L'homme, enserrant toujours le fusil dans sa main gauche, posa finalement son énorme poing sur la table, et se pencha vers Vince.

– Dites-moi tout… Qui est donc ce gaillard ?

La jeune femme soupira.

– Parfaitement renseigné, comme toujours… Et, pour votre gouverne, je crois avoir moi aussi mérité mes galons d'inspecteur… Cela fait quoi ? Un an et demi que j'occupe ce poste ? Mais bien sûr, je ne suis qu'une femme, alors tout ça n'est pas sérieux, n'est-ce pas ?

– Épargnez-moi vos conneries féministes, Lambert ! maugréa le colosse.

Vince se mit à rire, au grand dam des quatre autres.

– Attendez… Vous voulez dire que le nom de cette ravissante créature, là-bas, est vraiment Lambert ? Ça casse le mythe de la femme-flic sexy et inaccessible ! Moi j'aurais opté pour un truc du genre Jennifer Stone ou Sarah Davis…

– Sarah, c'est mon deuxième prénom, rétorqua la femme, vexée.

– Bon, tout n'est pas perdu, alors, dit Vince en lui lançant un clin d'œil. Allez, je vous ferai grâce de me dévoiler le premier…

– Son nom est Vincent Cronyn, reprit Lambert, désireuse de changer de sujet. Il vit dans l'immeuble. Aucun antécédent judiciaire connu, mais on continue de chercher.

– Vincent Cronyn…

Le géant se redressa, et lui tendit la main comme à un vieil ami.

– Salut, Vincent. Moi, c'est Holt. Et si vous me demandez quel est mon prénom, je vous répondrai Gustav… Vous vous bornerez donc à m'appeler Holt si vous ne voulez pas que je vous en colle une.

– Et vous, Vince, fit Cronyn en lui serrant la main. Ma mère était la seule à me donner du Vincent, et elle n'est plus de ce monde depuis longtemps. Le grand C l'a hélas emportée…

– Seigneur ! fit Holt en haussant ses larges sourcils. Sincèrement navré ! C'est vraiment le fléau de notre siècle. Vous étiez au courant de ça, Lambert ?

La femme leva les yeux au ciel, au comble de l'exaspération.

– Est-ce qu'on peut poursuivre l'interrogatoire, oui ou non ?

– Oh ! Oui ! À vos ordres… inspecteur Muriel !

Il tira une bouffée de son cigare, et attendit la réaction de sa collègue. Celle-ci ne dit rien, mais contrairement à Holt qui était de dos, Vince put la voir devenir rouge pivoine.

– Bon alors, reprit le grand flic au bout de quelques secondes. Ce n'est pas le tout de s'amuser, mais on a du boulot. Voyons voir ce que nous avons là…

Il leva l'arme à hauteur de ses yeux, et siffla d'admiration.

– Sacré nom de Dieu ! Un Garand M-1. Je n'avais pas eu l'occasion de voir une telle pièce depuis un paquet d'années.

Il la confia à l'un de ses subalternes qui s'en empara en trépignant d'excitation.

– Tu vois ça ? dit-il à son collègue en caressant la crosse en bois. C'est un fusil datant de la Seconde Guerre mondiale, et l'un des meilleurs jamais conçus.

– Laisse-moi voir ce truc ! fit l'autre, essayant de s'en emparer.

Heckel balança une claque sèche sur la main de Jeckel.

– Touche à ton cul, mon vieux ! Si l'inspecteur me l'a confié, il y a une raison. Toi, t'y connais rien !

– Mais merde, file-le-moi, quoi ! T'as pas l'exclusivité des pièces à conviction, que je sache !

– Ça suffit, les guignols ! vociféra Holt, et les deux flics se figèrent sur place. Ferguson, tu passes le jouet à ton petit frère, et ensuite, vous la bouclez !

Le premier flic tendit illico l'arme au second, et ils se rendirent dans un coin de la pièce, où ils purent continuer à se chamailler à voix basse. Lambert ferma les yeux, désespérée.

En bon professionnel, Holt, lui, ignora les deux clowns, choisissant de se concentrer sur Vince. Les yeux mi-clos, il observait à présent toutes ses réactions à ses questions, plus efficace qu'un détecteur de mensonges. Il avait intérêt à la jouer fine. Et en même temps… Il était innocent, non ?

– Alors… Comment avez-vous fait pour vous procurer un tel bijou ?

– Je l'ai déjà expliqué à vos collègues. Je l'ai trouvé. Juste trouvé. Il traînait sur le sol de l'appartement vide.

Le géant claqua des doigts à l'attention de sa partenaire, qui lui apporta le rapport qu'elle tenait entre les mains. Il le consulta rapidement, poussant de temps à autre un grognement désapprobateur quand un point lui semblait litigieux, puis le lui rendit. Tel un chien bien dressé, la jeune femme retourna à sa place, et n'en bougea plus. Holt s'étira en bâillant.

– Bien… Voici donc les faits : d'un côté, nous avons ce type qui se gare devant chez vous, aux environs de sept heures du matin, et se fait tirer dessus en sortant de sa voiture. Et de l'autre, nous vous avons, vous, qui vous faites cueillir à la porte de derrière en train de courir, le fusil à la main. J'ai assez bien résumé la situation, ou faut-il que je recommence ?

– Non non, cela me semble parfait, inspecteur, fit Vince en essayant de trouver une position plus confortable sur le tabouret qui lui mettait les fesses en compote. À l'exception d'une chose, peut-être : le type que vous avez chopé n'est pas le bon. Mais après tout, ce n'est peut-être qu'un détail, pour vous ?

– Oh non. Au contraire, ça a son importance… C'est même très important.

– Vous êtes sûr ? Parce que vos deux sbires, là, ne semblent pas avoir tout à fait la même conception que vous de la justice.

– C'est pour ça qu'ils sont à leur place, et moi à la mienne. Comme cette chère Lambert !

– Je vous entends, Holt ! marmonna la femme-flic, remettant de l'ordre dans les papiers qu'il venait de lui rendre.

– C'est justement ça qui est drôle. Pas vrai, mon gars ?

Il lui fit un sourire entendu, et Cronyn, vaincu, ne put que le lui rendre. Même s'ils n'étaient pas du même côté de la table, il devait avouer qu'il aimait bien le bonhomme. Il lui faisait penser à ces flics en imper et chapeau mou dans les vieilles séries télé. Pas très malins au premier abord, voire même un peu têtes de nœud, et prêts à tout sacrifier pour boucler leur enquête, mais droits et honnêtes. Restait à savoir si le sacrifice en question, c'était lui…

On frappa à la porte. Lambert, constatant que les deux débiles n'avaient toujours pas fini de se bagarrer pour la garde du fusil, alla ouvrir, et se retrouva devant un policier en uniforme. Celui-ci lui tendit un sachet en plastique.

– Des gants, expliqua-t-il à Holt, qui le regardait d'un air interrogateur. Nous les avons trouvés dans la benne à ordures près de la cour.

– Merci, Jonah ! fit la jeune femme, et elle lui referma presque la porte au nez.

L'inspecteur s'avança vers elle, lui prit le sachet des mains et l'ouvrit.

– Mmmh… Voilà enfin du concret. Passez-les à la paraffine, Lambert, histoire de voir si on peut en tirer quelque chose.

– Je l'ai déjà fait, alors même que vous n'aviez pas encore posé un orteil hors de votre lit. Les résultats se sont révélés négatifs.

– Diable ! Vous êtes foutrement efficace. Si je ne vous connaissais pas si bien, je dirais que vous convoitez ma place.

– Je suis *déjà* inspectrice, soupira sa collègue, lasse de devoir faire équipe avec une telle calamité.

– Oui, mais adjointe, lui rappela le grand gaillard. Inspectrice-adjointe, uniquement. Difficile à prononcer, ce petit mot après le trait d'union, n'est-ce pas ?

Il ralluma son cigare, qui venait de s'éteindre, et lui souffla la fumée en plein visage. Elle toussa.

– C'est censé être un espace non-fumeurs, Holt. Si vous voulez vous intoxiquer les poumons, faites une pause et sortez, bon sang !

– Oh, allons, ne soyez pas si chochotte, miss Monde ! Dites-moi, Vincent, avez-vous un travail, quand vous n'êtes pas occupé à tuer les gens ?

Il venait de sauter du coq à l'âne sans aucune transition : Vince supposa que c'était un genre de tactique. C'était ça, ou bien il n'avait aucune stratégie d'approche et se contentait de poser des questions au petit bonheur la chance.

– Vince, s'il vous plaît, répéta patiemment Cronyn, comme s'il s'adressait à un gamin un peu lent. Vous êtes sûr que vous ne voulez pas continuer encore un peu votre discussion de couple ? J'ai l'impression de vivre un épisode de *L'Amour du risque* en live, et ça m'amuse beaucoup.

– Je n'ai pas une culture débordante, dès lors qu'on se met à parler de sitcoms pour adolescents, fit Holt en haussant les épaules.

– Une sitcom pour adolescents !? répéta Vince.

Il s'esclaffa, mais l'inspecteur resta mortellement sérieux, et son rire finit par mourir dans sa gorge.

– Enfin, quoi, inspecteur, ne me dites pas que vous ne connaissez pas Jonathan et Jennifer… Vous savez, les justiciers milliardaires…

Il commença à fredonner le générique de la série, mais Holt leva sa main.

– Si j'étais milliardaire, ça se saurait… Et par pitié, arrêtez ce massacre, c'est insupportable !

Vince obtempéra, sentant qu'il flirtait avec les limites de sa tolérance, limites franchies depuis bien longtemps avec son adjointe. La jeune femme trépignait littéralement sur place, comme si elle marchait sur des charbons ardents.

– Bon, ce n'est pas grave ! dit-il, frictionnant une fois de plus ses poignets menottés pour essayer de faire circuler le sang. Ce n'était pas une très bonne série, de toute façon. *L'Homme qui valait trois milliards*, en revanche…

– Vincent ?

– Gustav ?

– Je vous repose la question : avez-vous un boulot ?

– Ouais, m'sieur : je suis propriétaire d'une librairie.

– Oh ! Et ça marche, pour vous ?

– Ma foi, vous savez ce que c'est : il y a des jours avec, et des jours sans. En ce moment, c'est plutôt calme. Mais je compte bien sur la visite d'Elsa Kramer pour rebooster un peu les ventes.

– Sans blague ? Vous connaissez Elsa Kramer ? Ma femme en est dingue.

– Au nom du ciel, Holt ! suffoqua Lambert, au bord de l'apoplexie.

– OK, OK, grogna son collègue en mâchouillant son cigare. Désolé, Vincent, mais Big Sister, là-derrière, va me péter une durit si je continue à me comporter en être humain. Je continue ?

– C'est vous le patron !

– Mouais… Parfois, je me le demande… Bref. Parlons un peu de Vanick.

– Qui ?

– Bruno Vanick.

– Ah… Le promoteur immobilier…

– Hein ? Le… quoi ?

Holt se tourna une fois de plus vers Lambert, qui balaya l'air de sa main, signifiant par ce geste qu'il fallait parfois faire abstraction de ce qui sortait de la bouche d'un tueur sanguinaire.

– Oubliez ce que je viens de dire ! sourit Cronyn. Simple déduction personnelle. Ce type, là, ce Vanick… C'est bien le gars qui a été tué ?

L'inspecteur reprit contenance, décidant pour l'instant de ne pas creuser plus profond cette bizarre histoire de promoteur.

– C'est exact. Alors… Est-ce qu'il venait pour vous voir ?

– Moi ? Pour *me* voir ? Mais enfin, je ne connaissais même pas son nom avant que vous ne me l'appreniez !

Holt dégaina à nouveau son fameux regard « sérum de vérité », puis fronça les sourcils, peu convaincu. Ainsi, le système avait ses failles.

– Croyez-moi, je vous dis la vérité, insista Vince. Vous me voyez vraiment faire ami-ami avec ce bonhomme ? Si on lui avait collé un demi-masque de hockey sur le visage, il aurait ressemblé à Hannibal Lecter.

– Vos références sont troublantes, Cronyn, lança Lambert. Vous auriez pu citer n'importe qui, mais d'instinct, votre choix s'est porté sur l'un des plus grands tueurs en série du cinéma. Qu'en pensez-vous, Holt ?

– Eh bien, voyons…

Il n'eut pas le temps de terminer sa phrase. Un coup de feu retentit à travers la pièce, et ils se jetèrent tous au sol, y compris Vince. Toujours menotté, celui-ci se réceptionna d'ailleurs assez maladroitement, et s'érafla les paumes des mains. Un moindre mal : s'il était resté à sa place, il aurait été fauché par la balle, qui ricocha sur trois murs avant d'aller se perdre quelque part dans un angle.

Ils attendirent sans bouger, histoire d'être bien sûrs que le tireur n'allait pas remettre ça, jusqu'à ce que Holt s'aperçoive qu'en fin de compte, ils n'étaient pas tous affalés par terre. Jeckel, le second flic, était toujours debout, l'air ahuri, et il tenait maintenant le vieux fusil à bout de bras, comme s'il répugnait à le garder mais y était obligé. Celui-ci fumait encore.

– Espèce de sombre trou du cul ! dit-il, se remettant sur ses jambes avant d'aller lui arracher l'arme des mains. Vous avez failli flinguer le suspect !

– Je vous l'avais pas dit, qu'on pouvait rien lui confier, à Dowes ? demanda le premier flic, ravi de ce qui venait de se passer.

– Merde ! grogna l'autre. C'est pas ma faute ! Vous auriez quand même pu me dire que ce truc était chargé.

– Et y penser par vous-même, ça aurait été trop vous demander, abruti ?

Le second flic ouvrit la bouche dans l'intention de rétorquer quelque chose de bien senti, mais l'ombre gigantesque de Holt le recouvrait presque entièrement, et la seule chose qu'il trouva à dire fut : « Désolé ».

À ce moment, la porte se rabattit avec fracas vers l'intérieur, et il s'en fallut d'un cheveu que Lambert ne finisse broyée contre le mur. Deux autres flics bondirent dans la pièce, revolver au poing, et les braquèrent chacun leur tour, essayant de repérer le malade qui avait osé se servir de son arme dans un commissariat. Durant un instant, il y eut un « arrêt sur image ». Tout le monde dévisageait tout le monde, essayant de remettre de l'ordre dans ses pensées sans paraître trop idiot.

Et puis, quelqu'un commença à pouffer, et le temps reprit son cours. Heckel contourna le bureau, et découvrit Vince, toujours recroquevillé sur le sol, qui se tenait le ventre en riant à gorge déployée, incapable de s'arrêter. Le flic le poussa du bout de sa chaussure.

– On peut savoir ce qui te fait marrer, pauvre naze ?

– Eh bien, maintenant que vous me le demandez… Rien ! Rien du tout !

Et il repartit de plus belle.

3

Rupture de contrat

– Qu'est-ce qui se passe, champion ?

Champion… Il n'y avait guère que son ex pour l'appeler comme ça, et cela lui procurait toujours de délicieux petits frissons dans tout le corps, même au bout de tout ce temps, même ici, alors qu'ils étaient assis chacun d'un côté de la pièce, séparés par des barreaux épais, et qu'un gardien se tenait juste à côté de lui, l'air impassible, prêt à intervenir s'il faisait le moindre geste.

Seigneur ! Louise embellissait de jour en jour. Se rendait-elle compte de l'effet qu'elle lui faisait, cette blondinette au nez retroussé, huit ans de moins que lui, seulement vêtue d'un body bleu et d'une mini-jupe blanche ? Il n'en était pas certain, ou alors elle s'habillait ainsi juste pour le torturer. Ça, ça aurait été plus plausible ! Louise ne pouvait vivre sans se sentir désirée, mais dès qu'elle avait eu ce qu'elle voulait, elle repartait batifoler vers d'autres horizons ; et elle avait eu Vince !

Pourtant, il n'arrivait pas à lui en vouloir. Elle était trop belle pour être aimée par un seul homme, et lui, eh bien… Il était comme il était !

– C'est une lamentable erreur ! sourit-il, contemplant ses cheveux, ses yeux, sa bouche, imaginant son odeur, son goût, le velouté de sa peau… Tu sais, comme l'affaire Dreyfus, ou comme dans *L'Étrange Incident*, avec Henry Fonda et Anthony Quinn.

– Ils… Ils disent qu'ils te retiennent ici pour… meurtre !? C'est ça ?

– Je crois bien. À moins que ce ne se soit parce que j'ai jeté cette balle sur la voie publique. De nos jours, les autorités sont très pointilleuses sur l'hygiène.

– Tu as tué ce type ? lui demanda-t-elle de but en blanc.

Vince soupira. Jadis, elle aurait ri de sa blague avant même qu'il n'ait ouvert la bouche, et il se serait trouvé incroyablement spirituel. Mais aujourd'hui, il ne lui faisait plus le moindre effet. Il était juste un clown triste qui ressortait ses vieux trucs, tartes à la crème et fleurs à eau, dans l'espoir de reconquérir un public qui avait déserté les gradins depuis longtemps. Ah… Encore un autre bon début pour ce livre qu'il n'écrirait jamais.

Voyant qu'il ne répondait pas, Louise répéta sa question.

– Non, m'dame ! répondit-il. Je suis innocent !

– Eh bien alors, ne reste pas planté là. Agis, au lieu de n'être que le spectateur de ce qui t'arrive. Pour une fois dans ta vie, *fais* quelque chose !

– Ouais ? Comme… ?

Il s'interrompit et ferma les yeux. Il venait juste de se mordre la langue, et se retenait maintenant de gémir tandis que la douleur explosait dans sa bouche. Quel con ! Il avait bien failli lui dire qu'ils auraient effectivement pu « faire » quelque chose tous les deux pour passer le temps, s'il n'y avait eu ces barreaux entre eux ; mais cela aurait sans doute eu pour seul effet de briser le lien fragile les unissant encore. Au bout de tout ce temps, la charmante nymphette se préoccupait enfin de son sort. C'était inespéré. Alors autant en profiter, et fermer sa gueule.

– Comme quoi ? reprit-il finalement, les yeux brillants de larmes.

– Qu'est-ce qui s'est passé ce matin ? lui demanda son ex avec un sourire compatissant, se méprenant sur son attitude.

– Aucune idée. La minute d'avant, j'étais le plus innocent des citoyens en train de me promener dans le parc. Celle d'après, je m'étais transformé en maniaque qui tire sur tout ce qui bouge. Tu as vu *Lost Highway*, de David Lynch ? Je ne suis pas fan de ses expérimentations cinématographiques, mais après une journée comme celle que je viens de vivre, je suis nettement plus enclin à croire à toutes ces histoires de mondes parallèles, où un pauvre gars se retrouve dans la peau d'un autre sans aucune explication logique.

Louise se rembrunit.

– Bon… Je constate que comme d'habitude, tu ne sembles pas vraiment concerné par tout ça. N'importe qui dans une telle situation serait en proie à la panique, mais pas Vincent Cronyn, non ! Lui, il préfère discuter cinéma alors même qu'il risque la peine capitale.

– Tu sais, être dans cette galère présente un certain nombre d'avantages : je n'ai plus à répondre aux appels incessants de mon téléphone portable, songer à ce que je vais manger ce soir, payer le loyer… Je n'ai même plus à me raser ! Je vis aux frais de l'État, ce qui me libère de toute responsabilité.

– Ça, c'est ce que tu crois, champion !

Louise ramassa alors son sac à main et en extirpa une grande enveloppe en papier kraft. Vince fronça les sourcils, perdant le peu d'illusions qu'il entretenait encore à leur sujet. Elle n'était pas venue ici dans le but de prendre de ses nouvelles, ni pour chercher un moyen de le sortir de là. Ça, c'était le préambule pour tenter de l'amadouer. La véritable raison de sa visite, la seule et l'unique, c'était le contenu de ce truc. Louise serait toujours Louise.

– Voilà ! fit-elle en secouant l'enveloppe. Je voudrais que tu signes ça. Encore des responsabilités, comme tu dis…

Il se renfonça dans sa chaise et croisa les bras sur sa poitrine.

– Qu'est-ce que c'est ?

– Les papiers de notre divorce ! Nous aurions dû faire ça il y a bien longtemps, déjà… Je suis désolée que ça tombe à un si mauvais moment.

Elle s'adressa au gardien monolithique.

– Je peux les lui donner ?

– Négatif ! grogna l'autre. On ne donne rien aux détenus qui n'ait été examiné avant. C'est le règlement.

– Vous avez peur de quoi ? dit Vince. Que je transforme ce tas de paperasse en armes mortelles ? En même temps, vous avez raison : je me suis déjà coupé plus d'une fois avec une feuille de papier, et ça fait un mal de chien.

Le gardien l'ignora et tendit le bras à travers les barreaux.

– Je vais les prendre. Une fois que nous nous serons assurés qu'ils ne présentent aucun risque, nous les lui transmettrons.

– Prenez votre temps, surtout ! On n'est pas aux pièces !

Cronyn se mit à rire, mais quand Louise fit passer l'enveloppe au gardien, il se tut, le cœur serré. Cette fois, les jeux étaient faits ! Plus de retour en arrière possible. Plus d'espoirs imbéciles à entretenir. Louise ne voulait plus de lui, et quand il aurait signé ces papiers, il n'aurait plus d'autre choix que de l'admettre.

– Alors, ça y est ? Nous sommes finalement séparés ? C'est officiel ?

– Oui, à partir d'aujourd'hui… si tu ne fais pas d'histoires, bien sûr.

– Bah… Est-ce que cela servirait à quelque chose, de toute façon ?

– Non. Entre nous, tout est fini depuis longtemps, tu le sais bien. C'est… C'est Frank que j'aime.

Il releva la tête, intrigué. Était-ce une hésitation, qu'il venait de percevoir dans sa voix ? Sans doute que non. Son imagination, droguée aux souvenirs qu'ils avaient partagés ensemble, devait lui jouer des tours. Oui, mais… Et si ??? Histoire de satisfaire sa curiosité, il décida de prospecter un peu. Juste au cas où…

– À ce propos… comment va-t-il, ce cher Frank ?

Louise tressaillit de manière quasi imperceptible. Deuxième signe. Ho ho ! Alors, il ne s'était pas planté. Il y avait bien de l'eau dans le gaz chez la parfaite petite famille Ingalls.

– Tu sais comment il est… Quand il a appris ton arrestation, il m'a lancé l'un de ses sourires triomphants. Il dit… Il dit qu'il a toujours su que tu étais un psychopathe en puissance.

– Charmant !

– Ce sont ses mots, pas les miens… Et puis, il veut…

Elle s'arrêta. Vince se pencha et plongea ses yeux dans les siens. Il avait beau être derrière des barreaux, il se sentait soudain dans la peau d'un flic qui essaye d'extirper des aveux à un suspect. Il se sentait… Ouais, il se sentait dans la peau de l'inspecteur Holt ! Il n'eut pas à faire grand-chose. Louise semblait avoir besoin de se confier, et il était là.

– Il veut qu'on se marie la semaine prochaine, dit-elle enfin, morose.

– Je ne sais pas pourquoi, mais je sens dans cette phrase comme une pointe d'amertume…

– Mmmm…

– Allez, Louise… Tu sais bien que tu peux tout me dire…

Traduction : « Allez, Louise ! Avoue que tu t'es plantée avec ce gros connard imbu de sa personne incapable d'épeler le nom de Shakespeare sans se tromper au moins trois fois, et que tu regrettes ces soirées où nous nous balancions des tirades extraites de grands classiques, un verre de bordeaux à la main. Dis-le, Louise ! Dis que tu éprouves encore des sentiments pour moi, et que si tu es venue ici, c'est pour que je t'empêche de commettre l'irréparable ! Allez, dis-le ! Dis… »

– Oublions ça ! Qu'est-ce qui va t'arriver, maintenant ?

Et merde ! Le temps des confidences était terminé. La tortue était rentrée dans sa carapace. Vince envisagea un instant de la relancer, mais il savait que ça ne servirait à rien, sinon à l'éloigner davantage de lui. Louise était pareille à un petit animal sauvage. Il fallait réussir à l'amadouer, encore et encore. Si vraiment elle voulait lui parler, il se trouverait bien un moment où elle reviendrait vers lui. Et là, il répondrait présent. Vincent Cronyn, le meilleur copain, l'oreille amie, le chien fidèle. Dire qu'il pensait que ce genre de conneries disparaissait une fois sorti du collège… Quelle naïveté !

– Qu'est-ce qui va m'arriver ? répéta-t-il, pensif. Bonne question, ça ! En fait, tout dépend en grande partie de l'inspecteur responsable de l'enquête. Une espèce de grand plouc nommé Holt. S'il réussit à prouver mon innocence, tout devrait bien se passer ; le seul problème, c'est que pour l'instant, il est convaincu que j'ai tué ce type.

4

Vince se souvient

Vince s'arrêta devant le haut portail du parc et fit soudain demi-tour pour avoir une vue d'ensemble, manquant de percuter Holt au passage. À quelques dizaines de mètres de là, la scène de crime avait été entourée par un cordon de police jaune fluorescent, ce qui malgré tout n'empêchait pas les badauds d'essayer de se faufiler par-dessous, histoire de gagner quelques centimètres. Régulièrement, ils étaient repoussés par les agents assignés au périmètre de sécurité, dont la placidité démontrait qu'ils en avaient vu d'autres.

– Je me demande pourquoi l'homme éprouve cette espèce d'irrépressible curiosité chaque fois que l'occasion lui est donnée de voir un cadavre, murmura Cronyn, tandis que Holt lui ôtait enfin ses menottes.

– En l'occurrence, il ne s'agit plus que d'une simple tache brune sur le sol, fit l'inspecteur en mâchouillant son cigare éteint. Le corps a été enlevé depuis un bout de temps.

– Et pourtant, ils sont toujours là…

– Ouais. C'est l'odeur du sang qui les excite. Ils sont comme ces gars qui venaient voir la guillotine tomber, pendant la Révolution. J'ai une théorie : en chacun de nous sommeille un tueur en série potentiel, qui se manifeste de temps à autre lorsqu'on s'arrête pour regarder un accident de la route, qu'on fouette une pute dans un donjon sadomaso ou qu'on se régale d'un film d'horreur bien dégueulasse. Et parfois, il arrive que l'un d'entre nous laisse ce taré sans surveillance, et que celui-ci prenne les commandes durant un court instant, le temps pour lui d'égorger une femme dans une ruelle... ou de shooter un type au fusil.

– Pour un peu, j'aurais presque l'impression que vous parlez de moi, inspecteur, sourit Vince. Mais ce ne sont que pures spéculations de la part d'un esprit rendu paranoïaque par toute cette agitation.

– Que les choses soient claires, Vincent : je ne vous juge pas. Croyez-moi, dans mon métier, j'ai côtoyé des types bien plus déjantés que vous.

– Heureusement que je n'ai pas tué ce type, sans quoi je pourrais mal le prendre.

– Peut-être que vos histoires de cœur vous ont détruit mentalement, continua Holt sans relever. Peut-être que votre travail vous écrase, ou peut-être est-ce juste un genre de... défaillance technique dans votre caboche. Ça, ce n'est pas mon rayon. Mon boulot à moi, c'est de vous empêcher de recommencer à tirer dans le tas ; et je dois avouer que je suis assez doué pour ça. Si, comme vous le dites, vous êtes innocent, tôt ou tard, je le saurai. Je le... sentirai !

– Mais pour l'instant, vous ne « reniflez » rien, n'est-ce pas ?

– Non, mon gars, pas la moindre odeur de culpabilité ! Et c'est pour ça que j'aurais tendance à me méfier. On ne peut décemment pas rester aussi impassible quand il vous arrive une telle tuile.

– Disons qu'au cours de ma vie, j'ai appris à relativiser…

– Mouais ! dit Holt, peu convaincu. On verra bien… Pour l'instant, je voudrais que vous me retraciez point par point l'itinéraire de cette fameuse matinée, en commençant à partir d'ici.

– Pas de problèmes, chef !

Vince se tourna d'un côté et de l'autre, essayant de se replonger dans le passé. Au début, ce ne fut pas évident : une trentaine d'heures à peine le séparaient de l'assassinat, mais il s'était passé tant de choses entretemps que son esprit avait un mal fou à faire le point. Il essaya malgré tout, au moins par respect pour le gros flic qui depuis le début était le seul à l'avoir traité avec un minimum d'égards.

– Voyons voir, chuchota-t-il en pressant ses paupières avec son pouce et son index. D'abord, j'ai fait ma balade dans le parc. J'en fais une chaque matin avant d'aller au boulot. C'est mon moment d'intimité. Je fais le tour du grand lac, et je reviens. Parfois, il m'arrive de faire un peu de jogging. Mais pas souvent. Le sport et moi, ça fait deux.

« D'ailleurs, tout le monde me dit que ce n'est pas raisonnable, que chaque année qui passe me rapproche de la quarantaine, et que si je n'entretiens pas mon corps, mes muscles vont finir par s'atrophier et mon sang s'épaissir jusqu'à boucher mes artères, etc., etc. Mais franchement, vous me voyez, moi, en train de faire du yoga ou du taekwondo ? Je suis plus proche de Woody Allen que de Bruce Willis. La marche est l'activité physique qui me correspond le…

– Au fait, Cronyn, au fait ! s'impatienta Holt en rallumant son cigare.

– Désolé… Donc, j'ai terminé ma promenade quotidienne, et je suis revenu ici en faisant rebondir ma balle…

– Rebondir votre balle ?

– Ah ouais, voilà un élément que j'ai omis de vous signaler. J'ai trouvé une balle de tennis, dans le parc, et je me suis amusé avec pendant un moment. Où a-t-elle bien pu passer ? Ah, tenez ! Elle est là-bas !

Vince trottina jusqu'à l'un des nombreux platanes qui jalonnaient la rue. La balle était là, coincée dans la grille encerclant l'arbre. Personne ne l'avait récupérée après qu'il l'eut laissée choir. Pauvre petite chose jaune ! Condamnée à rester immobile alors que sa fonction première était justement de bondir partout… Le monde était cruel !

Il la ramassa, la lança au sol deux ou trois fois, puis l'envoya à Holt qui la rattrapa d'une main avant de la faire rebondir à son tour.

– C'est comme une drogue, pas vrai ? Moi, en tout cas, c'est exactement l'effet que ça me fait. On a beau se dire qu'on ne nous y reprendra plus, passez-nous une balle, et hop, c'est reparti pour un tour ! Pas étonnant que le premier jeu vidéo conçu ait été *Pong*. Vous savez, ce truc où deux barres se renvoient une boule blanche. Après tout, nous ne sommes pas si différents de ces chiens à qui l'on lance le bâton et qui nous le rapportent, encore et encore. On est tous tarés, inspecteur !

– Et vous le premier, Vincent ! grogna celui-ci sans cesser de jouer avec la balle de tennis. Vous avez l'intention de me faire subir encore beaucoup de vos digressions à la noix ? Que s'est-il passé après, bon Dieu ?

– Après ? Rien de bien trépidant, j'en ai peur… J'ai remonté ce trottoir durant une minute, et puis j'ai traversé la rue pour rentrer chez moi.

Joignant le geste à la parole, il s'aventura sur la route, Holt le serrant de près. Réalisant qu'il n'y avait quasiment rien à voir, les curieux avaient commencé à se disperser, au grand soulagement des agents qui purent enfin relâcher la pression.

Lambert était là, elle aussi, adossée au mur de l'immeuble, grignotant du bout des dents une barre énergétique, l'air peu concerné par toute cette agitation. Comme Holt l'avait fait remarquer voilà peu, il n'y avait qu'un seul inspecteur valable, dans leur commissariat, et ce n'était pas elle. Soit ! Elle lui laissait avec plaisir les rênes de l'enquête. Mais si César voulait tous les lauriers, il devait aussi s'attendre aux coups de poignard qui risquaient de pleuvoir. Qu'il ne vienne ensuite pas pleurer dans ses jupes s'il ne se révélait pas à la hauteur !

D'un œil distrait, elle observa Vincent Cronyn en train de raconter son aventure au gros flic, l'air aussi détendu qu'un guide faisant visiter le quartier à des touristes. Quel singulier personnage !

– Entre-temps, la voiture est arrivée, fonçant à toute blinde, et elle s'est garée juste là, devant mon immeuble. *Je-sais-plus-qui* en est sorti…

– Vanick ! lui rappela l'inspecteur.

– Ouais, c'est ça ! Vanick en est sorti, et là, *bang* ! Il est tombé, une balle dans la tête. Pile à cet endroit.

Il désigna la silhouette tracée à la craie sur le sol, mais ne s'y attarda pas. Galvanisé par son récit, il courut tout à coup jusqu'à la fenêtre leur faisant face. Deux des flics posèrent la main sur leur arme, mais

Lambert leur fit un signe de tête apaisant pour signifier que tout était sous contrôle.

– Cette fenêtre-là était grande ouverte, comme aujourd'hui, continua Vince. C'est celle de l'appartement 1C, qui est actuellement en rénovation. Moi, j'habite dans celui d'à côté, le 1D. J'ai regardé à l'intérieur, et là, j'ai aperçu le fusil sur le plancher. Je n'ai pas réfléchi ; je suis monté.

Comme sous hypnose, Vince effectua le même parcours, s'appuyant sur le parapet de la fenêtre avant de sauter dans la pièce. Cela n'échappa pas à l'œil expert de Holt.

– Restez où vous êtes, cria-t-il à Cronyn. J'arrive tout de suite.

Il se tourna vers Lambert, et lui intima l'ordre de le rejoindre. La jeune femme finit sa barre de céréales et se rapprocha en s'essuyant les mains.

– Utilisez la poudre sur ce rebord afin d'obtenir ses empreintes, lui ordonna-t-il.

– Au cas où vous l'auriez déjà oublié, inspecteur, il portait des gants, fit remarquer sa collègue, la bouche pleine. Nous ne trouverons rien.

– Ne discutez pas et faites ce que je dis, Lambert !

Il tira une dernière bouffée de son cigare et le jeta à ses pieds avant de se diriger d'un pas rapide vers la porte d'entrée, tenant toujours la balle de tennis dans sa grosse paluche. Son acolyte fit la grimace. Il était tellement sûr de lui… Bon sang, comme elle avait hâte qu'il tombe enfin de son foutu piédestal !

Elle leva la tête, et son regard croisa celui de Vince, qui l'observait, sourire aux lèvres, mains dans les poches, attendant sagement son collègue.

– Vous n'en profitez pas pour tenter de vous faire la malle ? grommela-t-elle. Il va mettre trois heures à vous rejoindre. Vous avez le temps.

– Oh non ! Je m'amuse bien trop avec vous pour prendre le risque de me faire descendre. Dites, je peux vous demander quelque chose ?

– Vous allez le faire de toute façon, avec ou sans mon autorisation… C'est ce que font les génies du mal : ils ont beau rester polis avec tout le monde, ils finissent toujours par obtenir ce qu'ils veulent.

– Oui, mais ça ne change rien, parce qu'au final, ils se font coffrer, ou tuer, par le héros de l'histoire…

– … Non sans avoir pris le soin de faire descendre le partenaire de ce même héros aux deux tiers du film. Avez-vous l'intention de me tuer, Cronyn ?

– Tout dépend de si l'on considère que Holt a le premier rôle. Qu'en pensez-vous ?

Il lui fit les gros yeux, et Lambert, mal à l'aise, changea de sujet.

– Quelle question vouliez-vous me poser ?

– Oui, c'est vrai… *La* question ! Eh bien, depuis le début, je vous observe, vous et l'inspecteur Holt, et je n'arrive pas à trancher.

Elle ouvrit la bouche, mais Vince l'interrompit en secouant la tête, le doigt levé.

– S'il vous plaît, pas de mauvais jeu de mots !

– En fait, je m'apprêtais à demander quelles pensées pouvaient bien agiter votre esprit tordu de malade mental, rétorqua Lambert en dévissant le bouchon de son flacon de poudre bleue.

– Ah, alors voilà : détestez-vous vraiment votre équipier, ou est-ce qu'au fond, vous en êtes folle amoureuse ? Parce que, dans un cas comme dans l'autre, les réactions sont similaires.

La jeune femme, décontenancée par la question, se mit soudain à rougir, au grand amusement de Vince, et elle s'apprêtait à répondre lorsque la porte s'ouvrit derrière lui, laissant entrer Holt, à bout de souffle.

– Hélas… soupira Vince. La suite au prochain numéro ! Je vais avoir du mal à survivre à ce suspense insoutenable.

Il se tourna vers le gros homme, occupé à éponger son large visage avec un mouchoir.

– Tout va bien, inspecteur ? On dirait que vous avez piqué un cent mètres !

– Pas loin, haleta l'autre. Allez, on enchaîne !

– Vous ne vous reposez jamais, vous !

– Pas pendant le service ! Poursuivez, Vincent.

– Bon, très bien. Je suis persuadé que le tueur a attendu sa victime posté exactement là. Puis il a tiré son coup de feu, laissé tomber le fusil et s'est fait la malle. À la suite de quoi, je suis entré à mon tour, et me suis emparé de l'arme… Maintenant, dites-moi un peu, inspecteur : pourquoi, si j'étais vraiment votre tueur, est-ce que j'aurais fait une chose aussi stupide ?

– Vous étiez confus… N'importe qui dans ce genre de situation aurait pu…

– Vous croyez vraiment à ce que vous êtes en train de dire ?

– Je crois aux faits ! Les faits ne mentent jamais.

– Ouais, tu parles ! C'est tellement pratique…

– Je vous l'ai dit, je ne suis pas là pour faire votre procès, mon gars. Moi, je suis juste le type qui écoute et qui note, c'est tout. C'est quoi, la suite ?

Vince désigna la porte par laquelle Holt venait d'entrer.

– Elle était grande ouverte. Sans réfléchir, j'ai foncé.

Il se remit à courir, et l'inspecteur leva les bras au ciel avant de le suivre. Ils franchirent le seuil de l'appartement 1C et se retrouvèrent dans le couloir de l'entrée. Cronyn s'arrêta, et d'un signe du menton, désigna la sortie de secours, au fond à gauche.

– Celle-là aussi était restée ouverte. C'était un signe qui ne trompait pas. Le concierge est un maniaque de la sécurité. Avec lui, aucune porte de l'immeuble ne doit rester même entrebâillée plus de dix secondes, sans quoi, il se précipite sur elle pour la refermer. Une fois, j'avais perdu mes clefs, et j'ai dû me rendre chez lui pour y récupérer un double. Mal m'en a pris !

Holt, résigné, fit rebondir sa balle sur l'affreuse mosaïque blanche et noire du couloir en attendant que Vince termine son monologue. Il avait fini par comprendre que l'interrompre ne servait à rien. Mieux valait attendre que le flot de paroles se tarisse de lui-même.

– Chez lui, c'est le musée de l'autodéfense, avec barreaux aux fenêtres, système d'alarme, et collection de flingues semi-automatiques. Il a même cinq verrous à sa porte d'entrée. Vous imaginez ? Cinq ! Quel être sain d'esprit irait en installer autant ? Il est cintré. D'ailleurs, lui aussi, vous devriez l'ajouter à la liste des suspects potentiels. Ce serait bien son genre, de péter les plombs et de tirer sur tout ce qui bouge. Surtout si c'est un peu basané, si vous voyez ce que je veux dire… Pour info, son doberman s'appelle Benito. C'est terrible, hein, cette balle de tennis ?

Son interlocuteur lui fit un pauvre sourire, et Vince capta le message.

– On continue ? demanda-t-il, tendant la main vers la porte de derrière.

– J'allais vous le proposer, répondit Holt, presque avec gratitude.

Ils traversèrent le couloir, et passèrent devant le 1D.

– Là, c'est chez moi, dit Vince sans s'arrêter. Vous pouvez vous amuser à retourner l'appart, si ça vous chante. De toute façon, c'est déjà le foutoir.

– Vous vivez seul, Vincent ?

– Ouais. Ma femme a rencontré un trouduc quelconque et m'a laissé tomber. D'ailleurs, c'est marrant que vous me demandiez ça, parce que pas plus tard qu'hier, elle est venue demander le divorce. Ils se marient la semaine prochaine, paraît-il. Quant à savoir s'ils vivront heureux et auront beaucoup d'enfants, ça, c'est une autre histoire.

– Navré. Une tuile n'arrive jamais seule, en général…

– Ouais. Mais *carpe diem*, comme on dit, inspecteur. Un jour après l'autre… À notre époque, c'est la meilleure conduite à adopter.

Ils ouvrirent la porte et sortirent dans la cour. Vince cligna des yeux dans la lumière vive du matin et bâilla à s'en décrocher la mâchoire. Depuis qu'il avait évoqué sa relation avec Louise, une vague de lassitude l'avait envahi, et maintenant, il était pressé d'en finir.

Il avait le sentiment que tout ça ne mènerait à rien, de toute façon, sinon à le faire passer davantage pour mythomane, et il n'aspirait plus qu'à une chose :

retourner dans sa cellule et dormir. Certains buvaient pour oublier, lui, c'était dans le sommeil qu'il échappait à la dure réalité de ce monde.

– Voilà. Nous avons atteint le dernier chapitre de mon histoire. Je me tenais exactement au même endroit quand j'ai aperçu le tueur. Il courait sur la pelouse, là-bas, en direction de l'arche donnant sur Lafayette Street. Mais ne me demandez pas de vous le décrire ; il était de dos, et en plus, il se déplaçait bien trop vite. J'ai commencé à le suivre, mais bam ! Fin brutale de l'épisode. Encore pire que *24 heures chrono.*

– Traduction ? s'enquit Holt tout en sillonnant la cour de long en large avec sa balle de tennis.

– Le flic du mois s'est pointé et m'a mis en joue avec son arme. Il n'a pas vu *l'autre* gars. En fait, il ne lui a même pas adressé le moindre regard, y compris quand je lui ai enjoint de le faire. La seule chose qui semblait l'intéresser, c'était de me pincer *moi.*

Le flic hocha la tête sans rien dire, cherchant des indices qui auraient pu échapper à ses collègues.

– Enfin, soupira Vince, j'imagine que je ne peux pas lui en vouloir, à lui non plus. Dans la panique, il a fait ce qu'il estimait être juste. Wow ! Quel merdier ! Mais malgré tout, il y a cette chose, inspecteur, cette chose essentielle, que vous ne pouvez pas remettre en question… Holt !

L'autre sursauta, les yeux dans le vague.

– Ouais ?

– Si tout ce que je vous ai dit est vrai, alors, tandis que vous êtes là à chercher par tous les moyens possibles et imaginables à me coller la mort de ce Vanick sur le dos, le véritable tueur, lui, est toujours en liberté quelque part. Et dès qu'il se sera procuré un nouveau fusil, ce qui ne devrait pas être trop difficile, il sera prêt à faire sa prochaine victime. Gardez bien cela à l'esprit, surtout.

– Ouais, ouais... Évidemment... Évidemment !

Mais d'après ce que pouvait voir Cronyn, il n'y avait rien d'évident dans la tête du flic, pas le moindre indice susceptible d'étayer la version du suspect. Même la pelouse défraîchie ne semblait avoir gardé aucune trace de ce soi-disant assassin sans visage.

Pourtant, au fond de lui, il y avait cette espèce d'instinct animal qui lui disait de fouiller un peu plus cette histoire, de ne pas se limiter aux simples apparences... Vince en était certain, ce type était un vrai limier, un gars qui attendait peut-être depuis des années une affaire comme celle-ci, capable d'émoustiller ses sens ; restait à savoir de quel côté allait pencher sa balance.

S'il avait été croyant, il se serait mis à genoux pour prier. Car l'inspecteur Holt, seul homme de cette terre à éprouver un doute, fût-il minime, quant à sa culpabilité, tenait maintenant sa vie entre ses mains.

Une fenêtre s'ouvrit au-dessus de leurs têtes, laissant apparaître le visage couleur formol de la commère de l'immeuble. Celle-ci plissa et écarquilla alternativement ses yeux de taupe, essayant de distinguer quelque chose en contrebas, puis, y renonçant, elle brailla de sa voix aigrelette :

– Qu'est-ce que vous fichez, en bas ? Ce n'est pas un lieu public, ici, jeunes morveux ! Si vous voulez fumer votre drogue, allez faire ça ailleurs !

– Bonjour, Mme Able, la salua Vince, agitant la main dans sa direction.

– Hein ? Quoi ?

– J'ai dit : BONJOUR, MME ABLE !

Holt rit tout bas et fit rebondir la balle pour la énième fois.

– Vous connaissez mon nom ? dit la vieille, d'une voix beaucoup moins assurée. Mais… qui êtes-vous, jeune homme ?

– C'est moi. Cronyn. Vous vous souvenez ?

Elle se souvenait. Elle poussa un hurlement terrorisé et referma sa fenêtre dans un tel fracas que l'un des carreaux se fissura. Vince regarda l'inspecteur, l'air désolé, et cette fois, Holt ne put se retenir d'exploser de rire.

– Je vais vous dire, Vincent : coupable ou pas, vous pouvez déjà songer à plier bagage. Terroriser les vieilles dames, ça ne facilite pas les relations de bon voisinage, en général. Allez, on rentre !

Vince esquissa une moue, ce qui lui donna un vague air à la Droopy, et Holt rit encore plus fort. Il jeta la balle de tennis contre le sol une dernière fois et, juste avant de retourner dans l'immeuble, prit son élan et la balança de toutes ses forces le plus loin possible. Qu'on se le dise, sa seule addiction était et resterait le cigare à prix *discount* ! Cronyn regarda la balle s'éloigner, traversant le gazon et passant sous l'arche, exactement comme le tueur, puis rentra à son tour.

La balle, quant à elle, poursuivit son chemin. Encore une fois, on l'avait abandonnée, et encore une fois, elle devait se mettre à la recherche d'un nouveau propriétaire. Qu'à cela ne tienne ; elle avait l'habitude. Elle jaillit de l'arche à grands rebonds, traversa la rue suivante en se souciant comme d'une guigne des véhicules qui allaient et venaient en tous sens, franchit un trottoir, et pénétra dans une nouvelle cour.

À ce moment, elle avait déjà perdu de son allant et ne bondissait plus. Elle roula, roula, et roula encore, traversant péniblement l'immense cour, espérant continuer sa route envers et contre tout, sans avoir besoin de recourir à l'aide de quiconque. Peine perdue. Après tout, ce n'était qu'une balle comme les autres.

Malgré tout, elle réussit à atteindre l'encadrement d'une porte plongée dans la pénombre… et finit sa course aux pieds de l'individu qui s'y tenait dissimulé ; un individu qui portait encore sur le dos des mains les traces du colorant bleu de la doublure des gants dans lesquels il avait sué, juste avant de presser la gâchette du M-1 et d'abattre Bruno Vanick.

5

Liberté chérie

Allongé sur son lit, Vince était en train d'examiner les papiers de son divorce quand la porte de sa cellule s'ouvrit en grinçant. Le gardien, une espèce de ruine aux dents noircies par le tabac dont l'uniforme semblait trop grand pour lui d'au moins deux tailles, apparut.

– T'as d'la visite, Cronyn, p'tit veinard !

Il s'effaça en toussant (début de cancer des poumons ? Probable !) et laissa entrer Holt et Lambert. Vince posa les papiers sur sa couchette, se leva et s'étira, encore fatigué. La nuit n'avait pas été bonne, et trop courte. Il avait rêvé qu'il courait dans des rues vidées de toute présence humaine, poursuivi par une ombre gigantesque. À un moment, il croisait Vanick assis par terre, le visage livide, son front pissant le sang à l'endroit où la balle était ressortie, qui lui demandait pourquoi il l'avait laissé crever comme un chien. Flippant ! Il s'était réveillé à quatre heures du matin, les draps trempés d'une sueur glaciale. Ensuite, impossible de se rendormir.

– Vous avez une sale tête, Vincent ! commenta l'inspecteur.

Lambert, elle, ne dit rien, mais le regard qu'elle lui jeta en dit long sur ses pensées, et il choisit d'éviter de leur parler du rêve. Ça n'aurait fait qu'apporter de l'eau au moulin de ses soupçons.

– Avouez qu'il est difficile de rester au top quand on vit avec une épée de Damoclès au-dessus de la tête ! répondit-il.

– Vous n'êtes donc pas si dénué de sentiments que vous en avez l'air.

Cette affirmation s'adressait autant à lui qu'à sa subordonnée.

– Moi, si, mais mon subconscient, lui, semble résolu à me prouver le contraire !

– Eh bien, vous pourrez dire à votre subconscient qu'il peut vous lâcher la grappe. J'ai une bonne nouvelle pour vous : vous êtes libre !

– Je suis… quoi ?

Vince garda la bouche ouverte, n'en croyant pas ses oreilles. Le flic aurait tout aussi bien pu lui dire qu'il pleuvait du fromage blanc, il aurait réagi de la même façon.

Derrière Holt, Lambert se rembrunit. Manifestement, elle n'était pas d'accord avec la décision de son collègue. Celui-ci continua pourtant :

– Vous m'avez bien entendu. Vous pouvez partir.

Tel un robot, Cronyn se retourna vers son lit et rassembla ses papiers en désordre. Il boutonna sa chemise, attrapa sa veste en daim… et soudain, il se tourna vers l'inspecteur et ricana.

– Ouais ouais ouais… Villiers de l'Isle-Adam, vous connaissez, inspecteur ?

Le gros homme leva les mains paumes vers le ciel, attendant une explication. Lambert souffla.

– *Treize contes maléfiques... « La torture par l'espérance »...* Vous dites au prisonnier qu'il est libéré, et au moment où il arrive à la porte, vous ou l'un de vos gardiens le traîne de force en arrière pour le ramener à sa cellule. Le KGB utilisait cette méthode. Ainsi, le suspect devient dingue et vous dit tout ce que vous voulez savoir.

– C'est vous qui êtes timbré, Cronyn ! s'écria la jeune femme, n'y tenant plus. Holt, vous voulez vraiment relâcher ce type dans la nature ? Après tout ce qu'il a fait ? Après toutes les preuves que nous avons accumulées contre lui ?

– Des preuves ? Mais quelles preuves, Lambert ? Jusqu'à présent, tout ce qu'il nous a dit, à l'exception de cette histoire de tireur fantôme, peut se vérifier. Et on ne peut pas non plus prouver que ce gars *n'était pas* là. On n'a rien contre lui, et nous le retenons ici depuis trop longtemps. Donc, on le relâche, et si par la suite il y a du nouveau, ma foi, on avisera. Allez, Vincent. Libérez la cellule. On en a besoin pour un pédophile. Vous savez, le genre de type dont *on est sûr* qu'il est coupable !

Il lança un regard appuyé à sa collègue qui, incapable de trouver les arguments pour le contredire, baissa les yeux au sol. Vince enfila sa veste et se prépara à partir.

Mais au moment où il passait devant Holt, il ne put s'empêcher de lui demander :

– Dites-moi, qu'est-ce qui a bien pu vous faire changer d'avis sur moi ? Hier encore, vous étiez dans le brouillard.

– Et je le suis toujours. Cependant, mon pif, lui, est un radar sans faille. Depuis le début, il n'a cessé de me dire que vous aviez le visage et le comportement d'un honnête homme. Et vous savez quoi ? Je commence à le croire.

– C'est gentil. Vous n'êtes pas mal non plus, dans votre genre, inspecteur.

– Allez, mon pote, le temps des mamours est terminé, fit le gardien en l'attrapant par le bras. Je te ramène dehors.

Il fut pris d'une nouvelle quinte de toux, interminable.

– Vous ne voulez pas faire un petit détour par l'infirmerie, avant ? s'enquit Vince. Juste au cas où… Je ne voudrais pas qu'on m'accuse de vous avoir assassiné si jamais vous vous écroulez entre ici et la porte de sortie.

Le gardien, dont le sens de l'humour semblait avoir été expectoré en même temps que ses premières glaires, ne répondit rien et l'entraîna à sa suite.

Tandis qu'ils s'éloignaient le long du couloir, Vince se retourna et lança aux deux inspecteurs qui l'observaient en silence, la mine déconfite :

– Messieurs dames, ce fut un réel plaisir. Si d'aventure vous avez besoin d'un autre suspect, eh bien… Vous savez où me trouver, pas vrai ?

– Je rêve, ou il est en train de nous narguer, là ? grinça Lambert entre ses dents serrées.

– Non, non, il est toujours comme ça, sourit Holt. C'est sa façon à lui d'éviter d'affronter les problèmes de l'existence. Au fond, c'est un pauvre gars.

Cronyn leur adressa un dernier signe de la main… et retourna dans le monde réel.

Une fois sorti, il décida de ne pas rentrer tout de suite chez lui. Il s'était absenté depuis trop longtemps de son boulot, et il avait peur que sans lui, Pam, son assistante, se soit laissé complètement déborder par tout ce qu'il y avait à faire. Et puis, si sa mémoire ne lui jouait pas de tours, c'est aujourd'hui qu'Elsa Kramer venait faire sa séance de dédicace pour *Cataclysme*, son dernier polar. Il n'aurait voulu manquer ça pour rien au monde. Il profita une petite heure du soleil et de l'air pur, histoire de s'aérer un peu les neurones, puis traça jusqu'à la Librairie Cronyn. Mais en arrivant en vue du magasin, il ralentit le pas. Diable ! Quelle effervescence !

Une foule de gens se pressait devant les vitrines, et si l'on en jugeait par les micros et appareils photo que nombre d'entre eux arboraient, ce n'était pas tous des clients. Miss Kramer était décidément une star internationale. Quelle bonne idée ils avaient eue de l'inviter chez eux… et quelle bonne idée elle avait eue d'accepter ! Elle avait trouvé cela si « pittoresque »…

Il décida de la jouer profil bas pour le moment et se fraya un chemin jusqu'à la boutique, comme n'importe quel type désireux de se voir offrir un autographe de l'artiste. Ce ne fut pas facile, mais en jouant des coudes, il réussit à atteindre la porte, non sans avoir essuyé au passage remarques acides et grognements désapprobateurs. Le carillon si caractéristique retentit lorsqu'il entra. À cet instant, les épaules de Vince s'affaissèrent et il afficha un sourire serein. Bon sang, enfin de retour chez lui !

Jusqu'ici, il ne s'était pas rendu compte à quel point le petit magasin légué par son père lui avait manqué. Mais à présent, il n'aurait voulu se trouver nulle part ailleurs. Au bout de toutes ces années, il en connaissait chaque rayonnage, chaque recoin… Partout sur les quatre murs et les présentoirs répartis dans l'immense pièce s'étalaient ses « bébés », l'édition de poche du *Seigneur des anneaux* côtoyant sans vergogne *La Légende des siècles* en édition limitée.

Grand dévoreur de livres devant l'éternel, il avait lu la plupart des siens, et se faisait fort de conseiller tel ou tel ouvrage en fonction des goûts du client. Et même si William Shakespeare restait son auteur favori envers et contre tout, il pouvait passer des heures à parler de la fabuleuse trilogie de Stieg Larsson ou de la fin tragique de Hemingway. C'était ça, en fait, le véritable héritage de Stanley Cronyn : sa passion et sa culture.

Ça, ainsi que le somptueux comptoir en noyer s'étendant sur la majeure partie du côté droit, véritable pièce de collection qui donnait à l'endroit ce cachet très Angleterre, fin du XIXe. Pour un peu, on se serait presque cru chez Ollivander, le vendeur de baguettes magiques de *Harry Potter*… si l'on exceptait bien sûr la fan de *cosplay* hystérique qui lui faisait de grands signes à travers la foule. Pam… Chère et tendre Pam…

– Enfin, vous voilà enfin, piailla-t-elle en courant vers lui. Mais où étiez-vous passé, depuis tout ce temps ? On a eu un problème avec la commande du dernier Mary Higgins Clark. Ils ont tout livré à la mauvaise adresse. Vous vous rendez compte ? Ça fait plus de dix ans qu'on travaille avec la même boîte, et à cause de cette fichue crise, on a droit à des chauffeurs roumains incapables de lire un plan de la ville. Ah, et puis, le Trésor public a appelé, aussi ; vous n'avez pas pensé à leur renvoyer votre feuille d'impôts, paraît-il ; sans oublier l'insupportable Mme Gibson qui ne cesse de me harceler avec ce bouquin de Barbara Cartland dont elle a oublié le titre et qu'elle veut absolument que je lui trouve sur Internet. Mince, je ne peux pas être partout à la fois, moi ! J'ai l'impression que vous oubliez que je n'ai pas encore dix-huit ans, patron !

– J'aime quand tu m'appelles patron, lui dit Vince sans se départir de son sourire. Ça me donne un côté important !

– Rrrh !!! Vous êtes incorrigible !

Elle lui donna un petit coup de poing dans l'épaule, et lui tira la langue, ce qui accentua encore plus ce côté manga qu'elle affectionnait tant, longs cheveux noirs reliés en couettes, chemisier blanc à manches bouffantes, jupe bleu marine plissée et socquettes blanches. Même ces grands yeux verts lui dévorant le visage cadraient parfaitement avec le reste, lui donnant l'air de sortir tout droit d'un dessin animé d'Akira Toriyama.

– Alors ? fit Vince en tirant une de ses couettes. Tu ne me félicites pas ?

– Vous féliciter ? Pour quoi ? Avoir pris des vacances surprise ?

– J'ai été libéré sur parole, Pam. C'est le genre de chose qui s'arrose, non ?

– Ah, vous étiez en prison ? C'est pour ça que vous n'êtes pas rasé et que vous avez cette tête à faire peur ?

– Pas du tout ! Ils ont rediffusé *Jeremiah Johnson*, hier soir, sur le câble, et je me suis dit que je remettrais bien au goût du jour le look clodo des bois.

– Je rirais sans doute… si je savais qui était ce type ! Au fait, Elsa Kramer est ici.

– Oui, ça, ce n'est pas très difficile à deviner. Il est rare qu'on ait une telle affluence à seulement dix heures du matin. Où est-elle ?

– C'est facile : suivez la queue, vous la trouverez au bout… Silence !

– Quoi ? Je n'ai rien dit !

– Oui, mais vous alliez le faire ! Je suis mineure ! Si vous voulez balancer vos blagues salaces, attendez au moins l'année prochaine. Pour mémoire, j'ai une mère qui ne voit pas d'un très bon œil que je travaille en dehors des cours et un père qui fait du kickboxing dix heures par semaine.

– Dix heures par semaine ? s'exclama Vince. Mince, les vieux ne sont plus ce qu'ils étaient ! Quand j'avais ton âge, ils jouaient au Scrabble en buvant du thé.

– Papa approche de la quarantaine, donc il a, laissez-moi faire le calcul… quatre ans de plus que vous ! Jouez-vous au Scrabble, patron ?

Cronyn fit les gros yeux à la jeune pimbêche et lui tourna le dos, vexé. Il chercha ensuite du regard la table où officiait Elsa Kramer, et n'eut aucun mal à la trouver, au fond de la librairie.

La file d'attente menant jusqu'à elle était si longue que Pam avait été obligée d'improviser une espèce de parcours en zigzag avec des palettes pour que les clients qui avaient acheté son livre ne se retrouvent pas à faire la queue dans la rue. Si l'on exceptait le côté esthétique, c'était d'ailleurs plutôt réussi. Brave petite ! Un jour, quand il aurait de l'argent, il l'augmenterait. Un jour…

Vince traversa la salle en contournant la foule et vint à la rencontre d'Elsa Kramer. Cependant, avant de lui adresser la parole, il marqua un temps d'arrêt, appréciant tel un esthète devant une toile de maître la perfection de ses traits.

Des yeux de chat bleu turquoise, de longs cheveux châtains ondulés descendant en une cascade soyeuse jusqu'à ses épaules, une peau d'albâtre et des lèvres pulpeuses naturellement rouges, l'auteur semblait être le dernier maillon de la chaîne de cet âge d'or hollywoodien aujourd'hui révolu qui avait engendré des beautés comme Marlene Dietrich ou Lauren Bacall.

Même sa façon de s'habiller, béret mauve, bottines en cuir, jupe longue et manteau noir à gros boutons, évoquait ces romans de Raymond Chandler dont « La Mecque du cinéma » avait été friande durant les années de l'après-guerre. Ne manquaient que les lunettes noires, qu'il repéra vite, posées sur la table à côté d'elle. Elsa Kramer ou la femme fatale par excellence…

Quel était le crétin qui avait dit que les écrivains étaient tous des individus habillés comme des sacs à patates aux doigts jaunis par la nicotine et à l'haleine puant le whisky frelaté ? Quelqu'un qui, vraisemblablement, n'avait jamais rencontré cette dame…

Comme sortant d'un rêve, Vince frotta ses yeux pour en chasser les dernières humeurs et passa derrière la table, essayant comme d'habitude d'avoir l'air cool et détendu. Mais cette fois, ça ne marcha qu'à moitié.

– Hé ! Bonjour, miss Kramer, dit-il en lui tendant la main. Je suis Vincent Cronyn, le proprio de la boutique.

– Je sais qui vous êtes, flingueur, répondit-elle, continuant à dédicacer son livre sans même daigner lever les yeux vers lui. Que s'est-il passé ? Vous avez donné un pot-de-vin à votre gardien pour qu'il vous laisse vous enfuir ?

– Pour tout vous dire, j'ai rongé ma patte pendant des heures. Elle ne s'est détachée du collet que ce matin, ce qui explique mon retard. Mais me voilà. Cela dit, je comprends vos réticences à me serrer la main ; c'est la dernière qu'il me reste, il serait dommage de l'abîmer.

La jeune femme referma son livre et le rendit à son propriétaire, un adolescent boutonneux qui la remercia avec force borborygmes avant de se tirer en quatrième vitesse, le visage en feu.

Elsa Kramer ne lui prêta pas la moindre attention, mais en revanche, elle se tourna vers Vince et se saisit de la main qu'il lui tendait toujours. Il frissonna. Même le contact de sa peau tiède contre la sienne était un régal. Peut-être Dieu existait-il, en fin de compte…

– Excusez ma froideur, lui sourit-elle. Je suis tellement habituée à fréquenter des imbéciles que lorsqu'un homme d'esprit croise mon chemin, il me faut parfois un certain temps pour le remarquer.

– Chère madame, grâce à vous, nous allons faire grimper notre chiffre d'affaires quotidien d'au moins trois cents pour cent. Alors même s'il vous prenait l'envie de me cracher au visage, je vous dirais merci.

– Nous n'en arriverons pas là, je l'espère. Et « mademoiselle » suffira.

– Quoi ? Pas de monsieur Kramer dans votre vie ? J'ai peine à le croire.

– Il y a bien eu un monsieur Kramer… autrefois, dit la jeune femme après avoir lâché sa main et être retournée à ses signatures. Un connard prétentieux et petit-bourgeois qui voulait s'encanailler avec une artiste bohème d'à peine vingt ans. Et puis, papa et maman sont intervenus pour le remettre dans le droit chemin, et il m'a larguée pour une aristocrate hideuse incapable de s'épiler la moustache.

– Il doit s'en mordre les doigts, aujourd'hui !

– Curieusement, pas tant que ça… Il est si épris de Groucho Marx qu'il compte se marier avec elle l'année prochaine. Et bien sûr, maintenant que j'ai signé les papiers de divorce, je suis invitée à célébrer leur union, comme on dit. Il m'autorise même à garder son nom pour mes écrits. La vie est étrange, n'est-ce pas ?

– À qui le dites-vous ! Figurez-vous que, pas plus tard qu'avant-hier, mon ex est venue me rendre visite en prison, et…

Un flash explosa à moins d'un mètre de lui, et Vince, hébété, releva la tête, des milliers de points noirs dansant devant ses yeux. Un jeune photographe blond à la mèche rebelle le dévisageait en mâchant du chewing-gum, l'air satisfait. Derrière lui, perdu au milieu de la foule, un avorton binoclard armé d'un bloc-notes et d'un crayon mal taillé lança d'une voix haut perchée :

– M. Cronyn, s'il vous plaît ! Peter Blumentahl, du journal *Today in the City*. Avez-vous une déclaration à faire sur ce qui vous est arrivé ?

– Oui, absolument ! lança Vince en essayant de chasser ces foutues taches de son champ de vision. Le crime ne paye pas. Je m'en rends compte, à présent, et après mûre réflexion, j'ai décidé que je n'assassinerai plus personne.

– Incroyable ! s'exclama Pam d'une voix un peu trop forte, et Blumentahl et son photographe se tournèrent vers elle, comme la majeure partie de la clientèle.

Pendant que Vince faisait le coq auprès d'Elsa Kramer, la jeune assistante s'était discrètement placée à la gauche de la romancière et, constatant que son patron était en train de s'enfoncer, elle avait décidé d'intervenir avant que la situation se dégrade encore plus.

– Incroyable ! répéta-t-elle, se faisant l'effet d'une très mauvaise comédienne. Vous êtes à la hauteur de votre réputation, miss Kramer… Déjà trois cent quatre exemplaires vendus en à peine deux heures !

– Trois cent cinq, en vérité ! dit Elsa en signant un nouveau livre. Suivant !

Vince serait bien resté plus longtemps pour répondre aux questions insidieuses du journaliste, mais il voyait bien tout le mal que la jeune fille se donnait pour lui sauver la face, et il ne voulut pas la décevoir. Il s'éclipsa donc tandis que Pam dissertait sur les anciens livres de leur invitée, faisant preuve d'une culture qui ne laisserait jamais de le surprendre chez une gamine de dix-sept ans accro aux dessins animés nippons.

Il erra quelques minutes entre les rayonnages, se demandant comment il allait pouvoir occuper son temps maintenant qu'il ne pouvait plus approcher Elsa Kramer pour essayer de la draguer… lorsqu'il vit Louise.

6

Le gorille de Louise

Son ex, appuyée contre l'encadrement de la porte de la minuscule remise, sirotait un café. Vince lui fit un signe de la main et s'avança vers elle, tout sourire. Ça ne dura pas. Très vite, il s'aperçut que Louise n'était pas venue seule ; elle avait apporté son gorille de compagnie avec elle.

Du fond de la remise s'éleva un beuglement de colère, et l'instant d'après, Frank en sortit, tenant dans une main un gobelet à moitié rempli de café, et secouant sa manche trempée de l'autre. Manifestement, l'homme était incapable de se servir de leur machine à expresso. Étonnant, d'ailleurs, de la part d'un type qui semblait né pour en connaître toutes les fonctionnalités, y compris celles que le consommateur lambda n'utilise jamais, comme ce bouton rouge étrange sur le côté qu'on n'ose pas presser de peur que l'engin ne s'autodétruise.

Costume gris anthracite, cravate bordeaux, chemise blanche et mocassins noirs cirés, Frank ressemblait à ces cadres ambitieux drogués à la caféine qui siègent au conseil d'administration de leur boîte. Des yeux bleus perçants, une raie impeccable sur le côté, une mâchoire volontaire rasée de près et un physique carré de champion de parcours d'entreprise achevaient de rendre ce grand brun d'un mètre quatre-vingts antipathique, du moins au regard de Vince.

Il était beau. Très beau. Trop beau… pour être honnête. Le genre de type que les patrons utilisent pour licencier leurs employés et qui le font avec le sourire, conscients d'être manipulés mais heureux malgré tout de pouvoir rendre service à l'entreprise. Vince haïssait ce genre de personnages en général… et Frank en particulier. Mais peut-être que cela tenait au fait qu'il lui avait piqué sa femme, non ?

– Bienvenue chez toi, champion ! lui dit Louise en levant sa tasse. Alors, comment t'en es-tu sorti, cette fois ? On t'a libéré sous caution ?

– Sous caution ? Tu plaisantes ? Le monde est en crise. De nos jours, plus personne ne peut se permettre de payer une caution. Non, non, je suis bel et bien… libre ! *I'm freeee... Like a riveeer... Flowin' freely throooough infiiiiniiity...*

Il saisit la petite blonde par la taille et se mit à virevolter avec elle au son de ses propres paroles. Frank grimaça en essuyant sa manche avec un kleenex.

– Merde, arrête ça, tu veux ? Stevie Wonder est aveugle, pas sourd ; ton interprétation est susceptible de le tuer, même à distance !

– C'est marrant, ça, personne n'aime m'entendre chanter ! L'inspecteur en charge de mon dossier m'a lui aussi dit de la boucler pendant l'interrogatoire.

– Peut-être parce que tu beugles comme un âne qu'on égorge, tu as déjà réfléchi à ça, heu… champion ?

Frank ricana, très satisfait de lui-même, comme à son habitude.

– Est-ce que je t'ai demandé comment tu allais, Frank ? demanda Vince.

– Je ne crois pas m'en souvenir…

– Tant pis ! Ce sera pour une prochaine fois, alors !

Et il se remit à danser avec Louise en fredonnant la même mélodie, mais lèvres closes, cette fois-ci. La jeune femme se mit à rire et tenta en vain de se défaire de son étreinte. Vince valsa plus vite, et la tête commença à leur tourner, ce qui fit rire son ex-femme encore plus fort.

Il était aux anges. Cela faisait tellement longtemps qu'il n'avait pas entendu ce son béni qu'il en avait presque oublié les picotements de plaisir que ça lui procurait à chaque fois dans tout le corps. Ooh, comme il aurait voulu que cette danse ne s'arrête jamais…

Hélas pour lui, Frank n'avait aucune intention de jouer les faire-valoir, et d'un seul coup, il brisa la magie en balançant, mine de rien :

– Je m'attendais à ce que tu en prennes pour au moins vingt ans, avec ce crime. Dans le meilleur des cas…

Ils s'arrêtèrent, et Louise s'accrocha au rayonnage le plus proche pour éviter de se retrouver par terre. Vince, lui, jaugea son « adversaire », et lui donna une tape sur l'épaule, comme à un vieux pote.

– Tu veux que je te dise, Frank ? Moi aussi. Je me voyais déjà griller sur la chaise, subir la piqûre fatale ou être gavé de crème glacée jusqu'à ce que j'explose, je ne sais pas quelles sont les modalités de la mise à mort, dans le coin… Mais ça n'a pas été le cas, et on m'a relâché. Louons le seigneur, mes frères et mes sœurs, et chantons tous « Alléluia », oh yeah !

– Et comment tu te sens, après une telle épreuve ? s'enquit Louise.

– Remarquablement bien. Heureux d'être en vie. J'ai la pêche, quoi !

– La pêche, grogna Frank. Tu as toujours la pêche ! Ta femme te plaque, tu as la pêche ! Tu es accusé de meurtre, tu as la pêche ! Le monde s'écroule autour de toi, tu as la pêche ! Merde, c'est quoi, ton problème, Cronyn ? Il n'y a donc rien ni personne qui puisse te toucher ?

Vince se pencha vers Louise, le sourcil levé.

– Fais comme si de rien n'était et regarde ailleurs, mais écoute-moi : je crois que le futur père de tes enfants vient de me faire des avances à peine voilées. Tu devrais vraiment y réfléchir à deux fois avant de sauter le pas.

La jeune femme rit à nouveau, et il rajouta dans la liste qu'il avait intitulée « pourquoi je n'aurais jamais dû larguer Vince pour ce crétin de Frank » l'argument « me fait rire même dans les situations les plus dramatiques ».

– Je crois qu'il parlait de ton insouciance, champion ! Tu ne l'as peut-être pas remarqué, mais il y a beaucoup de gens que ça dérange.

– Pas moi, en tout cas, rétorqua Frank. En fait, je ne pourrais pas m'en foutre davantage !

– Moi, je suis trop insouciant ? fit Vince sans lui prêter attention. Et dans quel état suis-je supposé me trouver ? Je devrais broyer du noir et traîner ma misère, les yeux larmoyants, en bassinant tout le monde avec la tragédie grecque qu'est ma vie ? Me trimballer avec une corde en bandoulière, au cas où je trouverais le bon arbre pour me pendre ? Mmh

mmh… Pas mon genre, m'dame, ça, non ! Et puis, faute de corde, j'ai tout de même tout ce qu'il faut sur moi ; tiens, ça me fait penser qu'il faut que je te les donne, avant d'oublier.

Il souleva sa veste et les pans de sa chemise, et attrapa la grande enveloppe qu'il avait coincée dans son pantalon, côté dos.

– Tes papiers de divorce ! Signés, comme tu me l'as demandé.

Louise s'en saisit en hochant la tête, mais vérifia que son ex-mari avait bien apposé sa signature aux bons endroits. Il était si retors qu'il aurait pu faire en sorte de se tromper exprès pour rendre le document caduc.

Vince ne pouvait la blâmer. À dire vrai, dans un premier temps, il y avait pensé, avant d'abandonner l'idée. À quoi bon, de toute façon ? Il connaissait Louise : elle ne lâcherait pas le morceau, et ça ne lui servirait qu'à retarder l'inévitable de quelques jours tout au plus. Autant en finir tout de suite.

Il se passa pourtant quelque chose que Vince n'avait pas prévu. Tandis que la jeune femme poursuivait son inspection, s'acheminant peu à peu vers la fin, son expression, jusqu'ici contenue, se mit à changer. Et quand elle eut fini et remis les papiers dans l'enveloppe, ses yeux brillaient de larmes.

– Comme tout cela est triste, murmura-t-elle, mélancolique.

Frank, sur le point de porter le café à ses lèvres et de s'ébouillanter avec, baissa son gobelet, à la grande déception de Vince.

– Triste ? dit-il. Qu'y a-t-il de triste, Louison chérie ? Tu t'apprêtes à larguer les amarres qui te maintenaient dans un port miteux pour venir voguer avec moi sur le grand océan de la vie. C'est exaltant, au contraire !

– Qu'est-ce qui se passe, Frank ? Tu utilises des métaphores, tout à coup ? Tu l'as appris où, ce truc ? Sur ta boîte de corn-flakes, en prenant ton petit-déjeuner ce matin ?

Il lui sourit, sardonique, et l'autre s'apprêtait à lui répondre lorsque Louise reprit la parole, coupant court à un probable début de dispute.

– Et pourtant… « Si douce est la tristesse de nos adieux…

– … que je te dirais : bonne nuit ! Jusqu'à ce qu'il soit jour ! » compléta Vince. *Roméo et Juliette*, acte II, scène II. C'était facile, ça, Louise !

– Du Shakespeare, maintenant ? Par pitié, épargnez-moi ça ! s'insurgea monsieur costard-cravate en faisant de grands gestes désordonnés.

– Il a quelque chose contre le grand Will ? demanda Vince sans quitter la jolie blonde des yeux.

– C'est peu de le dire. Frank le déteste. Il trouve qu'il s'exprime de façon tordue pour dire les choses les plus simples.

– Quoi !? Mais c'est ce qui fait la force de son génie ! Décidément, Louise, l'homme dont tu t'es entichée n'a rien pour le sauver.

– « Veuillez excuser mon outrecuidance, gentes dames et damoiseaux, mais il est temps pour moi que je me gorgeasse devant vous de cette vivifiante liqueur de graines de caféier ! » lança Frank en singeant un acteur de théâtre.

Il était grotesque, mais apparemment, il s'en fichait pas mal. Il leva haut son gobelet, comme s'il portait un toast, et avala d'un trait la moitié de son expresso. Son visage se décomposa et il devint livide.

– Berk ! fit-il en tirant la langue, écœuré. Ce truc est une abomination ! Ça te tuerait, Cronyn, d'investir dans une machine à café qui marche ?

– Me tuer, peut-être pas, mais ce qui est sûr, c'est que ça me priverait de petites joies comme celle-ci !

Un flash crépita derrière Vince, et Frank mit la main devant son visage.

– Seigneur, non ! Pas de photos, par pitié ! Louise, je t'attends dehors ! Mais ne tarde pas ; j'ai une réunion dans moins d'une demi-heure, et je ne voudrais pas être en retard !

Sur ce, il confia son café à sa future épouse, et s'en fut à grandes enjambées, les plantant là tandis que le photographe continuait de les mitrailler.

– On dirait bien que notre téméraire cadre d'entreprise est terrifié à l'idée de s'afficher en public avec un ex-taulard, commenta Vince en le regardant franchir la porte d'entrée.

Il se tourna vers le même type à mèche rebelle qu'il avait essayé de fuir tout à l'heure et lui adressa un salut militaire.

– Je ne pensais pas que j'aurais à vous dire ça, mais merci, mon pote ! Je vous dois une fière chandelle. Ce type est un vrai boulet !

– Pas de problèmes, répondit le photographe en abaissant son appareil. J'ai l'impression que le plus gros de mon boulot se résume à faire fuir les gens. Allez, ça mérite bien une petite photo avec votre dame en récompense, non ? C'est pas tous les jours qu'on peut prendre un criminel au bras de sa dulcinée !

Vince haussa les épaules, et lança un regard en coin à son ex.

– Eh bien, je ne sais pas, il faut que je demande à ma… moitié. Chérie, ça t'ennuierai de t'afficher avec moi dans le journal ?

– Pas le moins du monde, mon cœur, rétorqua Louise, jouant le jeu.

Elle se rapprocha de lui, et il en profita pour l'attraper fougueusement par la taille. Le photographe recula de quelques pas, et leur demanda de prendre l'air diabolique de ceux qui ont réussi à piéger la justice. Ils s'exécutèrent, et tandis que le gars les mitraillait sous toutes les coutures, Vince siffla entre ses dents :

– Voilà encore quelque chose qui risque de ne pas plaire à Donkey Kong ! Je me demande même si tu n'as pas accepté de jouer le jeu uniquement pour le faire sortir de ses gonds… Ce serait bien ton genre, vicieuse intrigante !

– Oublie Frank ! murmura Louise à son oreille en faisant mine de l'étreindre. Il faut qu'on parle, champion ! Ça urge !

– Enfin, tu te décides à t'ouvrir à moi. Cela fait un bout de temps que je me suis rendu compte que quelque chose te préoccupait. Déjà, en taule…

– Demain, ici, midi trente ? le coupa Louise.

Vince réfléchit une seconde et demie. Un moment d'intimité avec cette blonde pulpeuse ne se refusait pas, quelle qu'en soit la raison.

– Ouais… Ouais, ce sera parfait. J'achèterai le champagne. Quant à toi, passe prendre quelques amuse-gueules, pour que l'alcool ne nous monte pas trop vite à la tête… Je veux être au top quand tu finiras par tomber dans mes bras !

– Vince, je suis sérieuse ! C'est important !

– OK, OK ! Va pour demain. Et sans champagne, promis !

Ils furent interrompus par la voix au timbre de velours d'Elsa Kramer.

– Cronyn ! Où êtes-vous passé ?

– Ici, miss Kramer ! J'offre leur scoop aux paparazzis !

Il agita ses bras dans sa direction, mais avec cette foule, leur invitée ne réussit pas à l'apercevoir. Conscient de passer pour un guignol, il finit par arrêter ses gesticulations, mais pas assez vite pour éviter au journaliste de reprendre une photo. Louise pouffa et Vince lui montra les crocs.

– Je vous en supplie, Cronyn, cessez ce que vous êtes en train de faire et venez me rejoindre ! soupira Elsa, exaspérée. Je m'ennuie à mourir, ici. J'ai besoin de votre conversation pour m'aider à tenir jusqu'à la fin de cette interminable séance. Allez, je suis même prête à vous récompenser pour cela. Que diriez-vous d'un dîner en tête à tête, après la fermeture ?

– J'arrive, miss Kramer ! Je cours, je vole…

Vince se pencha vers Louise, et chuchota avec l'air d'un conspirateur :

– Ne t'imagine pas que je suis aussi facilement corruptible ! En fait, nous avons commandé deux mille exemplaires de son livre, et j'ai bien l'intention de vendre chacun d'entre eux aujourd'hui. *Business is business, darling !*

– Oui, bien sûr, dit la blondinette, sceptique. Ton empressement à aller la retrouver n'a rien à voir avec le fait qu'elle soit si jolie…

– Jolie, elle ? Oui, c’est possible. Je ne l’avais pas vraiment remarqué. Pour moi, la seule jolie fille ici, c’est toi, Louise.

Il l’embrassa à mi-chemin entre la joue et la bouche, et retourna au boulot, espérant que cet étrange baiser la plongerait dans la confusion. Derrière lui, le photographe continuait à le mitrailler, semblant ne jamais vouloir s’arrêter.

7

Dans l'œil du cyclone

La nuit tombait quand Vince et Elsa Kramer sortirent du taxi qui les ramenait chez lui. Cronyn avait convaincu la romancière d'oublier le restaurant italien qu'elle affectionnait pour venir essayer avec lui un établissement français chic qu'il fréquentait parfois. Un peu cher, peut-être, mais délicieux. Et comme c'était miss Kramer qui régalait, l'argent n'était pas un problème, n'est-ce pas ?

Il voulait juste passer à son appartement avant, histoire de prendre une douche rapide et de se raser pour retrouver forme humaine, parce qu'il n'était pas certain que le patron accepte de servir les barbus puant la sueur. Elsa lui avait fait remarquer que c'était là des attributs qui permettaient à coup sûr de reconnaître les plus grandes stars du rock, mais Vince avait objecté qu'il lui manquait une seringue dans le bras pour être crédible, et que donc, il *devait* prendre cette douche s'ils voulaient avoir une chance de manger ce soir. Ensuite, le taxi était arrivé, mettant fin à cette discussion absurde.

À présent, ils étaient devant son immeuble, et l'auteur à succès observait avec attention la silhouette blanche sur le sol tandis qu'il essayait de se rappeler le code permettant l'ouverture de la porte d'entrée. Le concierge le changeait au moins une fois tous les deux mois ; aucun doute, ce type était vraiment dérangé !

– Vous venez ? lança-t-il à la jeune femme quand il eut réussi à s'en souvenir. Je vais vous faire visiter l'antre d'un serial-killer. Beaucoup de journaux tueraient pour un tel scoop, vous savez !

– Seulement, je ne suis pas journaliste ! lui répondit Elsa, l'air distrait. Mon boulot à moi, c'est justement de tordre les faits jusqu'à ce qu'ils se révèlent un tant soit peu palpitants pour mon lectorat. Tout vous accuse dès le départ, Cronyn. Donc, si vous êtes *réellement* coupable, vous m'ennuyez déjà, parce qu'avec un tel postulat de base, j'aurais de la chance si j'arrive à tenir quarante pages. En revanche, si vous êtes innocent, là, vous m'intéressez. Non pas que le type accusé à tort soit une idée révolutionnaire, mais elle demeure efficace.

– Souvenez-vous des Quatre de Guildford dans *Au nom du père...* Ce film est devenu un classique, même à l'heure des films à effets spéciaux décérébrés dont les réalisateurs agitent leur caméra comme s'ils avaient la maladie de Parkinson. Pourquoi ? Parce que ce genre de héros provoque l'empathie du public, toutes catégories d'âge confondues. Dites, vous comptez rester encore longtemps entre deux portes ? Il fait un froid de canard...

Vince fronça les sourcils, et prit conscience qu'ils se tenaient toujours sur le perron de l'immeuble.

– Navré, miss Kramer, dit-il en actionnant l'interrupteur. Vous êtes aussi passionnante quand vous parlez que lorsque vous écrivez. Passionnante à écouter, et... passionnante à regarder.

– Ouh là ! Très mauvaise entrée en matière, si vous espérez emballer la fille, Cronyn ! Tout d'abord, laissez tomber le côté formel, et appelez-moi Elsa ; ce sera déjà un bon début. Pour la suite, j'ai bien peur que vous deviez me soûler…

– La nuit ne fait que commencer.

Il franchit le seuil et pénétra dans le couloir, Elsa sur ses talons frappant ses mains gantées l'une contre l'autre pour se réchauffer. Pas un instant ils ne prêtèrent attention à la voiture bleue banalisée garée à une dizaine de mètres de là, ni à la jeune femme aux traits tirés assise derrière le volant qui, faute de repas consistant, entamait sa sixième barre énergétique de la journée.

– Alors comme ça, vous ne connaissiez pas Bruno Vanick ? demanda la jeune femme alors qu'ils se dirigeaient vers l'appartement de Vince.

– Non. Pour dire la vérité, je n'avais même jamais vu son visage. Allez savoir pourquoi, quand je l'ai vu sortir de sa voiture, j'ai cru qu'il bossait dans l'immobilier. Mais apparemment, ce n'est pas le cas, parce que chaque fois que je l'évoque, les gens paraissent surpris.

– Ce n'est guère étonnant. Donc, il n'était pas venu ici pour vous ?

– Bien sûr que non ! Quelle idée absurde !

– Pas si absurde que ça pour de nombreux journaux…

– Ouais, eh bien, si la justice était rendue par les journalistes, je serais mort et enterré depuis longtemps. L'époque des *Hommes du président* est bel et bien révolue. Aujourd'hui, il n'y a plus qu'une bande de charognards qui cherche le sensationnel à tout prix au mépris de la vérité. Voilà, on est chez moi ! Le 1D !

Vince plongea la main dans la poche de sa veste et attrapa sa clef.

– On ne reste que quelques minutes, je vous le promets ! Ensuite, on ira s'en mettre plein la lampe, histoire de fêter dignement vos sept cents exemplaires vendus… Sept cents ! En une seule journée ! C'est dingue !

– Bof ! fit Elsa en haussant les épaules. C'est la routine. Une fois, il m'est arrivé d'écouler mille unités en à peine quatre heures. Mais c'était au Salon du livre, il est vrai. Alors, oui, je suppose qu'on peut dire qu'aujourd'hui était un bon jour.

Cronyn déverrouilla la porte de son appartement et ouvrit. À l'intérieur, tout était plongé dans l'obscurité.

– Installez-vous ! Mettez-vous à l'aise ! Et surtout, ne faites pas attention au bordel. J'ai abattu la femme de ménage, histoire de m'entraîner un peu avant le *one shot* de Vanick !

Il sourit, s'effaçant pour laisser passer Elsa Kramer. La romancière soupira devant tant d'infantilisme et passa devant Cronyn, qui alluma la lumière pour éclairer son chemin. C'est alors que son sourire disparut, et qu'ils furent tout à coup réduits au silence.

L'appartement ressemblait à un champ de bataille après la guerre : tous les meubles avaient été renversés, les coussins du canapé éventrés, le moindre des boîtiers de DVD ouvert et tous les disques éjectés, le téléviseur HD explosé, la tour de l'ordinateur réduite en miettes… Même le ficus en pot auquel il tenait tant avait été déterré ! Au fond de la salle de séjour, la fenêtre, dont l'un des carreaux était brisé, laissait passer un vent glacial qui gonflait les rideaux et tournait les pages des nombreux livres déchiquetés répandus par terre.

Pendant une minute entière, ni l'un ni l'autre ne bougea, l'esprit incapable d'appréhender ce qui s'était passé ici. Puis Elsa reprit possession de ses moyens et murmura :

– Eh bien… Je m'étais attendue à beaucoup de choses en pénétrant chez vous, mais certainement pas à cette apocalypse nucléaire.

– Wow ! souffla Vince, entrant à son tour. Je savais qu'à cause de mon arrestation, le proprio devrait attendre quelques jours de plus pour que je lui paye le loyer, mais je pensais qu'il serait de nature plus patiente. La prochaine fois, je prendrai mes dispositions avant de me faire boucler.

– Quoi, ce… C'est votre propriétaire, le responsable de ce carnage ?

– C'était une boutade, miss Kramer ! Pardon… Elsa…

La jeune femme écarquilla les yeux, incrédule devant ce qu'elle venait d'entendre, et le regarda pénétrer dans son salon avant de se baisser pour remettre sa plante dans son pot.

– Une boutade ? explosa-t-elle. Comment ça, une *boutade* ? Tout ici a été saccagé ! Vous devriez être au trente-sixième dessous !

– Pourquoi ? demanda Vince en tentant de redresser sa bibliothèque. Ce ne sont que des objets.

Cela aurait pu être pire, vous savez… Si j'avais eu un chat, je suis sûr que les malfaiteurs l'auraient ouvert en deux. Pauvre bête !

Il secoua la tête en imaginant la scène, puis claqua ses mains contre ses cuisses.

– Bon, allez. Je ferai le ménage plus tard. Je vais me doucher, s'ils n'ont pas jugé utile de péter le bac. Asseyez-vous où vous pouvez, je reviens de suite.

Elsa lui attrapa le bras alors qu'il enjambait le canapé retourné pour atteindre la salle de bains. Inexplicablement, elle se sentait furieuse contre lui. Il n'avait pas le droit de réagir ainsi. On avait violé son intimité, bousillé tout ce à quoi il tenait. Il aurait dû être en colère, ou triste, ou les deux à la fois. Bon sang, n'importe qui possédant une once d'humanité aurait réagi de la sorte.

– Je vous interdis de… de prendre cette douche ! bégaya Elsa, et elle se sentit soudain très bête d'avoir prononcé ces paroles.

– Pardon ? demanda Vince, haussant les sourcils.

– Appelez au moins la police ! On a retourné votre domicile, bon sang ! Peut-être qu'ils pourront faire quelque chose… Et puis, cela leur fera au moins réviser leur jugement à votre sujet.

– Quel jugement ? Je suis libre. Ça veut bien dire ce que ça veut dire…

– Pas nécessairement. À votre place, je me méfierais du type qui conduit cette enquête, ce… Holt ! Je pense qu'il a quelque chose derrière la tête. Tout cela est trop facile pour être honnête.

Vince rit et lui tapota la main pour la rassurer.

– Vous, les écrivains, vous voyez vraiment le mal partout ! Mais d'accord ; si ça peut vous faire plaisir, je veux bien contacter les flics. Seulement, je vous préviens, ça risque de nous mettre en retard pour le dîner.

– Réveillez-vous : il n'y a plus de dîner, Cronyn ! Un sandwich, tout au plus…

– Et un verre, au moins ! Vous me devez bien ça. Vous n'avez pas idée à quel point cette histoire m'a secoué…

Sur ce, il s'en fut en sifflotant à la recherche de son téléphone mural, sûrement changé depuis en téléphone « moquettal ». Elsa, toujours déconcertée, le regarda un moment farfouiller dans le capharnaüm, puis elle renonça à comprendre, et en l'attendant, elle erra dans l'appartement dévasté, essayant de cerner un peu plus son curieux locataire.

L'impressionnante collection de films, de jeux vidéo piratés et de livres qu'il possédait, ainsi que le plateau-repas à moitié terminé qu'elle retrouva coincé sous le lecteur DVD fissuré, lui fournit un début de réponse ; Vince Cronyn avait tout du célibataire noyant la solitude de ses interminables soirées en se plongeant dans le monde merveilleux de l'imaginaire, quel qu'en soit le support. Probablement n'arrivait-il pas à se remettre d'une ancienne histoire d'amour qui n'avait abouti nulle part, comme c'était le cas la plupart du temps.

À la réflexion, sa vie n'était guère différente de la sienne, sauf qu'elle avait réussi à faire de la tragédie de son existence son principal fonds de commerce. Steel, le vengeur manchot d'*Acier trempé* dont la famille avait été massacrée par des flics véreux, Hanika Senzu, la Japonaise plongée dans l'enfer de la prostitution de *Satin mauve*, et bien sûr, Cole Raines, le caïd de la pègre confronté à un tueur en série de *Cataclysme*, étaient tous à leur manière des extensions d'elle-même, des individus auxquels la vie n'avait pas fait de cadeaux, mais qui choisissaient de ne pas céder à la fatalité et de prendre le taureau par les cornes pour tenter d'accomplir quelque chose de bien, au moins une fois avant de mourir. Cronyn aurait pu être l'un de ces héros. Il en avait le profil. Seulement, il en était pour l'instant au premier quart du bouquin, celui où il encaissait les coups dans un coin du ring sans songer à se défendre.

Elsa retourna distraitement une jaquette de DVD du bout de sa bottine, et découvrit l'affiche de *Mad Max*, avec Mel Gibson… Encore l'histoire d'un type banal transformé par la force des choses en justicier impitoyable. La romancière eut un petit sourire. Et si elle venait mettre son grain de sel dans tout ça ?

Après tout, peut-être que si elle réussissait à titiller sa curiosité, Vince se secouerait, et chercherait à trouver le salopard qui lui faisait porter le chapeau du meurtre de Vanick ? Ce serait alors le début d'une enquête passionnante, qu'ils pourraient mener en parallèle de ces flics obtus. Un vrai roman policier en *live*, une chose dont elle rêvait depuis longtemps.

Oui, Cronyn ! Ils iraient bien le boire, ce verre, car elle avait beaucoup de choses à lui dire.

– J'ai trouvé ! s'écria Vince en levant un vieux combiné noir éraflé. Il était caché sous le livre *Lettres d'Hiroshima.* Marrant, non ? Lettres… Téléphone… Correspondance, quoi !

– Tordant ! acquiesça la jeune femme, navrée.
La partie était loin d'être gagnée.

L'inspecteur Holt ralluma son cigare et leva le nez de son bureau, fatigué par son dur labeur. Les différentes parties du M-1 étaient toutes étalées sur le plateau, posées chacune sur un buvard et méticuleusement étiquetées. Il s'était fait un devoir de démonter l'arme pièce par pièce, non pour les besoins de l'enquête, comme il l'avait fait croire à ses abrutis de collègues, mais parce qu'en tant que fan de maquettes de véhicules militaires (il en avait très exactement deux cent trente-huit exposées dans une immense vitrine fermant à clef dans sa cave), il adorait découvrir ces minuscules mécanismes qui, une fois assemblés, formaient un tout parfait.

Et le Garand M-1 était sans nul doute une arme parfaite… Après presque soixante-dix années d'existence, elle fonctionnait toujours comme si elle sortait de l'usine. Il fallait avoir les moyens pour s'offrir un tel bijou, et Vincent Cronyn ne les avait pas. À moins qu'il ne s'agisse d'un héritage familial…

La sonnerie du téléphone retentit, et il remisa sa réflexion dans un coin de son cerveau. Il aurait le temps d'y revenir plus tard.

– Holt à l'appareil ! répondit-il après avoir craché un brin de tabac qu'il avait sur le bout de la langue. Si c'est encore un journaliste, je vous préviens…

– Ici Lambert, répondit son adjointe à l'autre bout du fil. Je vous appelle depuis la voiture avec mon portable, et mon forfait est presque épuisé. Je vais donc faire court : Cronyn vient de signaler une effraction chez lui. Selon ses propres mots, son appartement ressemblerait à « la bataille de Gettysburg avec moins de barbus en uniformes bleus, mais plus d'acariens » ; notre psychotique ne semble pas s'être débarrassé de son lamentable sens de l'humour…

Les yeux de l'inspecteur Holt se mirent à briller.

– Excellent ! Tout se passe exactement comme je l'avais prévu…

– Quoi ? Que… Qu'est-ce que vous aviez prévu, Holt ? J'aimerais bien être mise au courant, de temps en temps. Et puis… Pourquoi est-ce moi qui planque chez Cronyn ? Nous avons des agents, pour ça.

– Oui, mais aucun n'est aussi affûté que vous, Lambert. Et ça, c'est un compliment, au cas où vous en douteriez.

Le bip-bip du portable retentit, signe de l'imminence d'une coupure.

– Allons, bâilla Holt, ne relâchez surtout pas votre vigilance, et prévenez-moi dès qu'il y aura du nouveau !

– Je ne suis pas d'accord, s'insurgea la femme-flic. Je suis éreintée, je n'ai rien mangé de consistant depuis une éternité, et ma vie privée est en train de partir en miettes à cause des horaires que vous m'imposez. Alors si vous…

– Je ne vous entends plus, Lambert. Sans doute à cause du forfait. Rappelez-moi quand vous l'aurez renouvelé. Et bonne nuit.

Il lui raccrocha au nez, et se renfonça dans son fauteuil en tirant une grande bouffée de son cigare. Il était satisfait. Encore une fois, il avait vu juste. Restait maintenant à attendre que les choses se précisent.

Mais la patience était justement l'un des points forts de l'inspecteur Gustav Holt.

Il chassa le sommeil de ses yeux et retourna à son étude de l'arme du crime. La nuit promettait d'être longue ; il ne rentrerait pas chez lui ce soir.

8

Un petit cours d'histoire

Deux heures plus tard, Vince et Elsa Kramer étaient assis devant un scotch au *Cosy*, un bar à cocktails du quartier dans lequel Cronyn avait ses habitudes. Comme prévu, ils n'avaient pas eu le temps de dîner et se rabattaient maintenant sur les cacahuètes et les noix de cajou qui leur avaient été servies avec leurs consommations. À cette heure-ci, l'ambiance était calme et tamisée, quoique, de toute façon, il n'y régnât pas en général grande agitation.

Dans un coin de la pièce, une call-girl de luxe entreprenait un vieillard plein aux as tandis qu'à l'autre bout, un grand type maigre jouait un medley de tout et n'importe quoi sur un piano à queue qui avait connu des jours meilleurs. Le barman, lui, semblait s'ennuyer ferme et faisait des sudokus sur le journal. En première page s'étalait la photo de Vince, menottes aux poignets, avec un seul mot, énorme : Coupable ?

Il poussa la jeune femme du coude et lui montra la manchette.

– Qu'est-ce que je vous disais… Le point d'interrogation est la seule chose qui me sépare encore de la peine de mort.

– En effet. Et l'opinion publique ne semble pas être la seule à vouloir votre peau. Vous pensez toujours avoir la loi de votre côté ? Même après le calvaire que nous venons d'endurer ?

Elsa faisait référence au flic qu'on lui avait envoyé pour constater l'effraction et qui n'avait cessé, durant l'heure et demie qu'avait duré sa visite, de les harceler de questions insidieuses, convaincu que Vince avait lui-même retourné son appartement avec l'aide de sa complice pour faire croire à un cambriolage. D'ailleurs, « arrêtez-moi si je me trompe, mais rien ne semble vous avoir été dérobé, n'est-ce pas, monsieur Cronyn ? ».

– Bof ! fit Vince après avoir vidé son verre d'un trait. Qu'ils aillent au diable, tous ! S'ils sont tellement certains de ma culpabilité, qu'ils la prouvent. Paul ! La même chose, s'il te plaît !

– Pas pour moi ! dit Elsa. Nous n'avons presque rien mangé, et je ne veux pas finir ivre morte. Ça casserait le mythe que vous entretenez toujours sur moi.

– Ma foi, si grâce à ça je peux vous mettre dans mon lit, je suis prêt à prendre le risque.

– Vous n'avez plus de lit, Cronyn !

– Cette façon que vous avez de toujours me ramener à la réalité est désolante, miss Kram… Pardon, *Elsa*. Ah, bon sang, j'ai un mal fou à utiliser votre prénom. C'est comme si j'appelais Shakespeare Billy.

– Comparaison assez flatteuse, même si nous ne boxons pas dans la même catégorie. Cela étant dit, ne vous leurrez pas : il va falloir faire mieux que ça, si vous espérez me séduire, Cronyn. Beaucoup mieux.

– Très bien, ça me va. On commence par quoi ?

Vince agita une seconde fois son verre en direction du barman, qui referma son journal en soupirant et attrapa la bouteille derrière lui sans même se retourner.

– Mmm… Voyons voir… réfléchit Elsa. Pourquoi ne pas essayer de trouver le ou les responsables de la ruine de votre appartement ?

– Oh ! Et c'est ça qui, selon vous, vous fera tomber dans mes bras ? Curieux…

– Dois-je vous rappeler que je suis romancière ? Le mystère, ça m'excite !

– Parfait, fit Vince en se frottant les mains avec l'air d'un satyre. Dans ce cas-là, la première chose à faire, c'est trouver le mobile. Qu'est-ce qu'ils pouvaient bien chercher ? L'arme du crime ? N'importe qui lisant les journaux sait que ce sont les flics qui l'ont. À moins que… Des illettrés ? Ou des aveugles ? Les journaux en braille, ça existe, mais je ne sais pas si…

– Concentrez-vous, Cronyn ! l'interrompit son interlocutrice. Si vous divaguez, ça va nous compliquer la tâche. Mais si vous cherchez un mobile, je peux vous en donner un : l'argent. Quoi d'autre ?

Elle bâilla bruyamment, et s'excusa, arguant que la journée avait été longue. Elle alluma ensuite l'une de ses longues cigarettes et se perdit dans la contemplation des volutes de fumée qui s'en échappaient. Le barman, s'apercevant que la bouteille de scotch était vide, avait disparu dans la réserve.

Quant à Vince, il était sur les dents, et fixait la jeune femme, attendant la suite. Comme elle ne semblait pas pressée de continuer, il la poussa un peu.

– Attendez… C'est quoi, cette histoire d'argent ? On ne parle tout de même pas des vingt-huit dollars et soixante-treize cents que contient ma tirelire en forme de Gizmo ?

– Le magot de Vanick ! soupira Elsa en faisant des ronds de fumée. Ça vous arrive de lire les journaux, Cronyn ?

– Non, pas quand je peux l'éviter… On parle de quelle somme, là ?

– Oh, à peine deux millions de dollars… Une misère !

La mâchoire de Vince se décrocha, comme dans ces Tex Avery avec le loup lorsqu'il aperçoit la pin-up.

– Quoi !? souffla-t-il, pas certain d'avoir bien entendu. Deux millions ?

– Oui, oui, dit Elsa, agacée. C'est bien ce que j'ai dit !

– Ho là ! Et si vous preniez le temps de tout m'expliquer depuis le début ? Jusqu'ici, je nageais, mais là, je suis carrément en train de couler.

– Bon. Dans le milieu des années quatre-vingt, Bruno Vanick était une figure célèbre du grand banditisme. Cela, vous le saviez…

– Non.

– Oh, seigneur… Mais de quelle planète vous débarquez, Cronyn ?

– Celle qu'on appelle Préadolescence. À cette époque, la seule chose qui me préoccupait, c'était de rouler un patin à Amanda Liston, la plus jolie fille du collège, et de repousser chaque matin l'armée de points noirs menaçant d'envahir mon visage. Tout le reste était un peu… abstrait pour moi.

– Dans ce cas, laissez-moi vous parler de lui. Vanick et ses acolytes étaient des braqueurs de banques. Des génies du crime. En douze ans de carrière, ils ont dévalisé pas moins de treize établissements bancaires, élaborant à chaque fois une stratégie différente pour dérouter le FBI lancé à leurs trousses. La treizième, hélas, son « dernier coup avant de raccrocher », selon ses propres paroles, lui a été fatale. Il s'agissait de la Japanese Overseas Mercantile, un truc énorme né de la fusion de plusieurs grosses entreprises mondiales. Vraiment, ça ne vous dit toujours rien ?

Vince secoua la tête. Depuis quelques minutes, il s'était mis en devoir de broyer chaque cacahuète en milliers de petits éclats plutôt que de les ingurgiter. Le comptoir du bar devant lui en était recouvert, mais il ne semblait même pas s'en rendre compte. Elsa contempla quelques instants son petit manège, puis cessa de se laisser distraire et poursuivit :

– Je ne me souviens plus très bien de ce qui a mal tourné, mais Vanick s'est finalement fait coincer après s'être enfui avec deux millions. C'était en 1991, et il en a pris pour dix-huit ans ferme. L'argent, lui, n'a jamais été retrouvé. Il l'avait planqué quelque part juste avant de se faire attraper, et durant toutes ces années, il n'a jamais craché le morceau… Dites, vous voulez bien arrêter de faire ce truc flippant avec les cacahuètes ?

– Et ? demanda Vince, absorbé par l'histoire de la romancière.

– Il a fini par purger sa peine. Il est sorti de prison il y a quelques jours.

– Quelques jours…

Bien qu'il n'ait pas encore l'image complète du puzzle, les toutes premières pièces commençaient enfin à s'emboîter dans l'esprit de Vince. Curieusement, loin de l'effrayer, cela lui procurait au contraire un sentiment d'exaltation. Pour la première fois depuis une éternité, il se sentait vivant, prêt à tenter de lever le voile sur une histoire vieille de près de deux décennies. Surtout, garder la tête froide, et écouter les faits jusqu'au bout.

Elsa avait remarqué le changement d'attitude de Cronyn. Le garçon semblait avoir perdu cette espèce de je-m'en-foutisme qu'il traînait à longueur de journées. Cela reviendrait, bien sûr, mais pour l'instant, il avait le regard émerveillé d'un petit garçon de huit ans écoutant une histoire de pirates et de trésor enfoui. C'était gagné ! Elle avait réussi à ferrer le poisson.

Elle enchaîna :

– Naturellement, nous pouvons supposer… Non, merci.

Le barman était revenu avec une nouvelle bouteille de scotch, et s'apprêtait à renouveler leurs consommations. Vince tapota son propre verre, puis agita son index en un mouvement circulaire, enjoignant à la jeune femme de terminer sa phrase.

– On peut supposer *quoi* ?

– Eh bien, que la première chose qu'il ait eu envie de faire en sortant ait été de venir le chercher. C'est une théorie qui se tient, non ?

– Deux millions de dollars… Et dans mon immeuble, en plus…

Il n'arrivait toujours pas à croire ce qu'il était en train de dire. « Paul » lui servit sa boisson, et repartit à l'autre bout du bar finir son sudoku en secouant la tête. Encore un de ces fêlés qui se rêvaient millionnaires après leur troisième verre. Pauvre gars... Un jour ou l'autre, la réalité le rattraperait, et le réveil serait dur !

Elsa attendit que le barman ne soit plus à portée d'oreille et se rapprocha de Vince.

– Dans le même ordre d'idées, nous pouvons aussi supposer que celui qui le détient vit là-bas, et qu'il l'a abattu parce qu'il n'avait pas la moindre intention de le lui rendre. Peut-être l'un de ses anciens complices, qui sait ?

– Me considéreriez-vous donc comme tel, miss Kramer ?

– Évidemment non... Vous aviez à peine dix-huit ans, à l'époque du casse ; autant dire un bébé. En plus, Vanick était réputé pour sélectionner des types qui avaient déjà de la bouteille dans le métier. Mais pourquoi cette question ?

– Parce qu'à moins que ce ne soit le cas, je ne comprends toujours pas pourquoi on est venu chercher cet argent dans *mon* appartement...

– Oui... Cela m'a surprise, moi aussi... Si l'on poursuit notre raisonnement, nous pouvons déjà écarter le tueur, parce que, si c'est bien lui qui possède l'argent, il n'avait aucune raison de... À moins que... Mais bien sûr !

– Quoi ? Quoi ? Qu'est-ce qu'il y a ?

Elsa ne put se retenir de rire, et Vince fronça les sourcils, offensé.

– Excusez-moi, fit la jeune femme en essuyant une larme qui perlait à son œil, menaçant de faire couler son rimmel. Vous devriez vous calmer un peu. Vous allez finir par nous faire une attaque.

– C'est un risque que je suis prêt à courir. Vous pensiez à quoi, là ?

– Je me disais qu'il est possible que quelqu'un d'autre cherche aussi cet argent. Quelqu'un convaincu que *vous*, vous l'avez !

– Allons… Moi ? Ça ne tient pas debout ! Je suis totalement étranger à l'affaire.

– Au début, peut-être. Mais à présent, que vous le vouliez ou non, vous êtes tout aussi impliqué que le meurtrier de Vanick. Seuls vos rôles diffèrent.

– Mais non, s'écria Vince de la voix un peu trop forte de l'homme qui pense être encore sobre alors que l'alcool a déjà commencé à lui monter à la tête. Non, non, non !!! Je ne suis pas impliqué, comme vous dites ; pas du tout. Même les flics ont fini par l'admettre.

– Ah oui, les flics… dit Elsa en tirant une nouvelle bouffée de sa cigarette. J'ai failli les oublier. J'ai eu un peu le temps de réfléchir à l'attitude de l'inspecteur Holt à votre égard, pendant que l'autre abruti vous questionnait, à votre appartement. Et j'en suis arrivée à la conclusion suivante : votre remise en liberté est une sorte de test. Ils ne savent pas à quoi s'en tenir, vous concernant. Votre attitude est celle d'un innocent, mais vous vous êtes quand même fait attraper l'arme du crime à la main. Donc, ils vous relâchent. CQFD.

Vince descendit son scotch d'un trait, et mordilla nerveusement sa lèvre.

– Une fois de plus, vous m'avez largué en cours de route.

– Réfléchissez : si vous êtes coupable, vous finirez bien par vous trahir à un moment ou à un autre. Mais si, comme le pense Holt – un homme à l'esprit brillant, à mon avis –, vous n'êtes pas celui qui a tué Vanick, ce n'est pas un problème. Vous serez un leurre. *Leur* leurre.

– Qu'est-ce que c'est que ce truc-là ?

– Une sorte… d'appât. L'inspecteur vous a laissé partir pour voir qui allait vous approcher. Procédure policière typique. Et en voyant l'état de votre appartement, j'aurais tendance à croire que c'était pour eux la meilleure des choses à faire.

– Donc, ils ne m'ont pas lâché d'une semelle depuis ce matin ?

– Affirmatif.

– Vous parlez d'une histoire…

Vince se retourna sur son tabouret, et jeta un coup d'œil à la salle. La pute était partie avec son client depuis déjà un moment, et le pianiste faisait une pause aux toilettes. À part le barman, il n'y avait qu'eux.

Il se pencha vers Elsa, et lui indiqua l'homme aux sudokus d'un bref mouvement du menton.

– Vous croyez que Paul est l'un d'entre eux ? Je viens chez lui depuis plusieurs mois, et je le trouve toujours à la même place. Il est fort, le bougre. Il avait anticipé que je buterais Vanick bien avant que je n'y songe moi-même.

La romancière plissa le front, incapable de savoir si c'était du lard ou du cochon, et Vince dut appuyer sa réplique d'un clin d'œil complice pour qu'elle comprenne qu'une fois de plus il venait de faire appel à cet étrange sens de l'humour n'appartenant qu'à lui. Se lancer dans une discussion avec cet homme, c'était comme embarquer sur le grand huit. Une fois arrivés, on n'était plus tout à fait sûr que ce qui venait de se passer était bien réel.

– Je peux me tromper, évidemment, termina-t-elle en bâillant à nouveau. Toujours est-il que c'est comme ça que *moi*, j'envisagerais la chose, si j'écrivais un roman. Oouff... Je suis sur les rotules. Je rentrerais bien chez moi dormir quelques heures. Vous m'accompagnez ?

– Dans votre lit ? demanda Vince avec un plaisir non dissimulé. Avec joie.

– Je parlais de mon loft, espèce d'obsédé, soupira Elsa. Vous pourriez disposer de ma salle de bains pour vous laver et vous raser. Ce ne serait pas du luxe. Et je vous trouverai bien un endroit où dormir. J'avais un cocker qui est mort voilà quelques mois. Son panier ferait un lit très confortable, si vous n'avez rien contre les poils. Qu'en dites-vous ?

– Oh, avec un sujet comme celui que vous venez de me servir sur un plateau d'argent, je pourrais épiloguer pendant des heures. Mais cette fois, je resterai un vrai gentleman, et vous dirai juste merci, miss Kramer, pour votre hospitalité. Je frétille déjà de la queue à l'idée de passer la nuit au fond de votre panier.

Il la regarda, le visage impassible, puis ils éclatèrent de rire. Derrière eux, le pianiste, dont le pantalon blanc s'ornait maintenant d'une tache d'urine toute fraîche, avait repris sa place et jouait *Moonlight Serenade* avec une espèce d'entrain ridicule.

9

Deuxième service

– Deux millions de dollars…

Allongé dans son bain avec de la mousse jusqu'aux oreilles, Vince, tenant la glace d'une main et son rasoir de l'autre, n'en revenait toujours pas. Comment lui, obscur libraire de quartier, avait-il pu se retrouver plongé au cœur d'une telle affaire ? Ça le dépassait.

Il revit Vanick sortir de sa voiture, juste avant que la détonation ne retentisse et qu'il s'écroule devant ses yeux, un geyser de sang giclant de son front au ralenti. On se serait cru dans la scène du *Parrain* où Don Corleone va acheter des oranges et manque de se faire buter par les hommes de main de son rival. Du sang, de la sueur, de la poudre, des filles et un magot… Ne manquez surtout pas le nouveau film de Vincent Cronyn, *Pas de répit pour le libraire*, prochainement dans les salles !

Il rit tout seul comme un idiot, et entreprit de supprimer les quelques poils de chèvre qui s'accrochaient encore à son menton. Il enviait ces hommes qui, mal rasés, décuplaient leur sex-appeal, car il appartenait à cette catégorie de gens qui, même avec la meilleure volonté du monde, se révélaient incapables d'obtenir une barbe digne de ce nom.

Une fois, il avait malgré tout essayé de la laisser pousser, pour voir ce que ça donnait ; il s'était retrouvé avec quelques touffes de poils éparses collées à ses joues qui lui donnaient l'air d'avoir la gale. Effet répulsif garanti ! Depuis, il se rasait tous les jours… quand son emploi du temps le lui permettait.

Il termina son récurage intensif en fredonnant le Triple Concerto pour piano, violon, violoncelle et orchestre de Beethoven qui passait dans la pièce d'à côté sur un vieux pick-up d'avant-guerre. Encore une lubie de gens riches, ça : à l'ère du MP3 et du son parfait, ils préféraient le crissement et les sautes d'humeur des vieux vinyles.

Vince frissonna, second signe après la peau des doigts fripée qu'il était temps de sortir. Il attrapa une grande serviette rose sur le porte-serviette chauffant, et se frictionna vigoureusement tout le corps, continuant à se laisser entraîner par le cours de ses pensées. S'il lui était donné de devenir riche un jour (en mettant la main de manière fortuite sur deux millions de dollars, par exemple), lui ne perdrait pas son temps à farfouiller dans les vide-greniers pour essayer d'y dénicher de vieilles lampes à pétrole et autres pendules qu'il fallait remonter avec des clefs en étain. Vince était un homme de son temps : l'argent partirait dans les DVD, les jeux vidéo, et des tonnes de gadgets plus inutiles les uns que les autres devant lesquels il bavait sur Internet.

Ah si, quand même : il se constituerait une belle bibliothèque personnelle avec des ouvrages reliés en cuir, le genre que l'on trouvait entre deux pages dans les magazines avec leur bon de commande, mais que l'on zappait vite fait une fois qu'on avait réussi à trouver le prix, inscrit en minuscules juste en dessous de l'« énorme » pourcentage de réduction que la maison d'édition vous accordait si vous achetiez tout, et tout de suite. Ouais, l'intégrale des œuvres de Shakespeare dans ce genre d'écrin, ça, ce serait quelque chose ! Il les connaissait déjà par cœur, mais le simple fait d'ouvrir un de ces livres aux pages fines comme la soie pour sentir leur odeur lui procurerait…

– Cronyn ! Vous voulez bien venir, s'il vous plaît ? C'est important.

Important ? Qu'est-ce qui pouvait être plus important que fantasmer sur le fait de devenir millionnaire ? Vince réfléchit un instant. Il y avait bien une chose, tout de même…

Il enroula sa serviette autour de la taille et sortit de la salle de bains, mettant en avant ses petits muscles de poulet. Le grand salon avec bar était désert, ainsi que la cuisine attenante à la salle de bains.

– Miss Kramer ? appela-t-il, sachant pertinemment où se trouvait son hôte. Elsa ? Où êtes-vous ? Je ne vous vois pas…

– Dans ma chambre, répondit la jeune femme. Venez vite !

Oh, ça, pas de danger qu'il traîne la patte ! Il franchit le grand séjour mansardé au pas de course, et se dirigea vers la chambre à coucher, qu'il n'avait pas encore eu l'occasion de visiter. Gageons qu'il allait rattraper le temps perdu.

À la porte, Vince marqua cependant un temps d'arrêt. Il venait de réaliser que depuis qu'il était sorti avec la romancière, il n'avait pas pensé une seule fois à Louise. En six mois, c'était une première. Se désintoxiquait-il enfin de son ex ? Il n'osait y croire. Et pourtant… En pensant à elle à cet instant, il ne ressentait rien. Ni peine, ni douleur, ni colère, que dalle ! Cette Elsa Kramer devait être une sorcière. La nuit promettait d'être… magique.

Vince passa sa main dans ses cheveux pour les coiffer, et choisit de soigner son entrée. Après la charmante soirée qu'ils venaient de passer, il n'avait aucune intention de se comporter comme un animal en rut. Il laissait ça aux individus comme Frank.

– Écoutez, je ne sais pas, Elsa, déclara-t-il en ouvrant la porte. J'ai eu le temps de réfléchir à votre théorie, et cela me paraît vraiment trop…

Il s'arrêta net, n'ayant d'yeux dans un premier temps que pour la jeune femme debout au centre de la pièce. Vêtue d'un minuscule kimono rouge et noir (et visiblement de rien d'autre), elle était à tomber par terre. Vince aurait bien foutu aux ordures toutes ses bonnes résolutions pour lui sauter dessus, s'il n'y avait eu ce « léger » point de détail : Elsa Kramer avait les mains en l'air.

À quelques mètres d'elle, de l'autre côté du grand lit circulaire, un homme dont la silhouette était plongée dans l'ombre la braquait avec son .45.

– … dingue, termina Cronyn, les bras ballants. OK… Au temps pour moi !

Le Triple Concerto se termina, et seuls les craquements du disque continuèrent à résonner dans l'appartement. Le type s'avança et apparut dans la lumière jaune de la table de chevet, faisant scintiller l'anneau d'argent qu'il portait à l'oreille gauche.

La quarantaine bien sonnée (assourdissante, même), il était de taille moyenne, large comme une barrique, et son visage à lui tout seul était un appel au délit de sale gueule : sourcils épais, cheveux noirs passés à la tondeuse mode dernier sabot, courte barbe et petits yeux gris porcins, il était l'archétype de ces malfrats de seconde zone issus d'Europe de l'Est que Steven Seagal ou Jean-Claude Van Damme dézinguent à grands coups de pompe dans la gueule. Même son costume gris, qui se voulait sans doute un rappel de son appartenance au milieu de la pègre, était vieux, usé, et mal coupé.

Il lui adressa un sourire de mauvais augure, révélant une rangée de dents cariées et déchaussées, et s'adressa à lui en postillonnant partout.

– Surpris de me voir, pas vrai, mon pote ?

– Là, je dois dire… murmura Vince sans quitter le .45 des yeux. Vous n'êtes pas vraiment le genre de personnes que je m'attendais à trouver dans cette chambre. Elsa… Permettez-moi de vous complimenter sur votre tenue ; elle vous va à ravir.

– Cronyn ! grinça-t-elle. Cet homme pointe une arme sur moi.

– On fait les présentations, histoire de se sentir plus à l'aise ? proposa l'autre en agitant le revolver devant eux sans la moindre prudence. Moi, je connais déjà vos noms ; ils s'étalent partout dans la presse. La scribouillarde et le flingueur. Mais moi… J'imagine que vous me remettez pas ?

– Le devrions-nous ? demanda Vince.

– Nan, je pense pas… Vous étiez tous les deux trop jeunes, à l'époque. Et puis, dans cette affaire, on a surtout parlé de l'arrestation de « Vanick l'Imprenable ». Son complice, qui lui n'a jamais été chopé, c'était un point de détail, pour la volaille. Tout le monde se foutait de Merv Borg. C'est moi, au fait.

– Enchanté, monsieur Borg… dit Vince en faisant quelques pas dans la pièce. Et si vous posiez votre engin, afin qu'on discute calmement de ce qui vous amène ici à une heure si tardive ?

– Alors, ça y est, j'te file mon nom, et tout à coup, on est les meilleurs amis du monde ? s'esclaffa l'autre, juste avant de braquer son arme sur lui. Allez, arrête ton char, tête de nœud, et mains en l'air, toi aussi ! Tu sais exactement ce que je veux. C'est pas parce que je suis pas instruit comme vous autres que tu peux réussir à me baiser la gueule avec ton baratin à deux balles !

– J'avais vu juste, souffla Elsa à Vince. Lui, c'est le type qui est persuadé que vous avez l'argent.

– Ouais, ça me semble assez évident. Le seul problème (et là, Cronyn haussa le ton), c'est que s'il a l'intention de me tuer, il ne le retrouvera jamais.

– Oh, mais je te tuerai pas, non ! grogna Borg. Je vais t'estropier juste ce qu'il faut, histoire que tu craches le morceau.

Il désigna son genou de sa main libre.

– Que dirais-tu de marcher jusqu'à la fin de tes jours avec une canne ? Ça te plairait, ça, branleur ? À moins que… Tu dois être le genre chevalier blanc, avec les femmes, toi, hein ? Et si, plutôt que de m'en prendre à toi, je choisissais de faire gicler sa putain de cervelle sur les murs, à *elle* ?

Il fit un bond en avant, et attrapa la tête d'Elsa par les cheveux pour coller le canon de son revolver contre sa tempe. La jeune femme gémit.

– OK, OK, on se détend, mon pote, dit Vince d'une voix mal assurée.

– Mais je *suis* détendu, ricana Borg, collant un gros baiser mouillé sur la joue d'Elsa. En fait, plus détendu que moi, tu meurs. Alors ? Où est mon pognon, trouduc ?

– Je… Je l'ai caché. Rien d'étonnant à cela, quand on voit jusqu'où sont prêts à aller les gars dans votre genre pour le récupérer.

– Ça, tu vois, je m'en doutais un peu, génie. Mais tu l'as planqué *où* ? Pas sous ton plumard, en tout cas. J'ai déjà regardé, là.

– Non… Non, bien sûr que non !

En même temps qu'il réfléchissait à sa prochaine phrase, Vince regardait autour de lui, cherchant une arme de fortune. Il ne trouva rien, en tout cas rien qui soit susceptible de rivaliser avec l'arme à feu de Borg. Pris au piège, il ne lui restait plus qu'à continuer à broder jusqu'à ce que la solution se présente d'elle-même.

– Enfin, voyons… continua-t-il. Quel genre d'homme serais-je si je gardais autant d'argent planqué sous mon matelas ? Dois-je te rappeler que je suis l'homme qui a assassiné le célèbre Bruno Vanick ?

– Ça, même moi, j'aurais pu le faire, grogna le malfrat, sa mine s'assombrissant. La prison l'a changé. Il y a vingt ans, il t'aurait senti venir à des kilomètres, et t'aurais pas eu le temps de poser ton doigt sur la détente qu'il t'aurait déjà aligné avec son propre flingue. Il lui avait même donné un nom, t'imagines ça ? Rex. Comme un clébard. Parce que, selon lui, y avait pas meilleur ami de l'homme que son calibre. Putain, c'était quelqu'un, Van, j'te jure… Dommage que sa parano lui ait bouffé la tête. Au départ, c'était sa botte secrète, vous savez ! Mais à la longue, ça s'est retourné contre lui. À la fin, on m'a dit qu'il était complètement aveuglé par ses angoisses. Pas étonnant qu'il ait terminé de cette façon, la gueule dans le caniveau. Pauvre vieux…

Un silence recueilli s'installa entre les trois protagonistes. Mais au bout de quelques secondes, Borg réalisa à qui il était en train de parler et se ressaisit. L'arme toujours braquée sur la tête d'Elsa, il tira une nouvelle fois sur ses cheveux et se remit à cracher partout.

– Allez, terminé, le quart d'heure nostalgie ! Maintenant, tu vas me dire ce que t'as foutu de l'oseille, parce que je commence à perdre patience ! Et quand je perds patience, y a pas, faut que j'me défoule !

Il saisit la délicate oreille de la romancière entre ses dents pourries et se mit à serrer en gloussant de plaisir. Elsa hurla, et le sang commença à perler.

– Arrêtez ! s'écria Vince. Mais arrêtez, espèce de taré ! C'est bon, je vais vous dire ce que vous voulez savoir. Il… Il est dans l'appartement adjacent au mien. Le 1C. Celui d'où je… j'ai tiré sur Vanick.

– Tu te fous de ma gueule ? ânonna Borg, ne lâchant pas l'oreille de son otage, mais desserrant un peu sa prise. Je sais que les flics sont des demeurés, mais ils auraient fini par le trouver.

– Pour tout vous dire, ils n'ont même pas cherché. Franchement, qui irait fouiller un appartement vacant où, après tout, je n'ai fait que passer ?

Durant une seconde, il croisa le regard de la jeune femme. Celle-ci, les yeux écarquillés, avait l'air impressionnée par son sens de l'improvisation, et elle hocha la tête pour lui signifier qu'elle le suivrait sur ce terrain s'il le fallait. Le gangster ne remarqua rien de cet échange muet. Plongé dans les méandres de ses pensées, il réfléchissait à la meilleure solution à adopter, son regard vide aussi expressif que celui d'un bœuf.

Un instant, Vince envisagea de lui sauter dessus pour tenter de lui faire lâcher son arme. N'était-ce pas le moment idéal pour ça ? Et puis, il eut un flash et vit ce que cela pouvait donner : lui à moitié nu, avec son corps de crevette anorexique, toutes griffes dehors, face à cent bons kilos de muscles rompus aux affrontements en tous genres. Au mieux, il finirait ses jours à boire tous ses aliments avec une paille. Au pire…

C'est alors que Merv Borg releva la tête, brisant tous ses beaux rêves d'héroïsme.

– OK, ça se tient, ton histoire, mon pote. On va le chercher. Tout de suite !

– Quoi, maintenant ? s'exclama Elsa, reprenant la parole. Vous réalisez le risque que vous courez ? La police doit toujours être en planque, là-bas, au cas où le tueur reviendrait pour effacer ses traces. Ne devrions-nous pas attendre au moins quelques heures afin de… ?

– J'attends depuis déjà dix-huit ans, poulette ! Dix-huit années à bouffer des plats surgelés et des boîtes de conserve à prix discount, à vivre de petits coups minables en rêvant à des jours meilleurs et à voyager d'une taule à l'autre sans jamais réussir à mettre la main sur Van. Je sais pas comment j'ai réussi à tenir jusqu'ici sans me faire tuer… Peut-être que la perspective de toucher un jour ma part du magot m'a incité à la prudence, va savoir… Alors pas question d'attendre une seconde de plus. Et en ce qui concerne la surveillance, aucun danger. Ces blaireaux n'ont qu'une voiture devant la porte principale. Si on passe par-derrière, tout se passera bien. Allez, mettez vos fringues, tous les deux ! On va se balader. Oh, et au fait : désolé d'avoir interrompu votre orgie.

Il leur balança un sourire satisfait, et relâcha Elsa pour qu'elle enfile quelque chose de plus habillé. Vince soupira.

– Ne vous en faites pas pour ça… Je ne me sentais pas d'humeur orgiaque, ce soir. Je retourne à la salle de bains prendre mes affaires.

Juste avant de sortir, il jeta un coup d'œil par-dessus son épaule et regarda une dernière fois la jeune femme. Il lut alors dans ses yeux qu'elle pensait à la même chose que lui. Jusqu'ici, les déductions de la romancière s'étaient toutes révélées fondées, et il n'y avait pas de raisons que ça change. Donc… Est-ce qu'en les voyant dans ce pétrin, Holt et ses sbires, faisant preuve d'un sursaut d'humanité, allaient se décider à les aider ? Ou faudrait-il que ce Borg les abatte l'un après l'autre pour qu'ils sortent leurs culs de leurs voitures banalisées ? Seul l'avenir le dirait.

Quand son téléphone retentit pour la seconde fois de la soirée, Holt était plongé dans un profond sommeil sur son vieux canapé défoncé, une couverture rêche de l'U.S. Army enroulée autour de son imposante masse. À la première sonnerie, il balança sa grosse paluche sur le bureau situé à moins d'un mètre de là et tâtonna sur le plateau à la recherche du combiné. Quand il eut mis la main dessus, il le tira vers lui, ce qui eut pour effet de le faire tomber dans un fracas de tous les diables.

Maintenant bien réveillé, Holt jura comme un charretier et se pencha pour attraper le téléphone par terre.

– Ici l'inspecteur Holt ! J'espère que vous avez une bonne raison pour…

– C'est encore Lambert ! le coupa sa collègue, n'ayant aucune envie de subir la mauvaise humeur de son supérieur. Ils viennent de sortir de l'appartement d'Elsa Kramer. Et vous savez quoi ? J'ai un scoop !

– Quoi, ils viennent de s'envoyer en l'air et se font des mamours avant de se quitter ? Parce que si c'est ça, votre scoop, vous pouvez vous le garder. Vous m'avez interrompu en pleine réflexion sur…

Le bip-bip du téléphone de Lambert revint jouer les trouble-fête.

– Et bordel, démerdez-vous comme vous voulez, mais trouvez-vous un autre portable ! Il ne manquerait plus que le vôtre tombe en rade au moment où…

– … où l'homme dont vous espérez secrètement la venue depuis la sortie de prison de Cronyn va lui mettre la main dessus ? C'est ça, le scoop, Holt ! Au moment où je vous parle, ils sont là, à quelques mètres devant moi, en train de grimper dans la voiture du type, une vieille ruine noire dont je n'arrive pas à discerner la marque. Et avant que vous ne fassiez remarquer qu'il pourrait s'agir d'un ami à eux : il les menace avec son revolver. Qu'est-ce que je fais ? Je les laisse filer ou j'interviens ?

– NON, SURTOUT PAS, VOUS N'INTERVENEZ SOUS AUCUN PRÉTEXTE !!!

Holt venait de bondir sur ses deux pieds, et il était à présent debout sur le canapé, sa couverture accrochée à l'une de ses épaules comme la toge d'un empereur romain, le téléphone pendouillant au bout de son fil. Bon Dieu, encore une fois, il avait vu juste. Il était un génie.

– Qui est ce gars, Lambert ? Sa tête vous dit quelque chose ?

– Un peu, oui : il s'agit de Borg, quarante-sept ans au compteur, dont vingt-trois au service du crime. Il possède chez nous un casier judiciaire long comme le bras. Et vous, ça vous parle ?

Il descendit de son canapé et réfléchit une minute. Dans sa mémoire défilaient des centaines de clichés de criminels endurcis, profils droit, gauche, de face. Borg… Borg… S'il avouait à Lambert qu'il ne se souvenait pas de lui, il passerait pour un incompétent, et ça, hors de question !

– Holt ? Vous êtes toujours là ?

– Oui, oui, je… Je prends des notes !

– C'est ça, oui… Merv Borg, espèce d'ignare ! Impliqué dans plusieurs affaires de braquage, nombreux séjours à l'ombre… Et aujourd'hui, comme par hasard, on le retrouve ici ! Donc ? Donc ? Allons, Holt, je ne vais pas vous mâcher le travail. C'est vous, la star, dans cette affaire !

Stop ! Arrêt sur image. Merv Borg, prisonnier numéro 2377-5421. Il fermait les yeux quand on avait pris la photo, incapable de supporter la lumière du flash. Il se rassit sur le canapé, les jambes coupées. Bien sûr… C'était foutrement logique.

– Ouais, c'est bon, je le remets, et plutôt deux fois qu'une ! Dire qu'on a eu ce salaud entre les mains plusieurs fois de suite, et qu'on a été incapables de réaliser qui il était. Nos services sont bourrés d'incompétents, c'est à en devenir dingue !

– Je ne vous le fais pas dire…

– Épargnez-moi vos commentaires, Lambert. D'accord, ils sont en voiture. Ne les perdez pas de vue, surtout. Vous avez une idée de leur destination ?

– À vue de nez, je dirais…

Holt n'en sut pas plus. Cette fois, le crédit était bel et bien épuisé. Il contempla un moment le combiné, dubitatif, puis décida qu'il n'avait pas assez dormi et se rallongea sur son vieux canapé. De toute façon, pour le moment, il n'y avait plus rien à faire. Espérons que son équipière arriverait à gérer la situation ; elle était tellement émotive, la pauvre fille…

Une minute plus tard, il ronflait à nouveau comme un sonneur.

10

Une balade en voiture

– Allez, montez là-dedans, tous les deux, et qu'ça saute !

Borg donna une grande claque sur les fesses d'Elsa Kramer, et la jeune femme se glissa sur le siège arrière de la voiture. Mais quand Vince se prépara à faire de même, le malfrat l'intercepta.

– Nan, pas toi, terreur ! Ce soir, tu fais le chauffeur !

– Je… Je ne suis pas très bon conducteur, vous savez… Je crois que si j'ai fini par avoir mon permis, c'est uniquement parce que l'examinateur en avait assez de me voir.

– Tu t'en sortiras très bien, j'en suis persuadé !

Il lui envoya ses clefs, que Cronyn rattrapa au vol, et à l'aide de son arme, lui intima l'ordre de passer derrière le volant. Borg se glissa à son tour à l'arrière du véhicule, se collant au plus près de la romancière. Les deux otages échangèrent un regard fataliste par rétroviseur interposé, puis Vince mit le contact. Il dut s'y reprendre à deux fois avant que le moteur daigne se mettre à tourner. L'engin, une espèce d'antiquité datant des années 1970, semblait prêt à rendre l'âme à tout moment.

– Si vous voulez, ma BMW est garée au parking, hurla Elsa pour réussir à se faire entendre au-dessus du bruit du moteur. Avec elle, nous aurons au moins une chance d'arriver à destination.

– Pas question ! beugla Borg. On a déjà perdu suffisamment de temps comme ça. Démarre, connard !

Il donna un petit coup dans la nuque de Vince avec la crosse de son revolver, pas assez fort pour lui faire vraiment mal, mais assez pour qu'il comprenne qu'il était toujours seul maître à bord. Cronyn serra les dents et démarra dans un nuage de fumée noire. Avec un peu de chance, on les arrêterait pour pollution à l'ozone.

Sur ordre du gangster, il appuya sur la pédale d'accélérateur. La voiture avançait maintenant à travers les rues endormies dans un boucan de tous les diables. Et pourquoi ne pas ajouter à la liste de leurs infractions excès de vitesse ou nuisances sonores, tant qu'on y était ? Autant mettre toutes les chances de son côté, non ?

– Je sais très bien à quoi tu penses, lui lança Borg depuis le siège arrière. Mais tu peux oublier. À cette heure-ci, tous les flics sont ailleurs. Regarde par toi-même : y a pas un chat dehors. On se fout royalement de ce coin paumé. Bien sûr, dans un an ou deux, quand la rénovation sera terminée, là, ce sera une autre histoire, mais pour l'instant… le monde est à nous. Tu vois ce que je veux dire, caïd ? À nous ! Ah ah ah ah !!!

Un gangster qui citait *Scarface* ? Quelle originalité ! Force était néanmoins de constater qu'il avait raison ; tant qu'ils ne seraient pas en vue de Parkside Street, ils ne seraient pas inquiétés. À moins, bien sûr, que la voiture qui les suivait depuis qu'ils avaient quitté le loft de la romancière ne daigne les intercepter. Bon Dieu... Si c'étaient vraiment des policiers, comme ils l'espéraient, ils ne semblaient pas pressés de leur mettre le grappin dessus.

Dépité, il passa la cinquième, remontant l'avenue à plus de cent dix. En attendant, Borg choisit de se concentrer sur une proie plus alléchante et se mit à tripoter Elsa, qui essaya tant bien que mal de se défaire de son emprise.

– Bas les pattes, espèce d'ordure ! finit-elle par cracher, après s'être rendu compte que l'homme ne la lâcherait pas si facilement.

– Mmmm... gargouilla Borg, bave aux lèvres. Ça fait un paquet de temps que j'avais pas eu l'occasion de toucher une vraie femme comme toi. Les autres ont les seins qui tombent et les cheveux décolorés, et puis elles exigent leur bifton une fois le fusil déchargé. Mais toi... Toi... Putain, c'que t'es bonne...

– Bonne ? Seigneur tout-puissant... Vous parlez de moi comme si j'étais le plat principal de votre dîner.

– Ouais, et c'est un peu le cas... Je dois dire que je ferais bien de toi mon prochain casse-dalle, fillette ! Et toi ? Tu goûterais à mon gros nem ?

Elsa le regarda, choquée, ce qui eut pour effet de le faire hululer de rire.

– Si la vulgarité était cotée en Bourse, vous seriez l'actionnaire numéro un ! dit-elle tandis qu'il se remettait à palper sa poitrine, lui faisant profiter de son haleine chaude parfumée à la vodka de mauvaise qualité.

– Ah, la vache... Faut que j't'avoue un truc : les pouliches racées dans ton genre qui se croient plus malignes que tout le monde, moi, ça m'a toujours fait bander. D'ailleurs, si tu veux tâter, tu verras que je plaisante pas.

Il lui attrapa la main, et l'amena vers son entrejambe. Elsa blêmit.

– Arrêtez… Arrêtez ça, bon sang !

– Allez, allez… J'les connais, les saintes nitouches dans ton genre ; elles disent non, mais au fond, elles pensent oui. Hé hé hé !!! Laisse-toi faire…

Vince jeta un nouveau coup d'œil dans le rétro, et comprit que la situation dégénérait. S'il ne faisait rien, il se retrouverait bientôt témoin d'un viol. Et merde ! Leur va-tout n'aurait pas tenu très longtemps, en définitive…

– Dites, excusez-moi de couper court à votre intéressante tentative de séduction, mais… On ne serait pas suivis, par hasard ?

– Quoi ? Qu'est-ce que c'est que ces conneries ?

Borg relâcha la jeune femme, qui se carapata le plus loin possible de lui, et se tourna vers la vitre arrière. Il poussa un juron.

– Putain, on dirait que t'as raison, junior ! Les flics, certainement… Vous étiez surveillés, et je m'en suis même pas rendu compte. Quel con ! Bon, on va remédier à ça tout de suite. Tourne à droite !

– À droite ? Mais c'est… c'est un sens interdit !!!

– Rien à branler. Tu tournes à droite tout de suite, ou je te colle une bastos dans la nuque ! Tu sais, comme celle que t'as tirée sur Van !

Cronyn soupira et obtempéra. Il donna un violent coup de volant, et les pneus lisses de la vieille voiture crissèrent sur le bitume. Le véhicule fit une embardée, et durant quelques secondes, se tint sur deux roues. Ils hurlèrent tous les trois, certains que l'engin allait se retourner et qu'ils partiraient dans le décor. Mais la voiture finit par retomber sur ses quatre roues, et seules les suspensions, grinçant abominablement, pâtirent de la conduite de pilote de Vince. Ils s'engagèrent alors dans la rue transversale.

Borg, les yeux toujours braqués vers l'arrière, gloussa de satisfaction en voyant la voiture banalisée s'arrêter devant la ruelle étroite, puis renoncer à les suivre et passer son chemin.

– Je savais que c'était la bonne stratégie ! Pied au plancher, Fangio ! Il va chercher à nous avoir de l'autre côté ; je veux qu'on le sème avant qu'il en ait l'occasion !

– Écoutez, je ne suis pas sûr…

Cette fois, le coup fut plus violent, et en même temps qu'il voyait trente-six chandelles, il sentit le sang qui se répandait sur son cuir chevelu. Le véhicule fit un écart à droite, et son aile alla frotter contre l'un des murs de béton, provoquant une gerbe d'étincelles.

– T'as encore quelque chose à dire, le bouquiniste ?

– Hormis le fait que si vous butez le chauffeur, vous risquez d'y passer vous aussi ? Non, je pense que mon crâne a assez souffert pour ce soir.

– Parfait ! Alors maintenant, appuie sur le champignon !

Vince secoua la tête et accéléra, espérant de tout cœur qu'ils ne croiseraient personne avant d'avoir rejoint la rue suivante. Mais les fées qui s'étaient penchées sur le berceau de Vincent Cronyn avaient oublié d'inclure le facteur chance dans son « bagage existentiel ».

Alors qu'ils arrivaient à mi-parcours, ils furent soudain aveuglés par les phares violets d'une Audi TT flambant neuve.

– Oh, ouais ! On va se marrer ! murmura le gangster derrière lui.

– Comment ça, « on va se marrer » ? hoqueta le conducteur en levant le pied. Arrêtez vos conneries, Borg ! On fait machine arrière, là !

– Non… On fait que dalle, mon pote ! Regarde bien ce mec en face de nous ; il a dépensé une fortune pour avoir droit à sa part de bonheur sur roulettes ! Il tolérera jamais qu'elle subisse la moindre éraflure. Alors que moi, tu vois, j'en ai rien à battre, de ce tas de boue ! Quand j'aurai les deux millions de dollars, je pourrai me permettre de les claquer dans un carrosse comme celui-là, mais en attendant… Fonce ! On va se le faire, le rupin !

Vince tourna la tête vers sa droite, et vit que Merv Borg ne plaisantait pas. Les yeux exorbités, il fixait sans ciller les phares en face de lui, comme s'il désirait soumettre un cheval récalcitrant. L'homme était de ces tarés qui ne se sentaient vivants que lorsqu'ils flirtaient avec les limites de la mort. Il savait que s'il ne suivait pas ses ordres, il s'en chargerait lui-même, avec ou sans eux.

– Bon, eh bien… *Alea jacta est*, alors… souffla-t-il.

– Ouais, moi aussi ! gloussa Borg. Moi aussi…

Vince, mâchoire serrée, lança la voiture aussi vite qu'il le pouvait dans la rue minuscule. Derrière lui, la jeune femme hurla de nouveau. « Ah, Elsa chérie, songea-t-il tandis qu'ils s'approchaient de l'Audi à toute allure. Si j'avais su que la soirée prendrait un tel tournant, j'aurais décliné votre invitation, et je serais rentré me coucher. »

En face d'eux, le conducteur avait enfin compris ce qui se passait, et il klaxonnait comme un fou. Bordel ! Pourquoi s'acharnait-il de la sorte ? Il ne voyait pas que c'était inutile ? Il restait moins de deux cents mètres avant l'impact ! Il pouvait commencer à trier la paperasse pour saint Pierre. Ou serait-ce Belzébuth ? Difficile pour lui de savoir si la balance de sa vie penchait en faveur du bien ou du mal. Après tout, son grand truc à lui, c'était surtout… ne rien faire.

Cent mètres… Est-ce que monsieur Audi s'était enfin décidé à reculer ? Il semblait bien que oui. Mais attendrait-il le bout de la rue avant que tout ça se termine dans un fracas de métal froissé et de chairs déchiquetées ? Il semblait bien que non.

Mais ne rien faire, n'était-ce pas ça, le secret du bonheur, sur cette terre ? Quand on se tournait vers le mal, on se condamnait soi-même, ça, OK. Mais si on choisissait le bien, on se retrouvait à devoir gérer tout un tas de problèmes provoqués par ceux qui avaient opté pour la mauvaise voie, ce qui engendrait toujours tristesse et désillusions. De toute manière, on était baisés ; alors autant rester chez soi et se vautrer joyeusement dans sa médiocrité.

Cinquante mètres… Salut papa, j'arrive ! Je n'aurai pas profité longtemps de ta petite librairie, mais devine quoi ? Elsa Kramer est venue chez nous pour dédicacer son dernier best-seller ! Tu te rappelles quand Bukowski t'avait planté parce qu'il était trop beurré pour se rappeler le chemin de la boutique ? Eh bien, je crois qu'on peut dire qu'aujourd'hui, j'ai racheté l'honneur de la famille Cronyn. Le problème, c'est que j'ai été incapable d'assurer la descendance, alors il est possible que, faute d'héritier, la librairie finisse par devenir un supermarché. Mais on s'en fout, hein, papa ? On est morts, alors la vie terrestre, ce n'est plus notre…

Les pare-chocs des deux voitures entrèrent en contact au moment précis où l'Audi tournait l'angle de la rue. Sous l'impact, celle-ci, plus légère que le monstre de métal de Borg, partit dans un tête-à-queue au beau milieu de l'artère suivante, tandis que son « adversaire » prenait à droite dans un nouveau crissement de pneus. Fort heureusement, à cette heure tardive, il n'y avait pas âme qui vive sur les routes, et l'autre conducteur s'en tira avec plus de peur que de mal.

Dans le rétroviseur, Vince l'aperçut, choqué, en train de s'extraire en pestant de son véhicule. Désolé, mec ! Déjà, en temps normal, il faisait beaucoup de conneries quand on lui laissait le volant, alors avec un flingue sur la tempe…

Borg, dopé à l'adrénaline, exultait.

– C'était génial ! Je t'avais dit que t'étais un putain de pilote, Cronyn ! T'as assuré ! Et plus de flics à l'horizon… On est peinards !

– Venant de la part de l'homme qui vous tient en joue avec son .45, un tel compliment fait chaud au cœur, souffla Vince, une sueur glacée coulant le long de sa colonne vertébrale. Rappelez-moi de passer à mon appartement, quand nous serons dans l'immeuble. J'ai besoin de changer de pantalon.

Le gangster hurla de rire et se renfonça dans son siège. Elsa, blanche comme un linge, ne disait rien. Mais quand elle réalisa que Borg se remettait à lorgner sur ses cuisses, elle décida cette fois de ne pas se laisser faire. Seulement, elle opta pour une stratégie plus subtile, de celles capable de flatter l'ego de leur kidnappeur et lui faire oublier sa libido, au moins jusqu'à leur arrivée.

– Donc… vous êtes l'autre type du braquage… Celui qui a miraculeusement réussi à passer entre les mailles du filet. Mais pourquoi, alors que vous avez croupi une bonne partie de ces vingt dernières années en prison, personne n'a jamais réussi à vous identifier ?

– Ah, ça vous intrigue, hein ? sourit Borg, l'air suffisant. Pour ça, il faut se référer aux manchettes des journaux de l'époque.

11

Feux d'artifice

– Ils ont appelé ce coup le Hold-up des salopettes, parce que, quand on s'est pointés à l'intérieur de la Jap, Van et moi portions tous les deux des bleus de travail et des casquettes, pour faire comme si on était de la maintenance. Et comme on avait planifié tout ça dans les moindres détails, on connaissait l'emplacement de chacune des caméras de surveillance. Casquettes, caméras... Vous voyez le topo ? Je suis devenu le fantôme de ce casse. Et puis, une fois Van sous les verrous, les flics ont lâché l'affaire. Comme je l'ai dit... Ils avaient leur homme, et le reste, ils s'en cognaient. Pauvre vieux... La célébrité, ça craint !

– Et... Comment se fait-il que les choses aient fini par déraper ?

– Comme souvent dans ce genre de cas, un connard de fonctionnaire a voulu jouer les héros, et il a appuyé sur le fameux petit bouton, sous le guichet. Quand j'ai voulu le dézinguer, Van m'en a empêché. C'était le genre intègre, le mec, vous voyez ? Mais j'ai quand même réussi à lui éclater le crâne à coups de crosse, à cet enculé.

– C'est une spécialité, chez vous, le traumatisme crânien, pas vrai, monsieur Borg ? intervint Vince en tâtant avec précaution son cuir chevelu, où le sang avait commencé à coaguler. Je ne vois pas pourquoi vous vous emmerdez avec les balles ; votre façon d'utiliser votre arme est bien plus économique, surtout en cette période de crise…

– Fais pas trop le malin, bonhomme ! grogna Borg. C'est pas parce que ta maîtrise du volant m'a impressionné qu'il faut te croire intouchable.

L'homme marqua une pause, puis replongea dans ses souvenirs.

– Quoi qu'il en soit, même si ça m'avait soulagé de pouvoir lui démonter la tête, le mal était fait. Voilà pourquoi on a été capables de voler que deux millions ; le temps nous était compté. En sortant de la banque, on entendait déjà les sirènes de police, au loin. Alors, Van m'a dit qu'il valait mieux qu'on prenne pas de risques et qu'on se sépare, pour qu'au moins l'un d'entre nous ait une chance de s'en sortir. Il a ajouté que moi, j'aurais même deux fois plus de chances, vu que c'était lui que les poulets voulaient serrer. Sur ce coup-là, faut avouer qu'il avait vu juste.

– Mais pourquoi Vanick a-t-il gardé l'argent en sachant qu'il risquait de se faire prendre ? s'enquit Elsa, voyant que sa stratégie marchait du feu de Dieu. Pour un homme aussi avisé que lui, l'erreur était grossière.

– Non, pas dans son cerveau malade. Ce salopard n'a jamais eu confiance en moi. *Moi*, j'avais confiance en lui, mais *lui*, il n'avait pas confiance en moi, bordel de merde ! Tout ça parce qu'une fois, j'avais pioché dans le fonds de roulement commun trois cents malheureux dollars pour me refaire au poker, et que cet espèce d'enfoiré me l'a jamais pardonné ! On est presque arrivés…

Borg se retourna sur la banquette et plissa les yeux.

– Prends à droite, et fais le tour du pâté de maisons ! Je suis presque sûr qu'on a semé la tique qui nous collait au cul, mais on n'est jamais trop prudents.

Il souffla comme un bœuf et continua son récit, l'air morose.

– Il a dit qu'il gardait le sac, et qu'on ferait le partage plus tard. Le jour même, les flics lui mettaient le grappin dessus ; le jour même, putain !

– Pas de bol, commenta Vince. Et… Vous auriez une petite idée de qui a bien pu descendre votre pote ?

Le gangster se pencha vers l'avant, et Cronyn serra les dents, s'attendant à recevoir un énième coup sur la tête. Cette fois, pourtant, Borg se contenta de pointer le canon sur sa nuque, ce qui finalement était beaucoup plus inquiétant.

– Qui ? Évite de jouer les simplets avec moi, abruti, ça marchera pas. *Tu* l'as buté ! D'une manière ou d'une autre, tu t'es retrouvé en possession de ce fric. Peut-être que ton père le gardait pour Van, et que lorsqu'il est mort, t'as hérité du pactole, va savoir… Quand il s'est pointé pour le récupérer, t'as pas voulu le lui rendre, et tu l'as… effacé ! Fin de l'histoire. Mais tu te doutais pas que Merv Borg était dans le coup lui aussi, petit malin. J'ai raison ou j'ai raison ?

Vince capitula. L'homme était borné et ne se laisserait pas convaincre tant que le véritable meurtrier de Vanick ne passerait pas aux aveux.

– OK… C'est sans doute comme ça que ça s'est passé.

– Oh, « c'est sans doute comme ça que ça s'est passé » ! l'imita Borg, prenant une voix de fausset. Putain, je veux, ouais… Les flics t'ont chopé la main dans le sac, et ils t'ont laissé filer pour que tu puisses m'identifier, parce qu'ils ont bien compris qu'un blaireau comme toi pouvait pas être le deuxième mec du Hold-up des salopettes. Allez, tourne dans Lafayette Street ! On va se pointer par l'arrière, comme j'ai dit.

La voiture s'engagea au pas dans la rue sombre et silencieuse, puis Vince se gara et coupa le moteur. Quand il leva ses mains à hauteur des yeux, il constata qu'elles tremblaient. Pffioou !!! Si son examinateur avait pu le voir, ce soir, il aurait regretté d'avoir mis si longtemps à lui filer son permis. Ou alors, il aurait regretté de le lui avoir donné, c'était possible aussi.

Borg ne lui laissa pas le temps de souffler, et les fit sortir tous les deux.

– À partir de maintenant, murmura-t-il, c'est vous, mes guides ! Mais si vous avez le malheur de tenter quoi que ce soit, je vous préviens que je…

– Oui, oui, enchaîna la jeune femme, exaspérée. Vous nous arrachez les yeux, vous nous étripez, vous nous épilez les sourcils, ou vous… Aoh !

Elsa venait à son tour d'expérimenter le fameux coup de crosse de Borg.

– T'as envie de dire autre chose, gueule d'amour ? Non ? Alors, en avant, marche !

Sans un mot, ils remontèrent la rue jusqu'à hauteur de l'arche. Là, Vince marqua un temps d'arrêt pour regarder autour de lui. Mais il ne trouva pas ce qu'il cherchait. La balle de tennis, comprenant qu'il ne faisait pas un propriétaire fidèle, s'en était allée voir ailleurs ; il devrait faire sans elle pour la suite.

Dommage, parce qu'il avait déjà trouvé son premier vœu : transformer Merv Borg en canard en plastique pour baignoire. Histoire qu'au moins une fois dans sa vie, ce crétin soit utile à quelque chose. La petite frappe se méprit sur son coup d'œil.

– Désolé, mais la cavalerie ne viendra pas à la rescousse. Toi et ta pouliche, vous êtes seuls. Allons, relax… Obtempérez, et tout se passera bien !

Tout se passera bien… Il en avait de bonnes, lui ! Il n'aurait peut-être pas dit ça s'il avait su que Vince le menait en bateau. Que se passerait-il quand ils arriveraient ? Il ferait sortir les deux millions d'un chapeau magique ? Bon sang, ce plan, qui lui avait semblé si brillant au départ, était en train de tourner au cauchemar.

Borg le poussa dans le dos avec impatience, et il n'eut d'autre choix que de passer sous l'arche de pierre… et de prier pour un miracle. Mais Dieu ne semblait pas d'humeur charitable, cette nuit. C'est ainsi qu'ils franchirent la cour intérieure sans que quoi que ce soit ayant à voir avec une intervention divine se fût produit et qu'ils atteignirent la sortie de secours.

Là, Vince extirpa son trousseau de sa poche, ce qui provoqua l'hilarité du gangster quand celui-ci aperçut son porte-clefs Spider-Man.

– T'es vraiment bizarre, toi. Comment on peut abattre un type de sang-froid et se trimballer avec un truc pareil ? Faut être barré…

– Oui, ou bien innocent du crime dont on l'accuse, murmura Cronyn. Mais il est vrai que cette seconde hypothèse tient moins bien la route, n'est-ce pas ?

– La ferme, et ouvre cette porte avant que je perde patience !

Vince osa regarder à nouveau Elsa, et quand la jeune femme lut le désespoir brillant dans ses yeux, elle comprit qu'ils allaient droit dans le mur. Bon... Le petit libraire avait peut-être épuisé toutes ses ressources, mais il y avait encore un coup à jouer, un coup qu'elle seule était capable d'assurer.

Alors que Borg se dandinait d'un pied sur l'autre en attendant que Vince se décide enfin à mettre la main sur la bonne clef, elle s'approcha de lui et le saisit par la taille. Surpris, il se tourna vers elle, et changea de cible.

– Qu'est-ce qui te prend, tout à coup, chérie ?

– Je me disais... Je me disais que je m'étais peut-être trompée sur votre compte, tout à l'heure, dans la voiture. Je vous prenais pour une espèce de pervers, mais en vérité, je n'avais pas encore perçu l'aura de virilité qui émane de vous. Les hors-la-loi exercent sur les gens... une étrange attraction. Le goût du risque est quelque chose de terriblement excitant. En fait, vous n'avez pas l'habitude qu'on vous résiste, n'est-ce pas ? C'est pour ça que vous allez... droit au but !

– Ouais, c'est un truc dans le genre. Ça te plaît, ça, hein, coquine ?

– Mmmh... Oui, je dois avouer que... j'adore ça !

Elle se plaqua à lui, essayant de faire abstraction de la bosse qui sous-tendait la toile de son pantalon, et lui offrit ses lèvres, se sentant plus sale qu'elle ne l'avait jamais été. Borg n'était pas une lumière. Pas une seconde il ne réfléchit sur ce curieux changement d'attitude. Tout ce qu'il vit, c'était que cette bombe anatomique avait finalement succombé à son charme slave, et qu'il n'était pas question de laisser retomber le soufflé, ou quoi que ce soit d'autre, d'ailleurs.

Il ferma les yeux avant de l'embrasser goulûment, et la romancière en profita pour voir si Vince avait reçu le message. Mais non. Cet imbécile la regardait, la main posée sur la clef glissée dans la serrure et la bouche grande ouverte, se demandant s'il ne venait pas de basculer dans un univers parallèle où Merv Borg serait devenu une sorte de… sex-symbol universel. Bon sang, c'était incroyable de faire preuve d'autant de passivité ! S'il ne tentait rien, dans moins de cinq secondes, elle allait se mettre à vomir, et l'immense sacrifice auquel elle avait consenti n'aurait servi à rien.

Heureusement, à ce moment précis, Dieu décida qu'il avait changé d'avis, et qu'il allait le leur filer, ce coup de pouce. Au-dessus d'eux, la fenêtre du premier se rabattit, et Mme Able, la vieille vigie de l'immeuble jamais tout à fait en sommeil, se mit à croasser :

– Qu'est-ce que c'est ? Qui êtes-vous ? Qu'est-ce que vous faites ? Je peux vous voir, vous savez… N'essayez pas de me mentir !

Borg se décolla d'Elsa et leva la tête vers elle juste au moment où elle allumait sa lampe-torche, un truc presque aussi puissant que les projecteurs utilisés dans les prisons pour la surveillance de nuit, ce qui l'aveugla momentanément. On y était ! La voilà, la faille qu'ils avaient tant espérée.

Cette fois, Vince fut le premier à réagir. En une seconde, il déverrouilla la porte, attrapa la main d'Elsa, la tira à l'intérieur du bâtiment, et referma la porte derrière elle dans un grand fracas. De l'autre côté s'éleva un cri de rage. Borg venait de s'apercevoir, mais un peu tard, qu'il avait été dupé.

– Ce coup-ci, il va vraiment vouloir nous faire la peau, dit Vince en tirant le verrou. Je propose qu'on ne traîne pas dans le quartier plus longtemps.

– Proposition acceptée, acquiesça la jeune femme, et sur ce, ils se mirent à courir le long du couloir pour atteindre l'entrée au plus vite, tandis que leur agresseur entreprenait de défoncer la porte de la sortie de secours à grands coups de pompe. Ah, et tant que j'y suis, la prochaine fois que vous me voyez embrasser ce gros porc, ne passez pas une heure à vous demander ce qu'il peut bien avoir de plus que vous, parce que la réponse est : une arme !

– Quoi ? Vous étiez prête à vous donner à lui, tout ça parce qu'il vous menaçait avec son revolver ? Bon sang, vous n'avez donc aucun amour-propre ?

– Oh, laissez tomber, Cronyn ! Vous êtes irrécupérable !

Vince afficha un grand sourire satisfait, et elle comprit qu'il se fichait d'elle. Ils sortirent par la porte d'entrée principale, mais choisirent de ne pas s'accorder le moindre répit. Tant qu'ils ne seraient pas à l'abri de ce malade, ils continueraient à courir, parce Dieu seul savait de quoi il serait capable s'il leur remettait la main dessus.

Ils traversaient la rue, filant droit en direction du parc, lorsqu'un énorme BOOOM ! retentit derrière eux. Durant un instant, Parkside Street fut illuminée comme en plein jour. Et puis, Vince et Elsa furent décollés du sol par le souffle de l'explosion, et projetés quelques mètres plus loin.

Par réflexe, Cronyn mit ses bras en croix pour éviter de se blesser le visage, et en retombant, il se râpa les avant-bras et le dos des mains sur l'asphalte rugueux. Il poussa un grognement de douleur étouffé, et ne bougea plus. Elsa eut plus de chance. Son grand manteau et son béret amortirent sa chute, et elle en fut quitte pour une simple égratignure au front. Cependant, elle aussi jugea plus prudent de ne pas se relever tout de suite. Sage décision.

Moins d'une minute après, une seconde explosion encore plus puissante se produisit, alors que l'incendie provoqué par la première venait d'atteindre une conduite de gaz. Une pluie étrange se mit alors à tomber, et ils se risquèrent à relever la tête pour voir de quoi il retournait.

Autour d'eux, des dizaines d'objets calcinés s'écrasaient au sol les uns après les autres : une chaise, un téléviseur, une poêle à frire, une table basse… Ils durent même s'écarter pour éviter une plante verte, devenue brune, dont le pot en grès explosa en milliers de petits morceaux.

Vince finit par se relever en titubant, et aida Elsa à se remettre sur ses jambes. Puis ils firent face à la vision apocalyptique s'étalant devant leurs yeux : tout le rez-de-chaussée de l'immeuble était la proie de flammes qui montaient de plus en plus haut et menaçaient maintenant les étages supérieurs. Le rez-de-chaussée…

Cronyn regarda autour de lui, et avec horreur, il comprit qu'une bonne partie de ces objets était à lui.

– Nom de Dieu, c'est pas vrai… murmura-t-il, les dents serrées.

– Quoi ? Que se passe-t-il encore ? demanda Elsa, accrochée à son bras.

– Je crois… Je crois que c'est mon appartement.

– Quoi ? hurla Holt en se remettant sur son séant, ce qui fit grincer le canapé.

– Si je vous le dis, répondit Lambert, qui l'appelait cette fois d'une cabine publique. C'est la folie, ici : il y a des gens qui errent dans la rue, l'air hagard, des types qui n'ont rien à faire ici qui prennent des photos souvenirs, et au beau milieu de tout ça, les pompiers qui tentent de maîtriser l'incendie. Plus de peur que de mal, cependant : à part le concierge qui a subi de légères brûlures en tentant de s'enfuir à travers les flammes, nous n'avons aucune victime à déplorer. Cela aurait pu être bien pire… Si Cronyn et Mlle Kramer avaient été chez lui quand la bombe a explosé…

– Et à propos, où se trouvent-ils, nos deux miraculés ?

– Aucune idée. Ils ont réussi à me semer, il y a environ une heure et demie, en fonçant dans une rue à sens unique. Mais d'après les dires d'une vieille bonne femme un peu fêlée, Borg et eux se seraient trouvés là peu de temps avant que tout pète. Je ne sais pas ce qu'il faut en conclure…

– Deux choses, soupira Holt en quittant son divan à regret pour enfiler son éternel pardessus. Premièrement, l'affaire se complique un peu plus avec l'apparition d'une nouvelle inconnue dans l'équation. Deuxièmement, vous êtes une incapable, Lambert ; on ne peut rien vous confier. Ne bougez pas, j'arrive.

– Je vous emmerde, Holt ! Ça fait presque dix-neuf heures que je suis debout, je suis épuisée, affamée, et tout ce que vous trouvez à me dire, c'est…

Le gros homme reposa le combiné sur sa table, laissant sa collègue l'insulter à loisir, et sortit de son bureau en sifflotant gaiement tandis que le jour se levait. Il ne l'avait pas dit à Lambert, histoire de rester « le mec qui a toujours une longueur d'avance », mais il pensait savoir où se planquaient Vincent et sa copine, à présent que son appartement n'était plus qu'un tas de cendres.

Si bien sûr Merv Borg ne leur avait pas fait la peau avant d'aller les enterrer quelque part…

12

Une pause à la librairie Cronyn

Vince sortit de la réserve en portant un vieux plateau en aluminium couvert d'éraflures sur lequel étaient disposées deux tasses à café, une boîte de cookies et une tulipe en plastique dans un verre sans eau.

– Le petit déjeuner est servi, votre altesse, annonça-t-il avec un accent snob. Si vous le désirez, je peux y ajouter un pansement pour votre front.

– Ça ira, merci, répondit Elsa, occupée à griffonner quelque chose sur un bloc à dessin. Laissez-moi juste finir ce croquis.

– Et en plus, vous dessinez… Pas de doute, vous êtes la femme parfaite.

– Attendez de l'avoir vu, vous changerez peut-être d'avis !

Après avoir téléphoné aux pompiers, ils avaient décidé d'un commun accord de ne pas rester sur les lieux du sinistre. Ils avaient encore en mémoire le fastidieux interrogatoire que Vince avait dû subir quelques heures auparavant et n'avaient aucune intention de réitérer l'expérience.

Oui, mais dans ce cas, où aller ? Ils avaient peut-être réussi à se débarrasser de Borg, mais rien n'indiquait que celui-ci ait péri dans l'incendie, et même s'il n'avait pas l'esprit très affûté, son premier réflexe serait de retourner au loft d'Elsa pour voir s'ils s'y trouvaient. Donc, en attendant, ils devaient se chercher une autre planque.

Cronyn avait alors proposé de se rendre à la librairie. Ils n'y seraient peut-être pas éternellement en sécurité, mais ça leur offrirait au moins quelques heures de répit, durant lesquelles ils pourraient réfléchir à ce qu'il convenait de faire pour la suite. Et puis, l'affreux bonhomme ne se risquerait pas à venir les menacer en plein jour, au vu et au su de tous.

En désespoir de cause, la jeune femme avait accepté, et depuis pas loin d'une heure, elle se tenait là, derrière le comptoir, enroulée dans une vieille couverture, gribouillant quelque chose à la faible lueur d'une lampe. Dehors, une nouvelle journée commençait, et les rayons du soleil levant caressaient la grande photo d'elle en noir et blanc exposée dans la devanture, entourée d'une dizaine d'exemplaires de son dernier roman.

– J'adore cette photo, commenta Vince en suivant son regard qui s'attardait sur le cliché. Vous ressemblez à une star de cinéma, dessus. Vous n'y avez jamais songé, d'ailleurs ?

Il posa les tasses sur le comptoir, et ouvrit le paquet de cookies.

– Quoi, le cinéma ? Vous plaisantez ? Je suis déjà incapable d'être naturelle quand je passe à la caisse au supermarché, alors devant une caméra…

– C'est dommage. Vous avez un visage qui prend magnifiquement la lumière. D'ailleurs, le soleil lui-même ne s'y trompe pas. Regardez !

– Oui, j'ai vu, soupira Elsa en retournant à son croquis. Cette photo est magnifique et *je* suis magnifique. Maintenant, si vous pouviez arrêter de me lancer des fleurs pour que je puisse me concentrer…

– Si vous préférez que je vous dise que vous portez des fringues qui ne sont plus à la mode depuis au moins cinq décennies et que ce grand manteau n'arrive pas vraiment à dissimuler les quelques kilos de trop que vous avez au niveau des fesses, aucun souci ! Je ne veux que votre bonheur, moi… Un cookie ?

Elsa rougit, mais elle commençait à avoir l'habitude du sens de l'humour si particulier de Cronyn, et cette fois, elle n'entra pas dans son jeu. Au contraire, elle le toisa de haut, puis elle attrapa le biscuit et le fourra tout entier dans sa bouche sans cesser de le fixer droit dans les yeux.

– C'est bon ? demanda-t-elle après avoir réussi à l'avaler. On peut se remettre au travail, maintenant, ou vous avez autre chose à dire ?

Vince secoua la tête et but une gorgée de café. Pas de doute, cette femme lui plaisait ; il retrouvait Louise en elle, mais sans le côté volage et avec plus de classe.

– D'accord. Vous m'avez eu. Que voulez-vous savoir, miss Marple ?

– Vous devez réfléchir. Il y a bien quelque chose de cet homme dont vous vous souvenez, non ? Vous l'avez vu, tout de même…

– Entr'aperçu serait plus juste. Je vous l'ai dit, il était loin. Et puis, j'ai seulement aperçu son dos. Pour ce que j'en sais, ce pourrait même être une femme avec les cheveux courts ou qui porte une perruque.

J'ai bien peur de faire un suspect très crédible, mais un témoin lamentable.

Elsa secoua sa longue crinière, et mit la dernière main à son dessin. Après quoi elle tourna son carnet pour montrer le résultat à Vince. Celui-ci ne put s'empêcher de pouffer. Le croquis représentait bien un homme en train de courir de dos, mais il était à peine esquissé et ressemblait à un spectre diaphane.

– C'est lui, ce truc ? Et je suis censé identifier *ça* ? Eh bien, on dirait que nous sommes loin d'être rendus.

– Ne faites pas l'enfant, Cronyn ! Pour l'instant, notre individu ressemble à cette forme floue, indistincte. Mais grâce à vous, il va bientôt fourmiller de détails qui le rendront unique au monde.

– Vous débordez d'enthousiasme. C'est touchant. Mais…

– Oui, je sais, je sais… Vous n'avez vu que son dos. Et alors ? Faites-moi confiance, les dos peuvent parfois être très… parlants. Je vous le prouve.

Elle descendit de son tabouret et quitta sa couverture, puis elle se retourna et fit quelques pas en balançant fièrement son derrière de droite et de gauche. Vince, comme hypnotisé, n'en perdit pas une miette, pendant que le biscuit qu'il avait mis à tremper dans son café se désagrégeait peu à peu.

– Très… parlants, vous avez raison, dit-il en avalant sa salive.

– Vous voyez ? dit-elle en continuant à marcher dans la librairie, inconsciente de l'effet qu'elle lui faisait. Alors allons-y… Était-il blanc ? Noir ? Grand ? Maigre ? Costaud ? De quelle couleur étaient ses cheveux ? D'ailleurs, en avait-il ? Il était peut-être chauve… Vous pouviez au moins voir tout ça.

Vince se saisit de sa cuillère en plastique et entreprit de récupérer les morceaux de cookies dans son café, ce qui ne fut pas une mince affaire. Au bout d'un moment, il y renonça, et déclara en se redressant :

– Il n'avait l'air de rien de tout ça. Je suis navré...

– Oh, allez... Faites un effort, par pitié !

– Vous savez, je... J'ai des notes d'électricité effroyables.

Il se pencha sur le comptoir et éteignit la lampe jaune. Puis il la regarda en silence dans la pénombre. Même ainsi, alors que les contours de sa silhouette se fondaient dans l'obscurité, elle restait attirante. Il fit le tour du comptoir et s'avança vers elle. Elle était toujours dos à lui, mais en le sentant s'approcher, elle jeta un coup d'œil par-dessus son épaule, et se retourna. Un ange passa.

Ils restèrent là, à se dévisager pendant une minute entière à seulement quelques centimètres l'un de l'autre, sans rien dire. Vince décida alors de briser la magie de l'instant en tendant sa main pour effleurer la sienne. Elsa frissonna, et recula de quelques pas, juste assez pour être hors de portée. Il n'insista pas. L'expérience lui avait prouvé que ce n'était jamais bon.

Il lui sourit, compréhensif, avant de retourner au comptoir pour grignoter un autre cookie.

– Non, vraiment, lança-t-il, je crois que tout ça est voué à l'échec. Même avec la meilleure volonté du monde, je serais incapable de le reconnaître s'il franchissait le pas de cette porte à cet instant précis.

– Bonjour, patron ! lança Pam, jaillissant de la réserve.

Vince hurla, et bondit de l'autre côté du comptoir en renversant l'une des deux tasses du plateau, ce qui éclaboussa à la fois le comptoir et sa chemise. Quand il réalisa qu'il ne s'agissait en fait que de son assistante, il se calma, mais son cœur continua à battre à tout rompre pendant un certain temps encore.

– Nom de Dieu, Pam, grogna-t-il en épongeant le plateau avec des serviettes en papier, tu m'as fichu une trouille bleue. Pourquoi tu ne passes pas par la porte d'entrée, comme tout le monde ?

– Parce qu'il existe aussi une porte de service, au cas où vous l'auriez oublié.

– Et puis, que viens-tu faire ici si tôt ? Il est à peine six heures.

– Six heures dix-huit, en vérité. C'est le jour de l'inventaire. Et vous, patron ? Je n'ose croire que pour une fois, vous vous en soyez souvenu et ayez décidé de me donner un coup de main…

– Non non, rassure-toi. Je suis toujours le même salopard incompétent. Nous avons passé la nuit ici. Enfin, disons… une partie.

– Hmmm… C'est assez curieux, je dois dire ! Miss Kramer…

– Salut, Pam.

La jeune fille les considéra tous les deux de ses grands yeux de biche, l'air innocent, puis elle ôta son étrange veste rouge bordée de fourrure verte qui la faisait ressembler à une sorte d'Ewok cyberpunk et disparut dans la réserve pour commencer à trier les livres comme si de rien n'était.

Elsa regarda Vince, gênée, après quoi elle but une gorgée du café restant et fit la grimace.

– Beuh… Qu'est-ce que c'est que cette horreur ?

– La machine à café est en train de rendre l'âme, et moi, je lui accorde ses dernières volontés. Il n'est pas de châtiment plus cruel que de mettre à la retraite quelqu'un qui vous a été dévoué corps et âme depuis près de vingt ans.

– … À part peut-être celui d'infliger ce truc immonde à ses invités.

La romancière se pencha une fois de plus sur le dessin et redevint sérieuse.

– Écoutez, vous ne pouvez peut-être pas identifier ce type, mais ça, il l'ignore. En fait, il est même persuadé que vous êtes le témoin idéal. Il a voulu vous éliminer, cette nuit, et il essayera encore. Vous ne pouvez pas rester comme ça, sans réagir.

– Vous avez raison.

Vince disparut un instant derrière son comptoir, et lorsqu'il se redressa, il portait un casque de football américain aux couleurs des Jets de New York.

– Voilà qui est mieux. Par contre, je ne suis pas certain que ça fasse très crédible, au boulot. Qu'en pensez-vous ?

Elsa secoua la tête.

– Je ne peux décidément plus concevoir la vie sans vous, Cronyn.

– « Non, je ne suis pas ce que je suis. »

– Othello, acte un, scène un, je présume ?

Vince ôta son casque et le reposa sous le comptoir en faisant la moue.

– Ouais. En même temps, lisez-en un et vous les aurez tous lus.

– Oh, mais regardez comme il est bougon, tout à coup… On n'aime pas que je marche sur vos plates-bandes, mon chou ? C'est quoi, pour vous, Shakespeare ? Votre jardin secret ? Laissez-moi réfléchir deux secondes… Papa vous en lisait un extrait chaque soir avant de vous endormir ? Ou mieux, vous le lisiez avec la femme responsable de votre chagrin d'amour ? Dites-moi tout.

– Plus tard, peut-être, si vous êtes sage... Je veux dire : *vraiment très* sage !

Il passa sa langue sur ses lèvres et agita ses sourcils comme un clown pervers. Elsa ne put réprimer un petit rire, et à ce moment, Pam sortit de la réserve.

– Au fait, patron, j'ai oublié de vous dire : un type a téléphoné hier juste avant la fermeture. Il vend l'intégralité de sa bibliothèque, et il a pensé que ça nous intéresserait. Il dit que ça représente pas loin de quatre cents volumes. J'ai pris rendez-vous pour vous aujourd'hui, à quatorze heures trente, au... 38 Roosevelt Street. J'ai bien fait ?

– Comme toujours, Pam. On trouve des perles rares, dans ce genre d'endroits. Hier, miss Kramer, aujourd'hui, ce type... On dirait que les affaires reprennent. Si ça continue, je t'invite au café du coin et je te paye une menthe à l'eau, ou ce que tu bois d'habitude.

– Alors, ce sera un gin-fizz avec une rondelle de citron !

Elle retourna dans la réserve. Vince leva les bras au ciel.

– Seigneur... Si ça se trouve, elle a déjà embrassé un garçon sur la bouche.

– Bienvenue dans le vingt et unième siècle, Cronyn !

Elsa jeta un coup d'œil à sa minuscule montre en or.

– Bon, ce n'est pas que je m'ennuie avec vous – même un dépressif suicidaire n'arriverait pas à s'ennuyer en votre compagnie –, mais j'ai une interview pour la télé à huit heures à l'autre bout de la ville. En plus, je n'ai même pas la voiture ; à moi les joies du métro aux heures de pointe et des demeurés qui vont me reconnaître et me raconter leur vie en pensant que sous prétexte qu'ils ont lu l'un de mes livres, cela fait d'eux des intimes.

– Finissez au moins votre café.

– Heu… Non, ça, plutôt mourir ! Je vous reverrai tout à l'heure. Si vous êtes toujours dans le coin.

– En général, je suis derrière le comptoir.

La jeune femme n'eut pas le temps de lui dire combien sa blague était mauvaise. Un glapissement d'effroi retentit soudain à l'arrière de la boutique, les paralysant tous sur place. C'était Pam. Ils se regardèrent, hésitant sur la conduite à adopter, et prirent finalement leur courage à deux mains.

Vince attrapa la batte de base-ball qui accompagnait le casque de football américain (allez savoir pourquoi), et ils se précipitèrent tous les deux dans la réserve, parés à toute éventualité.

Ils trouvèrent l'adolescente en train de frapper le mur avec son magazine. Se sentant observée, elle se tourna vers eux, et leur fit un petit sourire d'excuse.

– Un cafard ! Il avait des antennes géantes et il me fixait avec ses horribles petits yeux noirs ! Je… Je l'ai loupé… Il doit rôder, quelque part, derrière l'un des cartons. Ça ne peut pas continuer comme ça, patron ; il faut faire venir un exterminateur avant qu'on soit envahis.

– Vous croyez que c'est une nouvelle stratégie de notre mystérieux inconnu ? chuchota Cronyn à la romancière. Il balance des blattes dans toute la boutique, comme Michael Keaton dans *Fenêtre sur Pacifique*, et dès que je sors en courant, blam ! Une balle entre les deux yeux… Imparable !

Cette fois, Elsa rit, et Pam, croyant qu'ils se moquaient d'elle, rétorqua, vexée :

– Il était très gros… Un vrai monstre !

13

La confession de Louise

Vince ne remarqua même pas Louise quand celle-ci débarqua au volant du cabriolet MG bleu nuit de Frank, se garant n'importe comment le long du trottoir. Les mains dans les poches et le regard vide, comme à son habitude, il était plongé dans la contemplation du portrait d'Elsa Kramer dans la vitrine. En le voyant, elle leva sa main pour le saluer, mais il ne lui répondit pas.

La blondinette fronça les sourcils, intriguée par ce curieux manque de considération de sa part, et lui tira la langue. Aucune réaction. Elle pinça alors ses joues, se mit à loucher, lui fit la grimace. Il fallut qu'elle se mette à sautiller partout devant lui en agitant les bras pour qu'enfin il l'aperçoive. À son tour, il lui adressa un petit signe de la main.

– Parfois, je me demande si tu n'évolues pas dans deux univers à la fois, champion, dit Louise en poussant la porte de la librairie. Et lorsque ton âme délaisse ce corps-ci pour aller dans l'autre, il est mis… hors service.

– Oh, toi, quelque chose me dit que tu as laissé tomber Shakespeare pour Philip K. Dick. C'est Frank qui te l'a conseillé, après avoir eu une révélations devant *Total Recall* en version collector double DVD ? Je ne crache pas sur K. Dick, cela dit… Très bon écrivain ! Complètement jeté, mais excellent…

– Vince, je ne suis pas venue parler littérature, tu te rappelles ?

– Pour quoi d'autre, alors ? Me jeter à la figure le symbole ultime du capitalisme offert par ton futur mari, peut-être ? À ce propos, je te conseille de ne pas rester garée là si tu ne tiens pas à retrouver ton petit bijou à la fourrière.

– Je ne vais pas rester très longtemps. Frank doit me retrouver ici pour déjeuner. Si tu savais ce qu'il est collant… Tu n'en as pas idée.

Elle soupira, et l'intérêt de Vince s'éveilla. C'était la première fois depuis qu'ils s'étaient rencontrés qu'elle se permettait de le critiquer ouvertement. Le fameux « effet Louise » : quelques mois de passion brûlante, et puis soudain, plus rien. Il le connaissait bien ; il en avait fait les frais.

Il lui indiqua l'espace de lecture, où trônaient deux magnifiques fauteuils ottomans sous un grand portrait de William Shakespeare, et s'absenta momentanément après qu'elle lui eut demandé s'il avait quelque chose à grignoter.

La journée était plutôt calme, comparée à celle d'hier. Deux ou trois clients flânaient entre les rayonnages, ravis de pouvoir rester des heures à feuilleter les livres sans que quelqu'un vienne leur demander ce qu'ils cherchaient, comme dans ces centres commerciaux dédiés aux multimédias. Pam, elle, était juchée sur une immense échelle et continuait son inventaire, comptant les livres et prenant des notes sur un cahier.

Vince faillit lui conseiller de bien se caler sur l'échelle pour éviter la chute au cas où elle tomberait sur le « monstre aux longues antennes », mais en fin de compte, il s'abstint. Elle risquait de mal le prendre, ou pire, de le relancer sur l'exterminateur. Se payer les services de ce genre d'entreprise requérait une véritable fortune ; s'il avait eu les deux millions de dollars de Vanick, bien sûr, ça aurait été une autre histoire… Mais n'en déplaise à ce taré de Borg, il ne possédait rien.

Il passa dans la réserve et ouvrit son petit frigo pour voir ce qu'il pouvait offrir à Louise. Une fois de plus, la fée Pam était passée par là. Le réfrigérateur était plein. Plein de choses dont il se foutait, peut-être (des fruits frais et des légumes, principalement), mais plein quand même. Elle lui avait déjà plusieurs fois reproché de ne pas prendre soin de son corps en se bâfrant de crackers et autres cochonneries à longueur de temps, et cette fois, elle s'était occupée elle-même des courses du midi.

Il attrapa une pomme pour Louise et prit la dernière bière qui restait. Il soupçonnait la gamine d'avoir le béguin pour lui. Elle le dissimulait bien, mais Vince avait appris avec le temps à capter les subtilités de la nature féminine. « Non » voulait souvent dire « oui », et « oui », eh bien… pas toujours « oui ».

Pauvre petite ! Elle aurait pourtant dû savoir qu'il était du genre compliqué. Mais qui sait ? Dans quelques années, peut-être, quand elle serait devenue une femme, qu'il aurait arrêté de croire au Père Noël avec Elsa Kramer et enfin oublié son ex… La vie était pleine de promesses dont la plupart n'étaient jamais tenues. Mais parfois, il arrivait qu'un petit miracle se produise.

Il referma le frigo et retourna à « l'espace de lecture » en fredonnant gaiement. Louise s'était assise sur l'un des deux fauteuils, et était maintenant fort occupée à se ronger les ongles. Si elle ne l'avait pas plaquée de façon aussi odieuse, il aurait presque éprouvé de la pitié pour elle.

– Excusez-moi, monsieur, auriez-vous… de la littérature rose ?

Cronyn se retourna, et se trouva face à un petit vieux affublé d'énormes culs-de-bouteille qui le faisaient ressembler à une tortue.

– Votre femme vous envoie faire ses courses ? Vous n'êtes pas le mari de Mme Gibson, par hasard ? Parce que, si elle cherche toujours ce livre de Barbara Cartland, il va nous falloir un peu plus de…

– Non, non, vous n'y êtes pas… Je cherche de la littérature « rooooose » !

Il le regarda avec un air entendu en se passant la langue sur les lèvres. Soudain, le vieillard sembla beaucoup moins avenant à Vince, et il ne put s'empêcher de l'imaginer s'exhibant dans la rue devant les passants, vêtu seulement d'un grand imperméable gris.

– On doit avoir deux ou trois trucs dans ce genre-là planqués quelque part ! Demandez à mon… heu, en fait non, cherchez par vous-même, on est débordés, aujourd'hui ! Allez, bonne journée à vous !

Il le planta là, et fonça retrouver Louise. La jeune femme, qui avait entendu leur conversation, était hilare. Vince lui offrit la pomme et ouvrit sa cannette.

– C'était… gênant, n'est-ce pas ? dit-il après sa première gorgée.

– Disons, plutôt surprenant. Ça m'étonne toujours qu'à cet âge-là, on puisse avoir une vie sexuelle.

– On est à l'ère du Viagra, chérie. Tout est possible, à condition d'être prêt à courir le risque d'une crise cardiaque. Mais laissons tomber les grabataires obsédés… J'attends ce moment depuis presque vingt-quatre heures, alors… Vas-y, Louise ! Crache le morceau ! Quel est le problème ?

Son sourire s'effaça, et elle redevint sérieuse. Pendant un moment, elle ne dit rien, se contentant de jouer avec ses mains, les yeux baissés. Vince garda le silence, bien qu'il bouillonnât à l'intérieur. Finalement, son ex le regarda à nouveau et avoua :

– J'ai rencontré un autre homme.

– Oh-oh…

Cronyn suspectait ce qui allait suivre. Le même schéma, encore et toujours…

– Il s'appelle Joe.

– Joe… Original !

– C'est un… Comment dit-on, déjà ?

– Un voyageur de commerce ? Il a sonné à ta porte pour te vendre des aspirateurs, et toi, tu t'es laissé séduire par la taille de son gros tuyau ?

– C'est déjà suffisamment dur comme ça, champion, alors s'il te plaît, n'y ajoute pas ton ironie et tes blagues de niveau maternelle…

– Désolé. Donc, il est… ?

– Analyste informatique, je crois, ou quelque chose dans ce goût-là. Un boulot chiant et sans intérêt ; en tout cas, c'est ce qu'il m'a dit. Nous nous sommes rencontrés au supermarché, au rayon surgelés. Il m'a conseillé sur le choix des pommes dauphine, et de fil en aiguille, on s'est retrouvés à boire un verre. Ensuite, nous sommes allés chez lui, et là, avant que je comprenne ce qui se passait, nous étions… comment dire ça de manière élégante… emboîtés l'un dans l'autre.

– Charmante expression ! On dirait les aventures sexuelles de deux Lego.

Louise l'ignora. Elle était en train de revivre cette folle après-midi avec son don Juan de supérette, et pour un peu, elle se serait roulée par terre de désir.

– Oooh, si tu savais… souffla-t-elle. Ça a été fantastique. Bien meilleur qu'avec Frank ; bien meilleur qu'avec toi, même ! Je ne pensais pas connaître un jour une telle extase. Joe a su… me faire exploser de l'intérieur.

Vince fit soudain de grands gestes avec les bras.

– C'est bon, stop, on arrête là ! Au cas où tu l'aurais oublié, je ne me suis pas encore remis de notre rupture. Par conséquent, être ton confident ne me gêne pas plus que cela, à condition que tu m'épargnes les détails de ta vie intime. Qu'est-ce qui s'est passé, après ? Tu l'as revu ?

Elle hocha la tête, l'air coupable.

– Une fois ? Deux ? Trois fois ?

– … par semaine. Parfois plus. Je suis devenue accro.

– Et ça dure depuis combien de temps, cette histoire ?

– Deux mois et cinq jours, précisément.

– Frank n'est au courant de rien, j'imagine ?

– Nan. Je ne veux pas le faire souffrir. Pauvre homme ! Déjà qu'il est convaincu d'être le meilleur amant de la terre…

– Si je me souviens bien, tu n'as pas eu autant de scrupules à mon égard.

– Toi, ce n'était pas pareil. Je savais que tu pourrais encaisser. Mais Frank… Il a l'air dur, comme ça, mais en fait, c'est une petite chose fragile !

Vince ne dit rien. Il venait de comprendre que sa carapace avait ses failles. Les gens autour de lui n'arrivaient plus à voir quand il souffrait. Ils le pensaient au-dessus de tout ça. Était-ce cela qui avait fait fuir Elsa, ce matin ? Ce côté « rien n'a d'importance » ? Peut-être…

Oui, peut-être qu'elle n'envisageait pas d'avoir une aventure avec un homme pour qui les femmes étaient aussi essentielles qu'un bon livre… Et honnêtement, il n'aurait pu le lui reprocher. Parce que c'est bien ce genre de façade qu'il s'était construit ; un mur derrière lequel il hurlait et pleurait, mais sans que personne puisse jamais l'entendre. Tragique ? Non. Juste humain.

– Eh ! oh ! tu le dis, si mes problèmes t'ennuient, hein ?

Louise, qui venait de réaliser qu'elle déblatérait dans le vide depuis plusieurs minutes, mordit furieusement dans sa pomme.

– Excuse-moi. Je réfléchissais au passé.

– Ouais, eh bien, moi, c'est l'avenir qui me préoccupe, champion.

– Tu veux parler du mariage, j'imagine ? Tu en es où, d'ailleurs, avec ça ?

– C'est justement de ça dont je voulais discuter avec toi. Que me conseilles-tu ? J'ai besoin de l'avis d'un homme ayant un certain recul sur cette histoire.

Cronyn descendit le reste de sa bière et écrasa la cannette dans ses mains.

– Allons-y… On dirait bien que de multiples options s'offrent à toi. Tu es comme l'une de ces héroïnes de jeux vidéo qui doit faire un choix capital qui changera la fin de son aventure. Je déteste ça : tu n'as jamais l'impression de finir le jeu, quand ça arrive. Ces concepteurs sont de grands tordus, je trouve. Heureusement, grâce à Internet, on peut s'épargner le fait de devoir tout recommencer juste pour voir un nouvel épilogue. Imagine que…

– Je ne comprends rien à ce que tu racontes, mais je suis certaine que ça n'a rien à voir avec le sujet qui nous préoccupe, le coupa Louise. Frank ne va pas tarder, alors si tu as quelque chose à me dire, dis-le-moi tout de suite.

– Je ne suis pas à ta place, Louise. Tout dépend de ce que tu veux, *toi*. Épouser Frank, mais garder Joe sous le coude, en cas de… démangeaisons intenses ? Laisser tomber Joe, qui ne cadre pas du tout avec la vie confortable et sans histoires envisagée par notre primate en costume ? Larguer Frank, peut-être, pour courir nue sur la plage, cheveux au vent, avec ton analyste informatique, tels les deux sauvageons du *Lagon bleu* ? Oublier tous ces tocards et comprendre enfin que je suis l'homme de ta vie ? Ou… quoi d'autre ?

– Je ne sais pas… Et toi, qu'est-ce que tu en penses ?

– Tu veux dire, si l'on fait abstraction de la dernière option ? Eh bien, pour moi, c'est assez simple, en fait. Lequel des deux préfères-tu ?

– Ni l'un ni l'autre, gémit Louise, à la torture. Je les aime autant, et c'est là tout le problème. Que faire ? Oh mon Dieu, que faire ?

– J'ai une idée ! Pourquoi ne vous réuniriez-vous pas tous les trois pour jouer l'opus 97 de Beethoven ? Tu sais, le Trio avec piano numéro 7 en si bémol majeur... Vous feriez un malheur ! Et puis, la musique adoucit les mœurs, quelles qu'elles soient, c'est bien connu !

– Pitié, champion... Je suis à bout de nerfs...

Vince s'aperçut qu'elle ne plaisantait pas, et il se tut. Il aurait dû éprouver de la satisfaction à la voir ainsi, en proie à ses tourments intérieurs, comme il l'avait été peu de temps auparavant... Mais non. Louise était complètement paumée, comme en témoignaient ses yeux rougis par les larmes et le manque de sommeil et ses cheveux blonds relevés en une espèce de chignon informe. Même sa beauté, d'habitude si lumineuse, semblait à présent éteinte. Non, il n'y avait pas de quoi pavoiser. « Tout finit par se payer un jour ou l'autre, beauté ! » songea-t-il en se faisant l'effet de voler l'une des répliques de James Hadley Chase.

Pam l'appela depuis l'échelle.

– N'oubliez pas votre rendez-vous, patron !

– Ouais... Merci ! Pam est mon Filofax, confia-t-il à son ex en se levant.

Celle-ci baissa la tête, mais ne répondit rien. Vince fronça les sourcils, et s'appuya contre l'une des étagères, croisant les bras.

– Tout cela est absurde, Louise...

– Évidemment. Ça l'est toujours. Mais comment je gère ça, moi ?

– Ma foi… De la même façon que tu m'as *géré*, moi, quand tu as rencontré Frank, je suppose. À ce moment-là, ça t'a semblé plutôt facile, non ?

La jeune femme releva la tête, et le considéra longuement.

– Nous n'avons… Nous n'avons jamais vraiment eu l'occasion de parler de cet « épisode ». Tout s'est enchaîné si vite…

– Rectification : *tu* as fait en sorte que cela s'enchaîne. À peine étais-je au courant de votre liaison que tu faisais tes valises en me disant que ce n'était pas si grave, que je m'en remettrais, que de toute façon nous n'étions pas faits l'un pour l'autre et que je finirais bien par trouver la femme qui me convenait. Bref, un tas de conneries dignes de la pire *love story* hollywoodienne…

– J'étais sincère, pourtant. Toi et moi, nous étions comme le jour et la nuit.

– Les contraires s'attirent, Louise. C'est une loi de la physique.

– Au début, peut-être. Je ne dis pas que je n'ai pas aimé ces longues soirées en tête à tête, comme si nous étions seuls au monde. Mais au bout d'un moment… j'en ai eu assez. J'avais l'impression d'étouffer. Vivre en dehors du monde, ça ne t'a jamais posé de problèmes ; mais moi, j'avais un besoin vital de ce tourbillon d'émotions incessantes.

– En tout cas, question émotions, tu es servie, aujourd'hui !

– J'étais en train de me noyer, champion… Frank représentait ma planche de salut, et je l'ai saisie.

– Il n'y a pas que la planche, que tu as saisie, si je me souviens bien…

Louise se mit à rire. Mais, loin de le vexer, cela lui réchauffa le cœur. Quand elle souriait, le monde allait déjà un peu moins mal.

– Tu te souviens, lorsque tu nous as trouvés au lit ensemble ?

– Comment pourrais-je oublier ce spectacle ? Durant un moment, j'ai eu du mal à savoir qui était la femme planquée sous l'énorme tas de poils…

– Qu'est-ce que ça t'a fait ? Est-ce que tu as *ressenti* quelque chose ?

– Je suis un homme, Louise. Bien sûr que j'ai eu mal… Pour qui me prends-tu ?

– Je te demande ça, car à ce moment-là, j'ai eu l'étrange impression que tu t'en foutais. Tu n'avais pas l'air… concerné. Cela aurait tout aussi bien pu être une inconnue qui s'envoyait en l'air devant toi.

Vince se mordilla la lèvre, et consulta la grosse pendule mécanique qu'il remontait chaque semaine. Il lui restait encore un peu de temps… pas beaucoup, mais assez pour essayer de clarifier les choses.

Il pointa du doigt Pam toujours en équilibre sur son échelle, et se tourna vers Louise.

– Tu vois, trouver sa femme au lit avec un truc aussi répugnant que Frank, c'est comme… tomber de cette échelle. Deux solutions s'offrent à toi : ou bien on ferme les yeux et on attend de se briser le cou, ou alors on essaye de choper quelque chose au vol et on s'y suspend. Un pinceau, par exemple…

– Comme dans cette mauvaise blague ?

– Ça n'a rien d'une blague. C'est une illustration de la vie.

– Et donc, toi, tu t'es accroché au pinceau. Il a tenu ?

– Curieusement, oui. Je ne dis pas qu'au début, ça n'a pas été difficile. J'ai même envisagé de le lâcher plus d'une fois, me demandant à quoi ça rimait. Mais avec le temps, la colle a séché et le pinceau est devenu une prise solide. Sacrée colle, cela dit… Comme dans cette pub débile où le type met deux gouttes sur ses semelles et se retrouve accroché au plafond par ses pompes.

– Eh bien, tu vois, c'est exactement la même chose pour moi. Moi aussi, je tombais, avec toi, Vince. Il m'a fallu trouver quelque chose à quoi me raccrocher, et ce quelque chose… ça a été Frank.

– Ouais. On peut tomber de n'importe où, et pour n'importe quoi. La vie est pleine de situations qui nous exposent potentiellement à la chute, réfléchit Cronyn, avant de lancer : Pam ! Fais attention à toi !

La jeune fille sursauta et son échelle bringuebala de droite à gauche. Par réflexe, elle attrapa l'un des rayonnages de sa main libre pour la stabiliser, et le mouvement de balancier s'arrêta aussi vite qu'il avait commencé. Elle poussa un soupir de soulagement.

– Tout va bien. Dites, patron, vous pensez qu'il sera possible, un jour, d'investir dans ces espèces d'échelles montées sur roulement, comme dans les grandes bibliothèques ? Ce serait un plus non négligeable pour éviter d'avoir à justifier la mort de votre seule employée à votre compagnie d'assurances.

– Tout est possible, Pam… Même l'existence de Nessie ou du Yéti !

Elle haussa les épaules et retourna à son travail de titan.

– Nous aurions dû nous suspendre ensemble, murmura Louise en allumant une cigarette. Et remonter sur cette satanée échelle.

– Houla, non… Si nous avions fait cela, Joe serait aujourd'hui *mon* problème, et non celui de Frank. Je suis bien mieux à ma place de spectateur, à regarder le match qui se déroule devant mes yeux. Tu refumes ? Je croyais que c'était une « sale habitude pour personnes tristes et désœuvrées »…

– C'est vrai, c'est ce que j'ai dit, et je le maintiens ; je suis un peu les deux, en ce moment. Dis-moi, est-ce que tu as passé la nuit avec miss Kramer ? Quand je vous ai laissés, hier, vous aviez l'air plutôt… complices.

Elle avait posé la question l'air de rien, mais Vince la connaissait bien, et il décela une réelle curiosité de sa part. De la curiosité, ainsi peut-être qu'un soupçon d'irritation, peut-être… Incroyable !

– Serais-tu jalouse ? lui demanda-t-il de but en blanc.

– Quoi ? s'offusqua la jeune femme. Bien sûr que non… Je demandais ça pour savoir si tu t'étais enfin décidé à retrouver une vie amoureuse normale, c'est tout.

– Mouais. D'aussi loin que je me souvienne, ma vie amoureuse n'a jamais rien eu de normal. Déjà, à l'école primaire, j'avais le béguin pour une fille qui craquait pour notre instituteur ; résultat, je l'ai trouvée un beau jour en train d'embrasser son fils dans un coin de la cour. Imagine le choc, pour un gamin de huit ans… Bref, non, Louise, je n'ai pas couché avec notre superstar de la littérature. D'ailleurs, je ne me suis pas couché du tout. Tiens, à ce propos, il faut que je te raconte : mon appartement… Oh, mais regardez qui arrive !

Le carillon de la porte retentit, et Frank fit son entrée, tiré à quatre épingles, comme d'habitude. Il les aperçut et se dirigea vers eux à grands pas en leur balançant l'un de ses sourires aveuglants de blancheur dont lui seul avait le secret. Cette fois, le temps des confidences était bel et bien terminé.

– Cronyn le Barbare ! lança le compagnon de Louise. Toujours en liberté ?

– Comment va, Frank ? Et ces autodafés, ça se passe bien ? Vous êtes finalement venus à bout de la lettre A, tes *soldaten* et toi ?

L'autre perdit son sourire et marqua un temps d'arrêt, sourcils froncés, essayant de comprendre le trait d'humour pour ne pas passer une fois de plus pour le crétin de service. Comme il s'en trouva incapable, il finit par se rabattre sur sa future femme, qu'il embrassa possessivement sans quitter Vince des yeux.

– Désolé pour le retard, ma chérie. Mais tu sais comme ces réunions peuvent être interminables… Dis-moi, *il* ne déjeune pas avec nous ?

– Mais quelle excellente idée ! s'exclama Louise, sautant sur l'occasion. Ça te dirait de venir manger un morceau, champion ? Il y a un excellent restaurant tex-mex qui vient d'ouvrir à deux rues d'ici.

Vince s'apprêtait à répondre quand le carillon retentit pour la énième fois.

– Oh seigneur, murmura-t-il. Non merci. Je viens d'entamer une grève de la faim pour protester contre les conditions de travail des usines mexicaines, et je m'en voudrais de la briser pour une enchilada. Ciao, Oliver et Barbara !

Sur ce, il les planta là et disparut dans sa réserve. Ils restèrent quelques secondes sans rien dire, un peu déboussolés par son brusque départ. Puis Frank reprit la parole.

– Oliver et Barbara ? grogna-t-il. Encore des personnages de votre pote Shakespeare, je parie ! Pour m'humilier un peu plus…

– En vérité, je pense qu'il voulait parler de Michael Douglas et Kathleen Turner dans le film *La Guerre des Rose…* Ne cherche pas, il est sorti dans les années 1980. Autant dire la préhistoire du cinéma, pour toi, mon cœur.

Louise ébouriffa son brushing impeccable, et il se mit à râler.

À quelques mètres de là, une odeur de fumée émanant de ses vêtements froissés, Merv Borg se tenait dans l'encadrement de la porte, tournant la tête de droite à gauche comme un périscope de sous-marin, à la recherche des deux enfoirés qui lui avaient fait faux bond la nuit dernière.

14

Les dacoïts du 38 Roosevelt Street

Une heure plus tard, Vince, tenant à la main le papier confié par Pam un peu plus tôt dans la matinée, remontait le trottoir de Roosevelt Street en vérifiant chacun des numéros. Il n'avait jamais mis les pieds dans ce quartier auparavant, et maintenant, il le regrettait. Il y avait ici un sacré potentiel pour les petits libraires comme lui…

Les bâtiments dataient pour la plupart du siècle dernier, mais ils avaient été entretenus avec un soin maniaque. La haute bourgeoisie de la ville devait y être installée, et les gens comme eux ne supportaient pas le changement. Voilà pourquoi leurs bibliothèques personnelles devaient regorger d'éditions limitées à la valeur inestimable.

Cronyn se promit de revenir faire du porte-à-porte un de ces quatre, histoire de voir si certains héritiers de ces « gardiens du temple » n'envisageaient pas eux aussi de se défaire de ces machins de papier inutiles pour grappiller quelques dollars supplémentaires.

Le 38… Il y était ! Eh ben, mes aïeux… Encore un pour qui payer ses impôts devait n'être qu'une simple formalité administrative. Vince leva la tête et contempla un instant ce qui ressemblait à un vieil hôtel particulier tout en pierres de taille, dont chacune des hautes fenêtres était entourée de bas-reliefs représentant des rameaux d'olivier entrelacés. Pour un peu, on se serait cru en face d'une église d'un nouveau genre dont la croix aurait été remplacée par une antenne parabolique. Il se frotta les mains et monta sans plus attendre les quatre marches en grès blanc du perron. Enfin une éclaircie dans ce ciel nuageux…

Arrivé devant la lourde porte d'entrée en chêne, il se lissa les cheveux, histoire de ne pas paraître trop « péquenaud » aux yeux du propriétaire, et se décida finalement à presser le bouton de la sonnette. Un glas effrayant, reprenant note pour note le thème principal de la *Marche funèbre* de Chopin, résonna de manière sinistre jusqu'aux tréfonds de l'hôtel. Le décor était planté. Cronyn eut soudain l'impression de s'être changé en Jonathan Harker venu faire signer au comte Dracula l'achat de l'abbaye de Carfax.

Il commençait à s'impatienter quand la porte d'entrée s'ouvrit à la volée. Surpris, il bondit en arrière, manquant de se bousiller les chevilles sur les marches, mais une longue main brune le saisit par l'avant-bras, ce qui lui permit de garder son équilibre.

– Faites attention à ces marches, souffla l'homme d'une voix douce en faisant rouler les *r*. Elles peuvent être traîtresses.

Il hocha la tête sans rien dire, et contempla l'homme qui venait de lui éviter la chute. Le visage aussi froid et inexpressif que la pierre des murs, il était grand, sec et basané (indien, pakistanais ou peut-être bien turc) et approchait de la quarantaine, comme en témoignaient les premiers cheveux blancs visibles dans sa tignasse noir de jais plaquée en arrière à la gomina. Il portait un costume trois-pièces amidonné sans le moindre faux pli, mais il y avait quelque chose de dérangeant dans sa tenue. Vince plissa les yeux, et essaya de mettre le doigt dessus avant que le silence entre eux s'éternise.

Finalement, il trouva : l'individu ressemblait à ces horribles photos de Sioux prises au début du siècle dernier où ceux-ci étaient habillés comme les colons. Il n'était pas élégant, non, juste déguisé pour que les citadins ne passent pas leur temps à le dévisager comme une bête curieuse. Vince l'imaginait bien courant pieds nus dans la jungle, vêtu d'un pantalon bouffant, d'une chemise sale et d'un turban blanc ; il aurait eu plus de panache. Là, il ressemblait juste à un croque-mort qui vient d'enfiler la tenue d'un de ses « clients ».

– Avez-vous l'intention de me dire l'objet de votre visite, ou allons-nous rester tout l'après-midi à nous observer en chiens de faïence, cher monsieur ?

Il s'exprimait lentement, choisissant chacun de ses mots avec le plus grand soin, ce qui ne fit que renforcer la conviction de Vince qu'il n'était pas du coin et avait été contraint par la force des choses d'apprendre la langue afin de s'intégrer.

– Oui, heu, excusez-moi, balbutia Vince. Librairie Cronyn. Nous avions rendez-vous. J'ai cru comprendre que vous aviez une bibliothèque à vendre.

– C'est exact. Veuillez vous donner la peine d'entrer, je vous prie.

Visage Froid s'effaça, et Cronyn quitta la relative douceur de cette journée d'automne pour l'atmosphère glaciale de la bâtisse. À peine l'homme eût-il claqué la porte derrière lui qu'il sut que quelque chose ne tournait pas rond. Jerry venait de s'apercevoir que le fromage qu'il s'apprêtait à manger avait été bourré de dynamite par Tom, les amis !

Les yeux de Visage Froid brillèrent dans le noir tandis qu'il le dévisageait à son tour, puis il repassa devant lui et lui fit signe de le suivre dans un long vestibule lambrissé éclairé par des appliques murales dispensant une lumière jaunâtre. La vache, on se serait cru dans le salon funéraire où ils avaient incinéré son grand-père, quand il était tout gosse.

Vince n'avait pas fait trois pas qu'il se rendit compte qu'ils n'étaient pas seuls. À quelques mètres devant eux, deux autres hommes semblables en tout point à son interlocuteur, bien qu'un peu plus jeunes, les attendaient en silence devant une double porte en bois laqué ouverte sur un couloir ténébreux.

Visage Froid ne leur accorda pas un regard, mais au moment où ils passaient devant eux, ils leur emboîtèrent le pas, de sorte que Vince se retrouva encadré sans possibilité de fuite.

– Eh bien, dites-moi, s'esclaffa Cronyn en essayant de dissimuler son malaise, vous prenez soin des libraires, ici ! Vous avez peur qu'il m'arrive malheur entre la porte d'entrée et la bibliothèque, ou quoi ?

– C'est que… vous êtes quelqu'un de précieux, monsieur Cronyn, souffla Visage Froid. Aussi précieux et rare que le tigre blanc bengali, d'après ce que j'ai pu comprendre. Mon maître m'a bien recommandé de vous garder sous haute surveillance. Nous ne voudrions pas qu'il nous arrive les mêmes désagréments qu'à ce monsieur Borg, n'est-ce pas ?

Et voilà, on y était ! De nouveaux joueurs venaient d'entrer dans la partie, et Vince avait été trop stupide pour les voir venir. Si ça se trouve, son hôte n'avait même pas le moindre livre à lui vendre. Tsss… Tous ses espoirs s'envolaient en fumée. Ses épaules s'affaissèrent, et il prit un air abattu.

Visage Froid jeta un coup d'œil par-dessus son épaule, et se mit à rire, un rire aussi chaleureux que celui d'une hyène prête à fondre sur une proie agonisante.

– Allons, ne faites pas cette tête d'enterrement ! Tout n'est pas encore terminé, loin de là ! Si vous vous montrez raisonnable, il se peut même que vous sortiez d'ici gagnant…

– Ah ouais ? Pourtant, je me vois assez mal barré… J'ai vu *Indiana Jones et le temple maudit*, vous savez ; je sais de quoi sont capables les gens comme vous… Votre maître porte aussi la coiffe à cornes de bélier quand il arrache les cœurs de ses victimes ?

Visage Froid rit de plus belle, et Vince ne put s'empêcher de penser que si ce rire avait été une arme, il serait mort depuis belle lurette.

– Vous êtes drôle, monsieur Cronyn… Drôle, mais terriblement imprégné de votre culture occidentale ! Les gens auxquels vous faites référence sont des Thugs, une secte d'illuminés qui vouaient un culte à Kali mais n'existent plus aujourd'hui. Rien à voir avec nous, je vous assure ! Nous ne sommes que de pauvres paysans du Rajasthan contraints par la force des choses à prendre les armes pour nous en sortir. Le seul Dieu que nous vénérons, c'est l'argent. Mais nous voici arrivés. Si vous avez d'autres questions, notre maître se fera un plaisir d'y répondre.

Ils avaient atteint une autre double porte, plus richement ornée que la première si c'était possible, derrière laquelle s'élevait un air d'opéra : *Manon Lescaut* de Puccini, d'après ce que Vince put en entendre.

Visage Froid frappa, et le prisonnier profita de cette courte pause pour regarder autour de lui s'il existait une faille dans le mur formé par les trois hommes. Il renonça vite à ses projets quand le type sur sa droite secoua la tête et rabattit l'un des pans de sa veste, dévoilant une longue dague recourbée et finement ouvragée fixée à sa ceinture. Ces mecs n'étaient peut-être pas des fanatiques, mais ils n'en demeuraient pas moins des assassins.

Comme personne ne répondait, Visage Froid marmonna quelque chose en hindi et cogna plus fort. Toujours aucune réponse. Il soupira, et fit jouer la poignée dorée à l'or fin, laissant s'échapper le flot de musique dans le couloir, puis il passa à l'intérieur de la pièce, abandonnant Vince et les deux autres sur le pas de la porte.

– *Sahib... SAHIB !!!* hurla-t-il pour se faire entendre au-dessus de la voix du ténor. L'homme que vous attendiez est arrivé.

Une pause, puis l'opéra fut coupé, et une nouvelle voix, suave comme le ronronnement d'un gros chat, s'adressa à Visage Froid.

– Vous avez dit quelque chose, mon ami ?

– Vincent Cronyn est ici, *sahib.*

– Ah ! Parfait, parfait ! Eh bien, qu'attendez-vous ? Faites-le entrer !

L'autre sortit la tête dans le couloir, et leur demanda de venir. Les deux Indiens poussèrent Vince dans le dos sans ménagement, et celui-ci pénétra à son tour dans le grand salon. Il lui fallut un moment pour accoutumer ses yeux à l'éclairage, plus vif que dans le vestibule et le couloir réunis, mais quand ce fut fait, il resta figé par la stupéfaction.

Où était-il encore tombé ? C'était carrément la caverne d'Ali Baba ! Ici, dans le coin, il y avait une statuette en or massif représentant Bastet, la déesse égyptienne à tête de chat, là, posée sur un socle de bois brut, une armure de chevalier cathare complète jusque dans les moindres détails, là encore, accrochée au mur, une tapisserie de l'Empire ottoman représentant la prise de Jérusalem par les croisés, au-dessus de leurs têtes, un lustre qu'il n'aurait pas été étonné de retrouver dans la galerie des Glaces du château de Versailles…

Pas un seul centimètre carré de la pièce qui ne soit envahi par une babiole de valeur provenant des quatre coins du monde, et de toutes les époques, jusqu'au paléolithique, comme ce silex taillé en pointe de lance exposé dans une vitrine rétro-éclairée. Même les épaisses tentures rouges des fenêtres semblaient avoir de la valeur.

Et là, au milieu de tous ces trésors, trônait le maître des lieux, un grand costaud aux cheveux gris et à la fine moustache vêtu d'un peignoir de soie noire et d'une paire de charentaises en cuir. Il avait la tête collée aux baffles d'une énorme chaîne hi-fi, seule touche « moderne » de ce délirant musée, et ne cessait de se balancer d'avant en arrière sur un vieux rocking-chair (datant de la guerre de Sécession, peut-être ?) en sirotant un verre de rosé.

Lorsqu'il l'aperçut, il leva son verre et s'adressa à Vince avec un accent mélodieux qui lui évoqua immédiatement Venise, seule ville italienne qu'il avait visitée quand, pour impressionner Louise, il lui avait offert un voyage en amoureux. Encore un truc dont il aurait pu se passer… Ça lui avait coûté les yeux de la tête, ce machin-là, pour qu'en définitive ils se rendent compte que Venise n'avait rien de romantique : les canaux puaient le rat crevé, et les Italiens étaient un peuple de pervers libidineux. La prochaine fois qu'il voudrait jouer les don Juans, il emmènerait sa compagne en Afghanistan ; au moins, quand elle serait vêtue d'une burqa, personne n'essaierait de la violer.

– *Signore* Cronyn… Je vous souhaite la bienvenue dans mon antre. Je vous en prie, mettez-vous à l'aise et asseyez-vous.

Vince secoua la tête, et il s'apprêtait à lui répondre qu'il se sentait très bien ainsi quand Visage Froid lui arracha sa veste en daim et le poussa sur un fauteuil Louis XV après avoir enlevé l'espèce de toge romaine qui le recouvrait. Eh bien… On avait l'invitation plutôt musclée, dans le coin.

– Désirez-vous quelque chose à boire ? poursuivit son « hôte ». Scotch ? Vodka ? Sirop d'orgeat ?

– J'ai le choix, ou bien si je réponds non, votre pote va me fourrer un entonnoir dans le gosier et y vider les trois bouteilles d'un coup ?

– Vous êtes drôle, monsieur Cronyn, répondit l'autre sans rire pour autant. Mais vous avez raison ; je ne supporte pas les offenses. Alors ? Qu'est-ce que vous buvez ?

– Donnez-moi juste un verre d'eau… Ce sera suffisant pour ramollir le papier de verre que j'ai au fond de la gorge depuis que j'ai mis le pied dans votre baraque.

Le moustachu claqua des doigts à l'attention de l'un des deux Indiens restés à la porte et baragouina quelque chose en italien. L'homme le salua sans rien dire, et disparut momentanément. Vince siffla, admiratif.

– Vous vous êtes fait une véritable petite cour de maharadjah, dites-moi... Ça doit être sympa d'avoir des molosses prêts à tout pour vous satisfaire.

– Vous vous méprenez. Pour eux, c'est une question d'honneur, ni plus ni moins... Comme vous pouvez le constater en regardant autour de vous, je suis un amateur d'art, et j'ai beaucoup voyagé à travers le monde pour rassembler cette collection d'objets uniques. L'un de ces voyages m'a amené dans le centre de l'Inde, où nous avons essuyé une attaque de dacoïts. Savez-vous ce que sont les dacoïts, monsieur Cronyn ?

– J'en ai une vague idée, oui. Des bandes organisées qui pillent les trains de voyageurs. Un genre de Bloods et de Crips avec des turbans et des fusils défectueux à la place des casquettes et des flingues chromés.

– Absolument. Vous êtes quelqu'un de cultivé. J'apprécie cela. Ce jour-là, hélas, nos dacoïts ont choisi le mauvais train. Je ne voyage jamais seul, voyez-vous, et surtout pas dans des contrées hostiles comme la région du Chambal. Les hommes qui m'escortaient n'ont fait qu'une bouchée de ces sauvages, et lorsqu'ils en ont eu fini, il ne restait que trois survivants, deux adolescents et un jeune homme. La suite n'est pas difficile à deviner...

– Ils se sont jetés à vos pieds en pleurant, vous remerciant d'avoir épargné leurs modestes vies, et en contrepartie ont accepté de se dévouer à vous corps et âme pour le restant de leur existence.

– Si l'on fait abstraction du cynisme contenu dans vos propos, c'est à peu de chose près ce qui s'est produit, oui. Cela fait maintenant dix-sept ans qu'ils me servent fidèlement, et depuis tout ce temps, je n'ai jamais eu à me plaindre d'eux. Pas une seule fois... Croyez-moi, quand un dacoït vous donne sa parole, il la tient.

À cet instant, le troisième homme revint dans la pièce, un verre d'eau avec des glaçons à la main, et il le tendit à Vince avant de retourner à son poste, près de la porte. Cronyn but une gorgée, plus pour satisfaire son interlocuteur que par réelle envie, puis reprit :

– Si je comprends bien, vous êtes un genre de bon Samaritain, cher monsieur... Mais au fait, comment dois-je vous appeler ?

L'homme ricana, mais quand il bascula le rocking-chair vers lui, toute sa bonhomie se volatilisa d'un seul coup. Il n'avait plus devant lui qu'un type dénué d'émotions qui ne voulait qu'une seule chose, et l'obtiendrait par tous les moyens. Vince frissonna, et cela n'avait rien à voir avec les glaçons.

– Mes amis me surnomment l'Aventurier... Mais vous n'êtes pas de ceux-là, n'est-ce pas ? Pour vous, ce sera simplement « Pitié, pas le petit doigt ! », ou bien « Aargh, mes testicules ! », selon la méthode employée pour vous arracher des aveux... Mais je suis sûr que nous n'en arriverons pas à cette extrémité, n'est-ce pas ? Vous êtes un homme raisonnable, et en tant qu'homme raisonnable, vous allez nous dire tout ce que je désire savoir. Allons, nous avons assez perdu de temps. Mes employeurs et moi-même voulons ces deux millions de dollars, monsieur Cronyn, et nous les voulons maintenant. Nous consentons à ce que vous en gardiez un pour cent pour votre peine, mais pas un cent de plus. Alors ? Où sont-ils ?

Vince descendit le reste de son verre d'un trait, et s'affala sur son siège, plus las que jamais. Puis il attrapa la statuette de Bastet posée sur sa gauche, et se mit à jouer avec, la faisant passer d'une main à l'autre. C'était incroyable : les minuscules rubis de ses yeux avaient été incrustés de telle façon qu'ils semblaient le suivre quelle que soit sa position, comme le tableau de *La Joconde*.

« L'Aventurier » attendit quelques secondes, se demandant si ce n'était pas sa façon à lui de peser le pour et le contre, mais quand il fut clair que le petit manège de son invité risquait de durer un certain temps, il lança :

– On peut savoir ce que vous faites ?

– Vous aviez remarqué, le coup des yeux ? Ah, on peut se foutre de la gueule des artistes de l'Antiquité, mais je mettrais ma main à couper qu'aujourd'hui, aucun type issu des Beaux-Arts n'arriverait à reproduire la complexité de ce…

– Vous devriez éviter de parler de main coupée en ma présence, *signore*, l'interrompit l'autre. Cela pourrait me donner des idées. Pour la deuxième et dernière fois : où est l'argent ?

– Laissez tomber, Bob Morane.

– *Laisser tomber ? Laisser… tomber ?*

Son interlocuteur répéta la phrase deux fois pour se convaincre qu'il l'avait bien entendue. Manifestement, il était le genre d'homme qui n'avait pas l'habitude qu'on lui refuse quoi que ce soit. Il allait se faire un plaisir de ramener « sa majesté » sur terre.

– Comme je l'ai déjà dit aux flics, à Borg, à miss Kramer et à mon poisson exotique – ah non, désolé, je n'ai pas d'aquarium, donc pas de poissons non plus –, je ne l'ai pas, je n'ai aucune idée de l'endroit où il se trouve, je n'ai pas tué Vanick, et bon sang, je ne suis pas concerné par toute cette merde.

Tout d'abord, l'Italien ne bougea pas. Il garda le silence, ne le quittant pas de ses petits yeux noir inquisiteurs, et Vince se demanda à quelle sauce il se préparait à le manger. Puis il esquissa un petit sourire malin et reprit la parole d'une voix douce. Le gros chat était de retour.

– Jeune homme, permettez-moi de vous dire que vous mettez ma patience à rude épreuve. Ils sont peu nombreux, ceux qui peuvent se targuer de l'avoir fait. Peu nombreux, et pas un n'est encore en vie pour s'en vanter. Mais puisque notre univers et son code de conduite ont tous deux l'air de vous être étrangers, je vais être magnanime, et passer l'éponge sur cette glaire répugnante que vous venez de me cracher au visage. Cela dit, je vous conseille d'arrêter votre petit jeu, parce qu'à la longue, cela pourrait finir par… m'irriter. Que les choses soient bien claires, monsieur Cronyn : nous n'avons aucune intention de négocier avec vous. Ou bien vous nous rendez l'argent et acceptez notre commission, ou nous vous le prendrons de force. Le choix vous appartient.

– Bon, et sinon… Vous avez quand même un ou deux livres intéressants, dans ce bordel, ou je me suis vraiment déplacé pour rien ?

Le moustachu fit la grimace et secoua la tête, comme s'il s'était attendu à ce genre de réponse, mais en avait malgré tout espéré une autre.

– Mauvaise stratégie. Dans cinq minutes, vous regretterez vos paroles.

Il claqua encore des doigts à l'adresse de ses dacoïts, qui quittèrent leurs postes et encerclèrent le fauteuil de Vince.

– Le verre d'eau n'a pas suffi à monsieur Cronyn, chers amis. Il a encore soif. Soif d'argent, soif de puissance… Veuillez faire en sorte de… calmer ses ardeurs.

– À vos ordres, *sahib*, dit Visage Froid.

Il prononça quelques brèves paroles dans sa langue maternelle, et les deux autres le saisirent par les bras tandis que lui-même s'occupait de ses jambes. Ils le soulevèrent de son fauteuil, et le sortirent du salon pour l'entraîner dans les profondeurs de la maison.

– Vous savez, je peux marcher, fit Vince alors qu'ils descendaient un vieil escalier de pierre poussiéreux menant droit en enfer.

– Pour l'instant, souffla le dacoït en chef en lui balançant son sourire de squelette. Mais après tout, vous avez choisi, n'est-ce pas ?

15

Rafraîchissements

Ils le portèrent pendant plusieurs minutes, traversant successivement un cellier, dont les murs étaient recouverts de bouteilles poussiéreuses d'une valeur plus inestimable les unes que les autres, et un grand débarras bourré d'outils rouillés d'un autre temps, pour terminer par une enfilade de couloirs flanqués de portes ne menant nulle part.

Enfin, pas toutes, puisque la dernière s'ouvrit sur une grande pièce au sol de terre battue et aux murs de brique, dont l'unique éclairage était une ampoule nue pendant du plafond fissuré. Ah oui, il y avait aussi cette vieille baignoire en fonte, au fond, qui ne lui disait rien qui vaille. Vince n'eut cependant pas le loisir d'admirer longtemps le décor.

Les dacoïts le poussèrent sans ménagement à l'intérieur, et il roula sur le sol, soulevant des nuages de poussière brune.

– Où est l'argent, monsieur Cronyn ? lui demanda Visage Froid, calme à faire peur.

– Vous avez pensé à regarder sous votre oreiller ? fit Vince, se remettant sur son séant en époussetant ses vêtements. En général, c'est là qu'est planqué le pognon, une fois que la petite souris est passée… Ouch !

Le troisième homme venait de lui balancer un grand coup de pied dans l'estomac, et Vince se plia en deux, essayant de reprendre son souffle.

– Je crains que vous n'ayez pas encore bien saisi la situation dans laquelle vous vous trouvez, fit Visage Froid. Laissez-moi… vous rafraîchir les idées !

D'un bond, il fut sur Vince, et l'attrapa par la nuque, tandis que les deux autres dacoïts lui saisissaient une nouvelle fois les bras. Ils le portèrent jusqu'à la baignoire, et quand Visage Froid l'obligea à s'agenouiller, il put constater qu'on l'avait remplie d'eau et de glaçons. Ces salopards avaient déjà prévu de l'amener ici avant même qu'il eût franchi le pas de leur porte. Si ça, ce n'était pas de l'organisation…

– Maintenant, parle, sale chien ! hurla Visage Froid près de son oreille, faisant craquer le vernis de politesse qu'il avait arboré jusqu'ici. Parle, ou que Vishnou m'en soit témoin, je te jure que je te noie dans cette baignoire. Où sont les dollars ? Où sont-ils ???

– Heu… dans ton cul, au fond à droite ? hasarda Vince. Je sais, c'était facile, mais je ne m'en lasse jamais, surtout face à des tueurs hindous qui ont fait leurs classes chez Pinochet. Je trouve leur sens de l'humour… irrésistible !

– À tout à l'heure, monsieur Cronyn ! cracha son bourreau, et sur ce, il lui plongea la tête sous l'eau.

Au début, Vince se débattit, éclaboussant tout autour de lui, mais cela ne servit à rien. Les dacoïts avaient appris l'art de la torture à l'âge où les enfants des gens dits « civilisés » sortaient à peine de leurs couches, et il aurait au moins fallu leur trancher les bras leur faire lâcher prise. Il arrêta donc de bouger, et laissa ses poumons expectorer sa dernière bouffée d'oxygène tandis que l'eau glacée anesthésiait peu à peu son visage.

Lorsque les dernières bulles d'air furent remontées à la surface depuis plusieurs secondes, les trois Indiens le hissèrent hors de l'eau. Il toussa et cracha, mais à peine avait-il repris sa respiration qu'ils le plongeaient de nouveau dans la baignoire.

Le manège dura ainsi pendant plusieurs minutes, puis Visage Froid estima qu'il était temps de faire une nouvelle tentative, et il se pencha vers Vince, les cheveux dans les yeux, la chemise trempée, claquant si fort des dents qu'on avait l'impression qu'un xylophoniste fou était entré dans la pièce pendant qu'ils avaient le dos tourné pour accompagner leur séance d'interrogatoire d'un petit fond musical.

– C'est désagréable, hein ? Pourtant, croyez-moi quand je vous dis que pour nous, cette petite baignade tient juste de l'échauffement. Si les murs de cette pièce pouvaient parler… Une fois encore, où sont les deux millions ?

Vince, pleurnichant, baragouina quelque chose, et Visage Froid tendit l'oreille.

– Mmmh ? Quoi ? Je n'ai pas bien compris… Vous pouvez me répéter ça ?

Il baissa encore la tête en souriant pour observer l'expression de désespoir qu'il voyait souvent se peindre sur le visage de ses victimes. Mais, pour la première fois depuis qu'il avait commencé ce travail, il fut déçu. Certes, il s'était attendu à beaucoup de choses de la part du petit libraire, mais ça… Quand il se redressa, il ne souriait plus. Plus du tout.

– Cet abruti est en train de rire… Par Shiva, il est en train de se payer nos têtes !

À cet instant, un antique téléphone mural situé dans un recoin obscur émit une sonnerie stridente qui les fit tous sursauter, Vince compris. Furieux de cette interruption, Visage Froid frappa du poing dans sa paume.

– Remettez-moi ce petit poisson dans l'eau et ne l'en sortez pas avant que je revienne. Tant pis s'il se noie ! Notre métier comporte hélas sa part d'impondérables.

Et Vince de repartir une nouvelle fois faire trempette parmi les glaçons. L'aîné des dacoïts saisit le combiné en plastique gris, écouta sans un mot pendant une bonne minute, puis raccrocha. Quand il revint près de la baignoire, une intense déception se lisait sur son visage.

– C'est terminé. On le ramène là-haut. Vous ne l'avez pas tué, au moins ? Le maître vient d'exiger qu'on le ramène indemne.

Ses subalternes haussèrent les épaules. Leur supérieur leur avait donné un ordre direct, et ils l'avaient exécuté. S'il s'était planté, à lui d'en assumer les conséquences.

Ils ressortirent Vince, qui ne bougeait plus, et l'allongèrent sur le sol. L'homme ne montrait pas le moindre signe de vie. Inquiet, Visage Froid plia les genoux, et lui administra de petites claques sèches.

– Eh là ! Pas de blagues ! On se réveille, monsieur Cronyn !

Toujours aucun mouvement. Le chef des dacoïts se pencha au-dessus de son visage pour voir s'il respirait toujours, et à ce moment-là, Vince hoqueta et lui cracha un geyser d'eau en pleine face. Totalement pris au dépourvu, Visage Froid se releva en piaillant, comme si ce qu'il venait de recevoir n'était pas de l'eau mais de l'acide, et se reprit en voyant les regards navrés que lui lancèrent ses deux compagnons.

– Hem… toussota-t-il, rajustant son costume. Nous… Nous en avons fini avec vous, monsieur Cronyn. Vous pouvez vous estimer chanceux.

– Chanceux ? fit Vince en se remettant sur son séant. Le maton qui m'a fait sortir de ma cellule m'a lui aussi traité de veinard. Pourtant, depuis le début de cette histoire, j'aurais plutôt l'impression d'être devenu le dernier des poissards. Question de point de vue, j'imagine !

Visage Froid l'ignora et ordonna à ses hommes de le remettre debout pour le reconduire à la case départ. Puis il leur tourna le dos, poings serrés, et s'éloigna le long des couloirs, frustré par la tournure des événements. Cette fois, ils ne le portèrent pas, et quand ils ressortirent enfin des caves de l'hôtel, il avait l'air presque intact, si l'on exceptait bien sûr ses vêtements trempés et le tremblement continu qui agitait son corps.

Le chef des dacoïts les attendait déjà à la porte du salon, et quand ils arrivèrent, il leur ouvrit et s'écarta pour les laisser passer, tel le plus discipliné des majordomes. L'Aventurier était toujours à sa place, assis dans son rocking-chair. Mais il n'était plus seul.

L'inspecteur Gustav Holt se tenait juste derrière lui, tournant un vase Ming entre ses grosses paluches, l'air appréciateur, tandis que Lambert, elle, était appuyée contre le mur, aussi expressive qu'un patient de l'asile psychiatrique qui viendrait de subir une ablation des lobes cervicaux.

En l'apercevant, Vince eut pitié de la pauvre femme, qui semblait ne pas avoir fermé l'œil depuis trop longtemps.

Une idée chassant l'autre, il se dit que si la jeune femme arborait cette mine de déterrée juste parce qu'elle avait passé sa nuit à le surveiller, il devait être encore plus effrayant à voir, lui qui au cours de ces dernières vingt-quatre heures avait fait du stock-car avec la voiture de Borg, subi l'explosion de son appartement, pour finalement manquer d'être noyé.

– Ah, Vincent… Vous voilà ! lança Holt en reposant le vase sur la colonne romaine qui lui servait de piédestal. Oh bon sang, que lui avez-vous fait ?

– Rien, dit leur hôte sans cesser de se balancer. Il est tombé dans la piscine. Ces margelles sont terriblement glissantes…

– Voyez-vous cela… Quelle *négligence* de sa part ! Vous confirmez cette version des faits, Cronyn ?

Vince éternua.

– À vos souhaits ! grogna le moustachu, puis, s'adressant à l'inspecteur : dites, vous serait-il possible de virer ce type d'ici, maintenant ? Il dégouline sur mes tapis persans, et chacun d'entre eux vaut plus qu'un an de votre salaire.

– C'est l'avantage d'avoir une moquette en solde ! répondit Holt du tac au tac. Au moins, quand on fait tomber une boulette de viande à la sauce tomate, on ne passe pas des plombes à se demander combien va nous coûter le teinturier. On prend sa vieille éponge, et hop, terminé !

Lambert se décolla du mur et attrapa doucement Vince par l'épaule. Ce dernier, l'air absent, semblait à présent errer quelque part dans la quatrième dimension.

– Allez, venez, il est temps de partir ! chuchota-t-elle à son adresse.

– Mes serviteurs vont vous raccompagner, lança l'Aventurier tandis qu'ils s'éloignaient. Vous m'excuserez si je ne m'en charge pas moi-même… La goutte…

Il enleva sa charentaise gauche et agita son pied sous le nez de l'inspecteur. À part les ongles négligés, celui-ci semblait aller on ne peut mieux.

– Bon… fit Holt en haussant les épaules. Je vous ferai grâce du laïus habituel, « restez à disposition de la justice et ne quittez surtout pas la ville car nous risquons d'avoir besoin de vous dans les jours qui viennent », bla-bla-bla, parce que quelque chose me dit que vous n'en auriez rien à foutre. Néanmoins, gardez à l'esprit que nous vous avons à l'œil. Serviteur !

Il le salua d'un geste de l'index avant d'emboîter le pas à Vince et à sa coéquipière. À peine avait-il refermé la porte du salon que *Manon Lescaut* reprenait, plus fort que jamais. Ce type allait devenir sourd avant l'âge à force d'écouter de la musique à de tels décibels.

Dans le vestibule, deux des trois dacoïts avaient déjà ouvert la porte d'entrée, et se tenaient de part et d'autre des battants, tête inclinée vers le sol. Le message était clair : ils n'étaient plus les bienvenus ici… si tant est qu'ils l'aient été un jour, bien sûr.

– Nous vous souhaitons une très bonne fin d'après-midi, messieurs dames, récita mécaniquement Visage Froid, et au plaisir de vous revoir.

– Plaisir partagé, fit Holt. Mais de préférence derrière des barreaux.

Il sortit, suivi de près par Lambert. Vince s'apprêtait à faire de même, quand le dacoït en chef posa une main sur son épaule. Il se retourna et poussa un imperceptible cri de souris. Les traits livides malgré sa peau cuivrée, Visage Froid ressemblait à l'ange de la mort personnifié qui n'aurait pas eu son content d'âmes et s'apprêtait à déchaîner le courroux des enfers pour y parvenir.

– C'est loin d'être fini, monsieur Cronyn, lui susurra-t-il. Désormais, où que vous alliez, quoi que vous fassiez, nous serons là, juste derrière vous. Le facteur, le vendeur de journaux, le sans-abri qui réclame sa pièce… Nous serons partout ! Dès que ces sales fouinards de policiers relâcheront un quart de seconde leur vigilance, nous vous attraperons ; et là, vous parlerez… Oh oui, vous parlerez, mais pas avant d'avoir goûté au tranchant du khukuri.

D'un geste expert, il attrapa la dague dissimulée dans son dos. Comme s'ils répondaient à un signal, les autres dacoïts l'imitèrent. Ensuite, faisant preuve d'une symbiose quasi surnaturelle, ils lancèrent leurs armes dans les airs et se les adressèrent comme s'il s'agissait de simples quilles, lentement, puis de plus en plus vite. À la fin, on ne discernait plus des poignards que l'éclat bleuté du métal qui se reflétait sur les murs du vestibule.

Vince, aussi fasciné qu'un lapin dans la lumière des phares d'une voiture, assistait à cette incroyable danse des lames depuis une trentaine de secondes quand la grosse voix de Holt s'éleva depuis l'extérieur.

– Vincent ? Qu'est-ce que vous fichez, bon Dieu ? On a besoin de vous, ici.

En un instant, les dacoïts suspendirent leur démonstration, et les « khukuris » se volatilisèrent dans les airs comme s'ils n'avaient jamais existé. Visage Froid hocha la tête et l'invita à sortir à son tour, ce qu'il s'empressa de faire sans demander son reste. À peine avait-il mis un pied dehors que la porte se refermait derrière lui.

Il cligna des yeux, ébloui par la lumière du jour, puis tenta de se diriger vers les deux silhouettes floues sur sa gauche qui devaient être Holt et Lambert. L'essai ne fut pas concluant. Au bout de quelques pas seulement, de grandes fleurs noires se mirent à éclore dans son champ de vision, et il s'arrêta, vacillant sur place. Il se serait d'ailleurs écroulé si Holt n'avait pas été là pour le rattraper.

– Tout va bien, mon gars ? demanda-t-il en lui tapotant le dos.

– À votre avis ? haleta Vince, la voix rauque. Vous avez vu la moindre piscine, dans cette foutue baraque ? Et qui c'est, ce déplaisant personnage ?

– Déplaisant ?

Holt se mit à rire, de ce rire caverneux et communicatif.

– J'adore vos euphémismes, Vincent. Vous ne devez pas être si mal en point, finalement. On le surnomme l'Aventurier, en raison de son goût prononcé pour les voyages, mais en vérité, il s'appelle Colucci. Al Colucci.

– Comme le comique français, celui qui est mort dans les années 1980 ?

– Quoi !? Qui ?

– On oublie, inspecteur, soupira Vince. Parler culture avec vous, c'est comme essayer de discuter de la théorie des cordes avec Raymond Babbitt. Dustin Hoffman dans *Rain Man*... avant que vous ne demandiez...

Holt le relâcha, dubitatif. Une fois de plus, le petit libraire l'avait semé en route. Derrière eux, Lambert balaya l'air de la main, lui signifiant que tout ce que disait Vince n'était pas forcément parole d'évangile.

– Bref, poursuivit-il, Colucci est l'un des sept *kapos* du Syndicat.

– J'imagine qu'on ne parle pas du Syndicat des camionneurs ?

– Non, en effet. Si l'on en croit nos sources, Al Colucci est promis à un brillant avenir dans le milieu. Peut-être même succédera-t-il un jour au boss. Son seul problème, c'est cette petite tache sur son CV.

– Une tache ? De quel genre ?

– Du genre qui réapparaît toujours, même après l'avoir barbouillée dix fois avec du blanc. Bruno Vanick... La Japanese Overseas se trouvait dans le secteur administré à cette époque par Colucci, et Vanick l'a braquée sans lui demander son autorisation, ni lui verser le moindre pourcentage. Donc, il pense que ça l'autorise aujourd'hui à récupérer les deux millions. Histoire de laver l'affront, comme on dit dans le milieu ! L'Aventurier est très code d'honneur des gangsters des années 1960... Ce qui ne l'empêche pas d'être un salopard de première. Vous avez l'intention de porter plainte contre lui ? Parce que ça ne servirait pas à grand-chose ; il connaît la moitié de cette ville, et ses employeurs, eux, connaissent l'autre moitié.

Lambert s'approcha alors, et intervint dans leur conversation :

– Holt… Nous devrions remettre ce pauvre homme en prison tant qu'il est toujours en un seul morceau. Parce que si ça continue comme ça, il aura bientôt tous les malades de la ville aux fesses.

Elle regarda Vince, et pour la première fois, il lut de la compassion dans les yeux de la femme-flic. Ouh là… Si même « Muriel » se mettait à éprouver de la pitié pour lui, c'est que la situation était vraiment dramatique.

Holt, cependant, n'avait pas l'air inquiet. Il attrapa Vince par les épaules et se mit à le secouer comme un prunier.

– Allons donc, Lambert, qu'est-ce que vous racontez ? Notre gaillard s'en sort plutôt bien jusqu'ici. Hein, que vous vous en sortez bien, Vincent ?

– Ma foi, fit Vince une fois que le gros homme se fut décidé à le relâcher, je suis toujours en vie. J'imagine qu'étant donné les circonstances, cela tient du miracle. Donc, oui, je dois m'en sortir plutôt pas mal.

– C'est ce que je voulais entendre ! rugit l'inspecteur. On vous reconduit chez vous ? Enfin, je veux dire… là où vous habitez en attendant que…

– Non, l'arrêta Vince avant de le laisser s'enfoncer davantage. Je vais rentrer à la librairie en passant par le parc. J'ai besoin d'un peu de calme pour pouvoir réfléchir, si vous voyez ce que je veux dire…

– Naturellement. Venez, Lambert ! Foutons-lui la paix. Notre homme a bien mérité un break. Continuez comme ça, Cronyn ! Vous faites du bon boulot.

Il le salua d'un signe de tête, et ils s'éloignèrent tous les deux, le laissant seul. Vince se retourna vers la façade de la haute bâtisse, et l'observa une dernière fois en se remémorant le bain forcé qu'il venait de prendre.

Il aperçut alors Al Colucci qui se tenait juste derrière le rideau d'une des grandes fenêtres et lui jetait des regards furieux, tremblant de rage. Le *kapo* du Syndicat avait l'air de l'avoir mauvaise ; il vaudrait mieux éviter à l'avenir de retomber entre ses griffes ou celles de ses assassins. Bah… À chaque jour suffisait sa peine, comme on disait. Et pour le moment, il remportait la manche.

L'air serein, Vince lui rendit son regard, et y ajouta même un bras d'honneur histoire de faire bonne mesure. Puis il s'en fut en trottinant le long de Roosevelt Street, peu désireux de s'attarder pour admirer les effets de son geste sur son tortionnaire.

16

Paulette

Quelque part, quelqu'un jouait un air éraillé sur un vieil orgue de Barbarie, mais Vince eut beau se creuser la cervelle, il n'arriva pas à retrouver duquel il s'agissait. En même temps, ce n'était guère étonnant ; il avait dû laisser les quelques neurones qui lui restaient au fond de la baignoire de Colucci.

Il éternua une nouvelle fois. Cette fois, ça y est, il était bon pour un rhume. S'il avait pu, il se serait empressé de rentrer se glisser sous sa couette avec un bon grog et le DVD d'*Hellboy 2*, qu'il avait loué au distributeur, mais n'avait pas encore eu le temps de regarder. Ou alors, il aurait relu quelques chapitres de *Macbeth*, qui depuis toujours restait sa pièce préférée de Shakespeare.

– « La vie est un récit plein de bruit, de fureur, qu'un idiot raconte et qui n'a pas de sens… » récita-t-il de mémoire, errant le long d'un chemin du parc.

Un joggeur bedonnant le croisa, le devant de son tee-shirt trempé de sueur, et croyant que la phrase s'adressait à lui, répondit sans s'arrêter :

– Ça, c'est bien vrai, mon pote. Sans quoi ma bonne femme me demanderait pas de courir une heure tous les jours pour évacuer mes dix kilos de trop, avant de me les faire regagner le soir même en préparant ses petits plats mijotés. Chienne de vie ! Si on pouvait…

La fin de sa phrase se perdit dans le lointain. Vince haussa les épaules, et sourit. Aaah, si seulement tous ses ennuis à lui avaient pu se résumer à un simple problème de surpoids…

Il essuya les dernières gouttes qui s'accrochaient à son visage à l'aide d'un mouchoir propre, et entreprit de recoiffer ses cheveux humides à l'aide de ses doigts. Cela ne suffirait peut-être pas à lui rendre figure humaine, mais au moins réussirait-il à se fondre davantage dans le paysage.

Un peu plus loin sur le chemin, une grande et jolie brune était assise sur un banc, et le dévisageait avec insistance. Vince regarda derrière lui, pour voir si ce regard ne s'adressait pas à quelqu'un d'autre, mais il était tout seul. Eh bien… Ou cette charmante demoiselle le trouvait à son goût et ne se gênait pas pour le lui faire savoir, ou elle effectuait un reportage sur les sans-abri et venait de mettre la main sur le témoin idéal.

Ce qui était sûr, c'est que dans les deux cas, elle s'intéressait à lui, et qu'il était assez curieux de savoir ce qu'elle lui voulait. Curieux… et avouons-le, complètement éreinté, aussi. Il lui fallait une pause, d'urgence. Autant joindre l'utile à l'agréable, non ?

Il fit encore une dizaine de pas, et s'écroula sur le banc, faisant voleter dans les airs quelques copeaux de peinture verte écaillée. L'entretien du parc laissait à désirer, depuis quelque temps. Si ça continuait, on trouverait bientôt des seringues pétées et des préservatifs usagés dans tous les coins. Tout foutait le camp, en ce bas monde, même son petit coin de paradis !

– Belle journée, n'est-ce pas ? lança la femme en guise d'introduction d'une voix douce légèrement rauque.

Il ne s'était pas trompé. Elle désirait bien lui parler. Il grogna quelque chose, et se pencha en arrière, essayant de reprendre son souffle.

– Que vous est-il arrivé ? Vous êtes passé sous un rouleau compresseur ?

– Problème de plomberie, répondit Cronyn en fermant les yeux pour laisser les rayons du soleil lui caresser le visage.

– Au vu de votre état, ce devait être une sacrée fuite…

– Ouais, du genre tuante !

Il redressa la tête et la dévisagea, les yeux plissés. Très jolie plante, indéniablement, à condition d'aimer le genre maîtresse femme… Vêtue d'un jean moulant et d'un petit pull rose angora sans rien dessous qui mettait ses formes en valeur de façon presque provocante, la jeune femme, trente printemps à tout casser, avait des cheveux noir corbeau coupés court, au carré, et sa peau blanche comme le lait servait d'écrin à deux yeux aussi sombres que des pierres d'onyx. Et puis, il y avait cette paire de jambes, interminables, qu'elle ne cessait de croiser et décroiser. Au bas mot, elle devait faire un bon mètre quatre-vingts. Vince se sentit minuscule. D'ailleurs, auprès elle, n'importe quel homme se serait senti minuscule…

Elle se baissa pour ôter d'une pichenette un brin d'herbe coincé dans les lacets de cuir de sa sandalette multicolore, et les deux globes de ses seins distendirent un instant la laine de son pull. Vince déglutit. Malgré le bain glacé qu'il venait de subir, il eut tout à coup très chaud. Finalement, ils avaient peut-être raison, tous : la chance lui souriait, et il avait été trop con pour s'en apercevoir jusqu'ici. En effet, depuis le début de cette folie, il avait croisé plus de jolies filles que dans sa vie entière. Maintenant, il pouvait mourir heureux.

La jeune femme se redressa, tenant dans sa main une cannette de Coca vide qu'elle venait de ramasser sur le chemin. Elle soupira, la considérant d'un regard triste.

– Quand j'étais une toute petite fille, lui raconta-t-elle, mon père et moi avions l'habitude de venir dans ce parc. J'allais jouer sur les balançoires et les cages à écureuil situées un peu plus loin, et quand j'étais trop épuisée pour continuer, je le rejoignais dans l'herbe où il était allongé, sa Bible à la main. Parfois, il m'en lisait des passages. « Même quand je marcherai par la vallée de l'ombre de la mort, je ne craindrai aucun mal… » Ce genre de trucs…

« Quand la journée touchait à sa fin, nous sortions et traversions la rue jusqu'à un petit café français. Là, nous nous gavions de tarte Tatin et de glace à la vanille jusqu'à ce que notre ventre explose. Ce café n'existe plus, aujourd'hui… Ils l'ont transformé en parking pour leur nouveau supermarché K-Mart. La marche impitoyable du progrès… Quant à moi, j'ai été voir ailleurs si l'herbe était plus verte que celle de ce parc.

– Et… elle l'était ? demanda Vince.

– Plus rien n'est vert de nos jours, souffla-t-elle, et de rage, elle broya la cannette dans sa main droite, la renvoyant au néant aussi facilement que si elle avait éclaté une simple bulle de savon. D'ailleurs, la couleur n'existe plus, ici-bas. Il ne reste que le noir du goudron et le gris de la fumée qui, jour après jour, encrasse les âmes et les cœurs des hommes.

– Vous n'êtes guère du genre optimiste, vous…

– Il ne s'agit pas d'optimisme, mais de réalisme. Les gens sont vénaux, rongés par l'ambition et le pouvoir. Mon père en a fait les frais. Ça l'a tué.

Une ombre passa sur son visage d'albâtre et sa mâchoire se mit à trembler. Le front de Cronyn se creusa de rides tandis qu'il cherchait les mots pour la réconforter, mais en vain… Il ne connaissait pas assez l'histoire personnelle de la jeune femme pour y arriver.

– Vous… Vous m'en voyez navré, dit-il enfin, mais ses paroles sonnaient creux, il s'en rendit compte.

– Oh, bien sûr, continua-t-elle, perdue dans ses pensées, ses yeux brillant de larmes contenues, il est aussi à blâmer. Il a passé sa vie à chercher les ennuis, sans s'apercevoir que tout ce qu'il touchait était systématiquement réduit en cendres. Il n'était pas fait pour ce métier, même si lui-même – et le monde entier – y croyait dur comme fer. La malchance, voyez-vous… Elle l'a toujours poursuivi quoi qu'il entreprenne. Dans sa profession, c'était un réel handicap.

– C'est vrai que pour un homme de Dieu, avoir la guigne n'est pas le signe le plus évident que le seigneur vous a à la bonne. Ça peut même vous faire douter qu'il existe une vie après la mort.

La jeune femme se tourna vers lui, semblant enfin se rendre compte qu'il était toujours à ses côtés. Elle essuya ses yeux d'un revers de main, laissant des traces de rimmel sur ses joues, et renifla.

– Mon père n'était pas prêtre, monsieur Cronyn. Il était certes catholique, mais c'était là son seul point commun avec l'Église.

– Attendez, vous… vous savez comment je m'appelle ?

– Tout le monde le sait, sourit son interlocutrice, haussant les épaules. Votre photo est étalée en première page de la majorité des quotidiens de cette ville. Vous êtes la célébrité du moment ; l'homme qui a réussi à envoyer l'Imprenable au tapis.

– En fait, je ne…

Brusquement, elle attrapa son avant-bras afin de le faire taire, et à c'est à ce moment-là, alors qu'elle le tenait enserré dans sa poigne de fer, que Vince prit conscience de sa force. Si elle avait voulu, elle aurait pu réduire en miettes son radius et son cubitus aussi facilement qu'elle avait broyé cette cannette. Ce devait être le genre de diablesse qui fréquentait les clubs de sport plusieurs heures par jour pour pouvoir en remontrer à son mari le soir venu.

– Je vous connais, certes… Mais vous, vous ne savez toujours pas qui je suis. Il est temps de rétablir l'équilibre, ne croyez-vous pas ? Mon nom est Vanick. Paulette Vanick. Enchantée.

– V… Vanick ? balbutia Vince, autant ébranlé par cette révélation que par l'emprise de la femme qui ne cessait de se renforcer de seconde en seconde.

– L'homme que vous avez tué… C'était mon père !

Elle jeta au loin le petit morceau d'aluminium rouge, et Cronyn songea que si le lancer de cannette de Coca avait été homologué comme sport olympique, elle aurait eu toutes ses chances de décrocher la médaille d'or.

– La loi t'a peut-être laissé t'en tirer après ce que tu as fait, mais ce ne sera pas mon cas. Je vais briser chaque os de ton corps, pourriture !

Il n'eut pas le temps d'argumenter pour sa défense. Elle lui administra soudain un coup de poing en plein abdomen, et il se plia en deux, émettant une espèce de son grinçant. Une seconde plus tard, Paulette Vanick, faisant preuve d'une sidérante agilité, avait balancé ses jambes par-dessus le banc et redressé Vince en le tirant par les cheveux. Elle attrapa ensuite sa mâchoire dans sa main. Quand il tenta de hurler, elle plaqua un index sur ses lèvres.

– Shhh… Allons, allons… Crier ne sert à rien. Tu ne peux empêcher l'inévitable de se produire : aujourd'hui, c'est le jour de ta mort. Il faut t'y faire.

« S'y faire » ? Désolé, mais il n'en avait pas l'intention. Ignorant la douleur brûlante qui sourdait au creux de son ventre – après tout, le serviteur de Colucci était déjà passé par là, lui aussi, en lui balançant ce coup de pied, dans la cave –, il baissa le menton, et mordit férocement dans le gras de sa chair.

La jeune femme poussa une exclamation de colère et secoua sa main, ce qui permit au libraire de tenter de se mettre debout en vagissant comme un veau. Il espérait ainsi attirer l'attention du couple de joggeurs trottinant vers eux, quelques dizaines de mètres plus loin. Mais Paulette Vanick n'était pas femme à lâcher le morceau.

En poussant un cri de harpie, elle l'attrapa par les épaules et le força à se rasseoir, avant de lui administrer d'un coup sec une manchette en plein sur la glotte qui lui coupa toute respiration. Il hoqueta, paniqué, et elle en profita pour saisir à nouveau sa mâchoire, mais avec ses deux mains, cette fois.

– Tu es du genre obstiné, toi, mon mignon… Ce n'est pas grave. Au contraire, j'adore ça. Dis-moi… Tu as déjà entendu parler du *Dumb embrace* ? C'est une prise de lutte. Mon professeur dit que je suis l'une de celles qui l'utilise le mieux. Tu me diras ce que tu en penses.

Elle fit craquer ses maxillaires, une fois, deux fois, trois, puis le relâcha finalement et contourna le banc sans le quitter des yeux.

– Et je suis censé faire quoi, là ? Applaudir ? lui demanda Vince.

Enfin… essaya de lui demander. Car tout ce qui sortit de sa bouche fut une bouillie infâme de sons incohérents. Cette vipère lui avait paralysé tout le bas du visage. Il retenta sa chance, et cette fois, un filet de bave coula sur sa chemise. Renonçant, il la regarda, l'air pitoyable.

– Voilà qui est mieux, murmura-t-elle, s'installant sur lui et refermant ses genoux entre ses propres cuisses. Maintenant, je vais pouvoir me concentrer sur l'essentiel sans être interrompue. Oh !

Sans crier gare, elle se plaqua contre Vince et l'enlaça entre ses bras musclés, ses seins énormes s'écrasant contre sa poitrine. Elle se tenait si serrée contre lui qu'il put sentir son parfum, mélange subtil de fleur de jasmin et de mûre. Hé… Il y avait pire façon de mourir, non ?

Comme pour confirmer cette dernière pensée, elle l'embrassa dans le cou. Vincent Cronyn et son charme irrésistible… Même celles qui veulent lui faire la peau finissent par tomber à ses pieds. Et puis, le couple de joggeurs de tout à l'heure repassa devant eux en gloussant comme des collégiennes, et il descendit de son nuage.

Il tenta de faire un mouvement, même minime, pour essayer de les avertir que le spectacle qu'ils contemplaient du coin de l'œil n'était pas du tout ce qu'il paraissait être, mais l'étau implacable des bras et des jambes de Paulette Vanick ne lui en laissa pas l'occasion, et les joggeurs continuèrent leur foulée en se remémorant l'élan de leurs premières passions.

– Bien tenté, mon chou ! souffla-t-elle au creux de son oreille. Mais j'effectue chaque jour au minimum cent cinquante tractions – il m'est même arrivé de monter jusqu'à deux cent quarante, une fois – et je cours sept kilomètres sur tapis roulant sans que mon rythme cardiaque s'accélère… De plus, j'ai été trois fois championne de lutte féminine de cet État dans ma catégorie, avant de participer aux jeux Olympiques d'Athènes de 2004, où j'ai été disqualifiée pour avoir tenté un double Nelson sur une de mes concurrentes.

Vince baragouina quelque chose d'incompréhensible.

– Il faut donc que tu réalises que tu ne peux rien contre moi, continua la femme. Je suis tout en muscles. J'ai la puissance d'une panthère. Je pourrais arracher tes deux bras aussi facilement que ceux d'une poupée, te déchiqueter comme une feuille de papier, je pourrais… te broyer jusqu'à ce que tu rendes l'âme, joli gringalet !

Elle rit, satisfaite de sa dernière réplique, et posa sa tête sur son épaule. Alors, elle serra. Lentement, tout d'abord, puis de plus en plus fort, tel un boa constrictor resserrant ses anneaux autour d'une gerbille. Il essaya de s'enfuir, de se débattre, et enfin de hurler, mais rien n'y fit. Non seulement sa mâchoire était toujours paralysée, mais son thorax écrasé l'empêchait de produire le moindre son. Tout au plus arrivait-il à râler et à déglutir. C'était effroyable, bien pire que la noyade chez Colucci. Dans trente secondes au mieux, sa cage thoracique exploserait, et les arêtes aiguës de ses os perforeraient ses poumons, laissant s'échapper ce qui restait de son air… et de sa vie.

Le visage de Vince devint bleu, ses yeux s'exorbitèrent, ses oreilles se mirent à bourdonner… Paulette Vanick, elle, s'était mise à sangloter, le visage toujours enfoui au creux de son cou.

– Pauvre, pauvre papa… hoqueta-t-elle. « … Car l'homme s'en va vers sa demeure éternelle. Et les pleureurs parcourent les rues… » Tu ne méritais pas ça… Non, tu ne méritais pas de finir abattu comme un chien dans le caniveau. Ton agresseur aurait au moins pu avoir la décence de te regarder dans les yeux, lorsqu'il a tiré cette balle. Mais l'heure de la vengeance a sonné, papa. Tu vas pouvoir t'expliquer à la loyale avec cet homme. Je te l'envoie.

Elle hurla de rire et serra de plus belle. Seigneur… Il était fait comme un rat. Cette femme était complètement démente ; elle ne s'arrêterait pas avant d'en avoir terminé avec lui. Le visage tordu de douleur, au bord de l'agonie, il exhala l'ultime souffle d'air contenu dans ses poumons, et leva les yeux vers l'azur limpide, à présent incapable de le voir. Puis, résigné, il abaissa ses paupières et serra les dents, se préparant à rejoindre son créateur. De toute façon, il n'y avait plus rien d'autre à faire.

La femme le tint dans ses bras durant encore une poignée de secondes et sans aucun signe avant-coureur, elle le lâcha, comme ça, sans un mot. Sur le coup, Vince ne le réalisa pas. Il se dit que s'il ne sentait plus la pression de ses muscles sur son corps, c'est parce que son âme ne s'y trouvait plus, et qu'elle avait entamé le long voyage qui le mènerait dans les plaines éternelles. C'est fou comme on pouvait vite devenir chrétien quand les circonstances vous y obligeaient.

Puis il ouvrit un œil, et s'aperçut qu'il était toujours là, sur ce banc, dans ce parc… dans ce monde ! Vivant, et libre. Libre, bon sang ! Il inspira l'air à grandes goulées douloureuses, et l'univers autour de lui reprit peu à peu ses couleurs d'origine. Mais il n'en oublia pas pour autant la femme qui l'avait mise dans cet état, et à peine eut-il repris son souffle qu'il bondit sur ses pieds, paré à toute éventualité.

C'est alors qu'il se rendit compte que Paulette était toujours là, assise à moins d'un mètre de lui, le regardant fixement, les bras le long du corps et le sourire aux lèvres. Elle avait l'air de se détendre en savourant la douce température de ce bel après-midi d'automne. Mais en remarquant ce petit trou rouge sanguinolent, là, en plein milieu de son front, Vince comprit que ce n'était pas le cas. La balle était entrée par l'arrière de son crâne et ressortie de l'autre côté, exactement comme ça avait été le cas pour son père. En définitive, c'était elle qui l'avait rejoint dans la « vallée des ombres de la mort ».

– Difficile d'échapper à son karma, hein, fillette ? fit Vince d'une voix rauque, ce qui lui permit de réaliser que sa mâchoire était à nouveau opérationnelle. Moi, j'ai repris le business familial sans même réfléchir à l'éventualité de faire autre chose de ma vie, et vous… Oh, c'est pas vrai !

D'instinct, il releva la tête, et cette fois, fut parfaitement en mesure de percevoir le sifflement perçant accompagnant le second projectile. Le dossier du banc explosa, propulsant des éclats de bois et de peinture dans toutes les directions. Nom de Dieu ! Dix centimètres plus à droite, et la balle était pour lui. Mais où étaient ces crétins de flics quand il avait besoin d'eux ?

Il s'accroupit au sol, se sentant aussi exposé qu'un canard en porcelaine dans un stand de ball-trap. Il devait se trouver une planque, et vite. Il y avait un petit bosquet de buissons, juste à sa droite. Ça ferait l'affaire. Il plongea dedans au moment où une troisième balle allait percuter la poubelle toute proche et ricochait dessus.

Les mains et le visage griffés par les branchages, il essaya néanmoins de repérer où s'était posté le sniper. Pas évident, dans cet enchevêtrement d'arbustes, de distinguer où il pouvait… À une dizaine de mètres de lui, son œil perçut le scintillement d'une lunette de visée télescopique. C'était lui. Eh bien… Son vieux pote n'avait pas perdu de temps pour se procurer une nouvelle arme.

– Cette fois, Zaitsev, tu vas me montrer ton joli minois ! grinça Vince.

À quatre pattes, il sortit précautionneusement de son buisson, côté chemin, et le contourna par la droite, de façon à pouvoir avoir un meilleur angle de vue sur le taillis où était planqué le tireur. Celui-ci, le canon de son arme toujours braqué sur le buisson, ne devait pas l'avoir vu ressortir, sans quoi, il aurait déjà rejoint le monde merveilleux de Paulette Vanick.

Bien. Il tenait peut-être sa chance ; mais c'était risqué. Il avait une dizaine de mètres à franchir en terrain découvert avant d'atteindre les arbres, et s'il n'était pas assez rapide, il le paierait très cher. Cronyn se pencha en avant comme un sprinteur sur les starting-blocks. Toute sa jeunesse, son prof de sport n'avait cessé de lui seriner qu'il n'était qu'un bon à rien, et que le seul effort physique qu'il arriverait à fournir dans sa vie serait celui consistant à bouger son gros cul jusqu'à sa boîte aux lettres pour récupérer son chèque de l'allocation chômage. Il était temps de prouver à ce demeuré qu'il avait eu tort.

Vince déglutit, laissa passer une seconde… et partit à fond de train vers la planque du tueur. Celui-ci l'aperçut presque instantanément, mais ne réagit pas comme il l'avait prévu. Plutôt que de perdre son temps à essayer de l'aligner et ainsi gaspiller de précieuses secondes, il se redressa, ce qui lui permit de voir qu'il portait une cagoule noire et un treillis… et tourna les talons, disparaissant dans la futaie.

Cronyn pesta, mais ne ralentit pas l'allure. Au contraire, il enclencha la vitesse supérieure, et se jeta à corps perdu dans le bosquet, ses pauvres poumons à nouveau soumis à rude épreuve. Une fois à l'intérieur, il constata que celui-ci était encore plus dense qu'il ne l'avait imaginé, les branches et les feuilles des diverses espèces d'arbres formant un mur compact difficilement franchissable. Heureusement pour lui, le sniper lui avait déjà ouvert la voie, et il continua sa course sans fléchir, suivant le sillon de débroussailleuse laissé sur son passage.

Dans la semi-pénombre, il pouvait distinguer le dos de son adversaire, à peine à quatre ou cinq mètres devant lui. Celui-ci ahanait en écrasant à grands coups d'épaule tous les branchages qui obstruaient sa route, mais il ne ralentissait pas d'un pouce, ni pour reprendre son souffle, ni pour voir s'il avait semé son poursuivant. Coriace, le bougre !

Au bout de quelques minutes de cette course effrénée, ils finirent par déboucher dans une petite clairière envahie par les mauvaises herbes et le chiendent, où réussissaient malgré tout à pousser quelques fleurs d'automne aux coloris fauves. Vince freina des quatre fers un quart de seconde, le temps de se dire qu'en plus de deux décennies de fréquentation du parc, c'était la première fois qu'il découvrait ce joli jardin sauvage, et le tireur, redoublant de vitesse, en profita pour lui mettre quelques pas de plus dans la vue avant d'atteindre de nouvelles frondaisons.

Cronyn en resta bouche bée. Non mais bordel… Ce type fonctionnait sur batterie, ou quoi ? Il ne s'arrêtait jamais ? Dégoulinant de sueur, son cœur battant la chamade, il se remit malgré tout à courir, décidé à rattraper ce cyborg pour pouvoir enfin prouver son innocence.

Hélas… Il n'avait pas franchi la moitié de la trouée que son pied droit se prit dans une racine. Il se tordit la cheville, battit inutilement des mains pour tenter de garder son équilibre, et après avoir lâché un tonitruant « et meeeeerde !!! » de circonstance, s'étala de tout son long dans les hautes herbes, plongeant tête la première dans un grand fouillis d'orties. Son visage se mit à le cuire comme s'il avait passé toute la journée au soleil sans écran total, mais sur le moment, il n'en eut cure.

Il se releva d'un bond… juste à temps pour voir ce foutu Bip-Bip lui échapper une nouvelle fois en s'évanouissant derrière la ligne d'arbres. Oh, il tenta bien de reprendre sa course, mais au fond de lui, il savait déjà que c'était peine perdue. Sa cheville qui l'élançait douloureusement et son visage en feu n'étaient que quelques-uns des signes que son corps n'était plus capable de tenir la cadence infernale imposée par l'autre athlète.

Au bout de quelques minutes de tâtonnements inutiles dans cette jungle, il abandonna, et revint dans la petite clairière en boitillant.

– Merde ! jura-t-il, puis, de plus en plus fort : merde merde MERDE MERDE MERDE !!! FAIS CHIER, PUTAIN !!!

Ses hurlements se répercutèrent aux quatre coins du parc, et plusieurs promeneurs et joggeurs levèrent la tête, se demandant ce qui se passait. Pour la première fois depuis le début de cette histoire, Vincent Cronyn venait de perdre son légendaire sang-froid.

17

Les retrouvailles

Vince erra un moment à travers les rues de la ville tel un zombie décérébré avant de se rendre compte que ses pas l'avaient ramené à la librairie. Bon... C'était peut-être aussi bien comme ça. Se noyer dans le boulot lui permettrait de se vider la tête. Il déglutit, et chercha le courage de franchir la petite esplanade bondée qui le séparait de la boutique...

Il mit un certain temps à le trouver. Au cours de ces derniers jours, sa vision du monde avait quelque peu changé. Derrière n'importe quel individu pouvait désormais se cacher un tueur potentiel qui lui en voulait à lui, personnellement. Chaque personne croisée par Vince était donc dévisagée avec insistance et analysée sous tous les angles pour sa plus grande gêne. Il se sentait comme Brad Pitt dans *Spy Game* au moment où Robert Redford lui apprend les rudiments du métier d'agent de la CIA, sauf que lui était contraint de se débrouiller seul.

Il aperçut son assistante juchée sur le garde-fou d'une fenêtre, en train de manger un pan-bagnat, les lèvres barbouillées de mayonnaise, et sa parano redescendit d'un cran. Enfin une bouée à laquelle se raccrocher dans cet océan de folie.

Chère petite Pam… À elle, au moins, il pouvait accorder sa confiance, sans limites aucunes. Elle était si fraîche, si naïve et si loin de tous ses problèmes…

– Oh là là ! lui lança-t-elle la bouche pleine tandis qu'il s'approchait d'elle. Ça n'a pas l'air de s'arranger pour vous, patron ! C'est quoi, votre dernier trip ? Faire du catch avec un chat sauvage ? Regardez dans quel état vous vous êtes mis. Et ce visage… Mon Dieu, ce visage…

– C'est pour un test, répondit-il. Tu sais, le fameux principe d'Archimède : Tout corps solide plongé dans un liquide est amené à remonter. Eh bien moi, je tente un nouveau truc : Tout individu normalement constitué plongé dans un univers de tarés est amené à vouloir fuir ce merdier…

– Rien compris, fit Pam en mordant dans son pan-bagnat.

– Ouais, ben… À vrai dire, moi non plus ! Mais… pourquoi tu n'es pas à la librairie, à cette heure-ci ?

– La journée était belle. J'ai décidé de prendre mon après-midi pour en profiter, et j'ai fermé la boutique. Je finirai l'inventaire demain. Aucune objection ?

– Nan. De toute façon, je serais assez mal placé pour en avoir…

– Nous sommes bien d'accord !

Il s'accouda à ses côtés à la rambarde, et passa la place en revue, cherchant en vain un visage familier. Rien. Mais où avaient bien pu passer Holt et son âme damnée ? Ils étaient en RTT, ou quoi ? Il prit une profonde inspiration, essayant de chasser un peu de sa fatigue, et durant quelques minutes, ils gardèrent le silence, savourant l'instant présent, ce qui ne lui était pas arrivé depuis… mais depuis combien de temps, en fait ?

Pam reprit alors la parole. Compte tenu de sa nature bouillonnante, c'était d'ailleurs un miracle qu'elle se soit tue pendant aussi longtemps.

– Saviez-vous que nous avons pas moins de quarante exemplaires de *Guerre et Paix* ? Quarante exemplaires ? Comment cela a-t-il pu arriver ? Plus personne ne lit Tolstoï, de nos jours. Je parie que c'est encore un de vos coups ; vous aviez l'esprit ailleurs en remplissant le bon de commande. Tout ça, c'est à cause de Louise, je parie. Vous n'arrivez pas à vous l'enlever de la tête, et vous faites n'importe quoi… Vous croyez vraiment qu'elle va se marier avec cet abruti de Frank ?

– Peut-être, murmura Cronyn, continuant à observer l'esplanade et ses occupants.

Ici, un homme marchant d'un pas rapide, l'air inquiet, un colis volumineux sous le bras gauche, là, un maigrelet au teint couleur formol assis sur un banc, son attaché-case sur les genoux, là encore un homme adossé à un arbre caressant avec amour le visage de sa petite amie, un peu plus loin, un grand barbu lisant le journal à côté du kiosque… Tous n'avaient l'air de rien, mais tous semblaient aussi lui jeter des regards en coin.

Ou peut-être était-ce à cause de cette propension qu'il avait à scruter tout le monde, les yeux écarquillés. Nom de Dieu, il allait finir par être victime d'un arrêt cardiaque, avec ces conneries ; il faudrait bien alors qu'ils se trouvent quelqu'un d'autre pour leur dire où était planqué leur sale pognon.

Ignorant tout de ses tourments intérieurs, Pam continuait le compte rendu de sa journée.

– Ah oui, et puis il y a ce type de la compagnie d'assurances qui a appelé à propos de votre appartement. Qu'est-ce qui s'est passé ?

– Oh, trois fois rien, dit Vince en haussant les épaules. Il a explosé.

– Il a… explosé… répéta son assistante, oubliant son sandwich.

– Ouais. Ce qui m'ennuie le plus, c'est que le DVD d'*Hellboy 2* a été réduit en cendres, lui aussi. Du coup, il va me falloir payer une fortune pour le rembourser au vidéoclub. Tu ne t'es jamais demandé pourquoi on continuait à appeler ça des vidéoclubs, alors qu'ils ne louent plus de cassettes vidéo depuis des années ?

– L'habitude, j'imagine, dit Pam d'une voix distraite en se penchant pour toucher la manche de sa chemise. Mais… vous êtes trempé !

– Ah, ça… Ouais, un tueur hindou a essayé de me noyer dans une baignoire remplie de glaçons. Heureusement, les flics sont intervenus à temps pour empêcher ce type de la mafia, celui qui avait soi-disant des livres à vendre, de mettre fin à mes jours. Ensuite, il y a cette catcheuse qui a tenté de m'étouffer entre ses seins, juste avant de se faire descendre par mon sniper. Il a tiré sur moi, et je l'ai poursuivi dans les buissons, tout à l'heure… Mais où a-t-il pu se barrer ? Il court plus vite que « Lightning » Bolt, ce type !

Pam posa le pan-bagnat sur le rebord de la fenêtre, et nettoya ses mains et sa bouche avec une serviette en papier.

– OK… dit-elle ensuite en passant sa langue sur ses lèvres. Vous aussi, patron, vous feriez mieux de prendre le reste de votre journée ! Vous nagez en plein délire. Ou alors vous vous fichez de moi, et ça, ce n'est pas très sympa.

– Ouais… fit Vince en quittant la rambarde. Tu as probablement raison. Je n'ai pas dormi depuis une éternité, et je crois que je commence à ressentir les effets de la fatigue. Je vais aller piquer un somme une heure ou deux sur le vieux canapé de la remise. Quant à toi… Va t'acheter une glace, claquer toutes tes pièces jaunes dans les bornes d'arcade, ou… agir comme tous les jeunes de ton âge !

– Vous voulez dire : boire, flirter et fumer des pétards toute la journée en téléchargeant illégalement le dernier David Guetta ?

– Bon sang, les temps changent à une de ces vitesses…

– Vous n'avez pas idée, patron !

Elle jeta la cellophane du son pan-bagnat dans le caniveau, et lui fit un petit baiser parfumé au thon et à la tomate sur la joue avant de s'éloigner en chantonnant. Cronyn secoua la tête, définitivement conquis par cette petite chipie, puis retourna à la librairie. Tout en déverrouillant la porte d'entrée, il se demanda si quelqu'un avait déjà trouvé le corps de Paulette Vanick. Pas sûr…

Quand il l'avait quittée, elle semblait admirer la vue du parc, tout sourire. À l'heure qu'il était, les joggeurs devaient continuer à défiler devant elle sans lui prêter la moindre attention. À l'occasion, il passerait un coup de fil à l'inspecteur Holt, histoire de pointer du doigt son incapacité à se trouver là au moment où il le fallait.

L'intérieur de la boutique était plongé dans une pénombre apaisante. Vince entra et se dirigea avec une certaine lassitude vers le comptoir. Là, il jeta ses clefs sur le plateau et attrapa l'un des cookies de la boîte, qui n'avait pas bougé de sa place depuis ce matin. Il le mâchonna sans véritable appétit, puis alluma la vieille radio. Des grésillements s'en échappèrent, et il tripota les boutons jusqu'à tomber sur une station diffusant de la musique orientale. Voilà qui irait très bien pour le bercer… À condition, bien sûr, qu'il arrive à ramper jusqu'au canapé.

Au fur et à mesure que les tensions s'évacuaient de son corps, il se sentait de plus en plus fatigué. Pour un peu, il se serait endormi sur sa chaise. Il réussit pourtant à se lever et se dirigea d'un pas titubant vers le dépôt. Il se voyait déjà s'enfoncer dans le sommeil à peine sa tête aurait-elle touché le vieil accoudoir élimé du sofa. Y avait-il vision plus enchanteresse ? Le sourire béat, il s'apprêtait à franchir le seuil de la réserve… et poussa alors un hurlement strident.

Droit comme un *i*, Visage Froid se tenait en face de lui, l'expression totalement neutre. Vince entendit un bruissement dans son dos, et, se tournant à demi, il aperçut les deux autres dacoïts qui surgissaient des rayonnages où ils s'étaient dissimulés durant tout ce temps, aussi silencieux que des félins traquant leur proie.

– Oh, non, c'est pas vrai… soupira Vince, épuisé.

– Nous nous retrouvons de nouveau… Et plus vite que vous ne l'auriez espéré, à ce que je constate. Inutile de vous dire que notre maître est très irrité contre vous.

– Ah ouais ? Ça signifie que je n'ai plus la moindre chance de le voir devenir mon « parrain » ? Diantre ! Moi qui espérais faire mon trou dans le mil…

Visage Froid attrapa son visage dans l'une de ses grandes mains, et la fin de sa phrase se perdit en une bouillie inintelligible.

– Votre petit air arrogant ne m'amuse plus, mon ami. À présent, vous allez parler.

Il l'éjecta avec une puissance impressionnante, et Vince s'écrasa contre le comptoir avant de se laisser glisser au sol en gémissant. Les autres dacoïts se regardèrent en souriant, et se dirigèrent vers lui pour le remettre sur ses pieds.

– L'argent est-il ici ?

Comme il ne répondait pas, il bondit sur lui et le gifla sèchement.

– Je viens de vous poser une question, monsieur Cronyn ! Est-il ici ou pas ?

Le plus jeune des trois dacoïts attrapa Vince par les cheveux et tira sa tête en arrière, exposant sa gorge au khukuri qu'il avait tiré de sa ceinture. Alors, pour la première fois depuis leur rencontre, il parla, d'une petite voix stridente et nerveuse qui ne cadrait pas du tout avec son physique.

– Faisons-le saigner… Rien qu'un petit peu. Après, je peux t'assurer qu'il chantera comme une alouette.

Visage Froid réfléchit un instant, sourcils froncés, puis il secoua la tête. D'un geste sec, il ordonna à son comparse de ranger son poignard. Celui-ci, désappointé, poussa un bruyant soupir, mais il s'exécuta sans faire d'histoires. Le dacoït était leur aîné, et il était bien connu qu'on ne contredisait pas un « grand frère ».

– La baignoire n'a eu aucun effet sur lui, murmura Visage Froid en fixant Vince droit dans les yeux, et je suis presque certain que la morsure de nos khukuris ne lui ferait pas beaucoup plus d'effet. Il est… différent des hommes que nous avons connus jusqu'ici. Nous devons donc agir avec lui de façon… différente.

Visage Froid fit volte-face, et se promena un moment entre les rayonnages comme un touriste au milieu de vestiges dont il ne connaissait rien.

– Vous avez là une collection d'ouvrages impressionnante, monsieur Cronyn. Cela vous ennuie si j'y jette un coup d'œil ?

Avant que le libraire ait pu répondre, l'assassin attrapa un exemplaire broché de la *Divine Comédie* datant du siècle dernier et le balança au sol. Vince tressaillit, mais garda les lèvres scellées.

– Oh, mais quel maladroit je fais ! Je vais tout de suite en prendre un autre.

Il répéta l'opération, et au bout d'une minute, tout le contenu de l'étagère était sur le sol. Constatant que sa victime ne bronchait toujours pas, il plongea la main dans la poche de son veston… et en sortit une boîte d'allumettes.

– Allons, monsieur Cronyn, sourit-il. Je vois clairement quelles souffrances vous endurez. Ne me forcez pas à abîmer vos livres.

Vince ne dit toujours rien. Haussant les épaules comme si tout cela n'avait au fond pas grande importance, Visage Froid s'accroupit au-dessus de la pile d'ouvrages, et craqua une allumette. La grande flamme orange illumina un instant la pénombre de la librairie. Bon sang, il allait le faire. Il allait *vraiment* le faire. Pour le tueur hindou, ces livres ne représentaient rien d'autre qu'un tas de feuilles reliées entre elles. Mais pour lui, c'était toute une vie de patience et de recherches minutieuses qui allait être réduite en cendres.

C'en fut trop.

– Ne faites pas ça, chuchota-t-il, les yeux rivés sur l'allumette. Il est ici.

– Pardon ? demanda le dacoït en rapprochant dangereusement l'allumette des livres, à tel point que de la fumée commença à s'élever des couvertures les plus proches d'elle. Je ne suis pas sûr d'avoir bien entendu, monsieur Cronyn.

– Il est ici, vous dis-je. Vous avez gagné. J'abandonne.

Stupéfaits, les autres dacoïts haussèrent les sourcils, et quand ils regardèrent Visage Froid, l'admiration se lisait dans leurs regards. Leur chef était un génie ; eux n'auraient jamais pensé à utiliser une telle méthode.

– À la bonne heure, fit le grand type sec, soufflant son allumette avant de se relever. Et où se trouve-t-il, je vous prie ?

– J'ai… une trappe, juste derrière ce comptoir. Il est là, en bas.

– Une trappe !? répéta l'autre, surpris. Ici ? Quelle cachette ingénieuse. Je n'aurais jamais imaginé que cette boutique possédait une cave.

– En fait, c'est plus un soubassement qu'une véritable pièce. Mon père m'a raconté qu'avant de devenir une librairie, cet endroit avait d'abord été un bar. Le proprio devait y entreposer ses bouteilles pour éviter d'aller jusqu'à la réserve.

– Plus tard, le cours d'histoire, monsieur Cronyn ! D'abord l'argent.

– L'argent, toujours l'argent… Vous n'avez que ce mot-là à la bouche. C'est dingue ce que vous pouvez être obsédés, les gars. Vous ne prenez jamais le temps de vous poser un peu pour regarder le ciel ou sentir le parfum d'une fleur ? Je vous le dis, à force d'être sur les dents vingt-quatre heures sur vingt-quatre, vous allez finir par développer une saloperie de cancer du foie…

Le second dacoït lui balança une grande taloche à l'arrière du crâne, si fort que ses dents s'entrechoquèrent. Ce fut le signal pour qu'il la ferme et se mette en mouvement.

Toujours étroitement encadré, il passa derrière le comptoir et roula le petit tapis rouge à franges dissimulant la trappe. Il se saisit ensuite de la vieille poignée de fer rouillée et tira, manquant de peu de faire sauter l'unique vis qui la maintenait encore au bois vermoulu. En dessous, tout n'était que ténèbres balayées par un courant d'air sentant la moisissure.

Vince se tourna vers Visage Froid et l'invita à passer le premier, mais celui-ci secoua la tête.

– Ne me prenez pas pour plus bête que je ne suis, monsieur Cronyn. Qui sait quel genre de piège vous avez pu poser, là en bas, au cas où vous vous retrouveriez dans pareille situation ? Allez-y, vous. Nous vous suivons !

– Oh ! Bon… fit Vince, hochant la tête. Après tout, c'est vous le boss.

Il plissa les yeux, discernant dans l'obscurité les contours d'une minuscule échelle à quatre barreaux. Un seul pas dessus, et elle partirait en poussière. Depuis quand ne s'était-il pas rendu là-dessous ? Une éternité, au moins. Mais, si sa mémoire ne lui jouait pas de tours, il y avait…

– Qu'est-ce que vous attendez ? le pressa Visage Froid. Descendez !

Il hocha la tête… et sauta promptement à l'intérieur. Ce fut si rapide, si soudain, que les trois assassins mirent quelques secondes à comprendre ce qui venait de se passer. Et puis, la tête de Vince réapparut. Il était tout sourire, comme Bugs Bunny quand il se prépare à faire une farce à Elmer le chasseur.

Ulcéré, l'aîné des dacoïts tomba à genoux, ses doigts s'accrochant au cadre de la trappe alors qu'il se penchait vers le libraire.

– À quoi êtes-vous en train de jouer, monsieur Cronyn ? grinça-t-il.

– Moi ? Je fais comme tout le monde : j'essaye de survivre.

Il éclata de rire devant l'air défait des trois Indiens, puis sa main attrapa la poignée intérieure de la trappe et il la referma d'un coup sec.

En atterrissant sur le sol de terre battue, il entendit le hurlement de douleur de Visage Froid.

– Oups… Désolé pour vos doigts ! lui cria Vince. Disons que ça, c'était pour l'épisode de la baignoire. Nous sommes quittes, à présent !

Sachant cependant que la seule façon de remettre les compteurs à zéro pour ces tarés serait de le saigner comme un porc avec leurs poignards, Vince ne perdit pas son temps à discuter davantage.

Il tourna les talons et s'enfuit en courant à travers le soubassement, essayant de s'orienter à l'aide des rares interstices du plancher laissant passer la lumière du jour. Les toiles d'araignées lui balayaient le visage, mais il n'en avait cure. Tout ce qu'il voulait, c'était trouver cette foutue sortie avant que les assassins lui aient mis la main dessus.

Derrière lui, il entendit un craquement suivi d'un choc sourd. L'un des dacoïts lâcha une bordée d'injures en langue indienne. Cronyn sourit ; quelque chose lui disait qu'il venait de se rendre compte de la fragilité de l'échelle.

Il continua sa course dans l'obscurité, manqua de tomber en butant deux ou trois fois contre diverses planches et briques abandonnées là longtemps auparavant, et finit par apercevoir au loin l'ombre d'une porte sous laquelle filtrait un rai de lumière. Dieu soit loué, ses souvenirs étaient bons. Merci papa pour cette visite détaillée des locaux.

Mais alors qu'il l'atteignait, une boule d'angoisse le saisit à la gorge ; la porte était condamnée. Pourquoi en aurait-il été autrement, d'ailleurs ? Plus personne ne l'utilisait depuis des décennies. Il s'arrêta devant et réfléchit à toute vitesse. S'il se retrouvait encore une fois entre les griffes de ces psychopathes, quelque chose lui disait que ce serait la dernière. Il devait tenter tout ce qui était en son pouvoir pour se tirer d'ici.

Il fit quatre pas en arrière, prit une grande inspiration entre ses dents serrées, et se précipita vers la porte épaule en avant, se préparant mentalement à encaisser un choc violent. Autant dire que la surprise fut de taille.

Il traversa le bois aussi facilement que du balsa, et une seconde plus tard, la moitié supérieure de son corps s'écroulait sur des marches tandis que ses jambes battaient désespérément dans le vide de l'autre côté. Pam avait raison ; il était temps de faire venir un exterminateur… mais pour s'occuper des termites.

Il se contorsionna comme un ver, et quand il fut complètement passé, il se remit debout et escalada les marches de pierre qui menaient à l'arrière de la boutique. En s'époussetant, il jeta un coup d'œil à la porte de la réserve, et constata qu'elle avait été forcée. C'était donc par là que les dacoïts s'étaient introduits dans sa librairie. Eh bien, il enverrait la note du serrurier à ce bon vieux Colucci.

En contrebas, il entendit le bruit de cavalcade des assassins, et détala comme un cerf aux abois, traversant successivement la petite cour dallée, un parking neuf et une rue dont il avait oublié le nom. Il fit alors irruption dans le premier grand magasin qui croisa sa route, et là, il s'octroya enfin une pause, s'appuyant contre la porte vitrée en soufflant comme un phoque.

Ce ne fut qu'au bout d'une minute qu'il remarqua tous les regards des employés et des clients rivés sur lui et prit conscience qu'avec ses vêtements en lambeaux, ses cheveux hirsutes et ses traces de coups et de griffures sur le visage, il n'avait pas vraiment le profil du client moyen de chez Toys « R » Us.

– Salut ! lança-t-il en agitant la main. Est-ce que par hasard vous auriez le dernier *Call of duty*, sur *X-Box 360* ? J'ai fait le tour de la ville pour en trouver un exemplaire, mais vous savez ce que c'est… C'est la guerre !

18

Nouvelle donne

La porte du loft d'Elsa était déverrouillée, et Vince ne se fit pas prier pour entrer. Une fois les dacoïts semés, il avait passé près d'une heure à déambuler dans les rues de la ville en se demandant où il pourrait bien aller maintenant qu'il n'avait plus d'appartement et que sa librairie était assiégée par tout un tas de types bizarres prêts à lui faire la peau pour un truc dont il n'avait jamais vu la couleur.

L'hôtel était bien entendu hors de question. Après ce qui venait de lui arriver, il n'avait aucune envie de se retrouver entre quatre murs avec pour seule compagnie les cogitations de son cerveau en pleine surchauffe ; c'était un coup à péter les plombs pour de bon. Il y avait bien Louise, mais… Quelque chose lui disait que Frank ne serait pas franchement ravi de le recevoir chez eux.

Il en était arrivé à la conclusion que la seule personne qui daignerait l'accueillir était la jolie romancière, au moins aussi désireuse que lui de connaître le fin mot de cette histoire, et qui serait avide d'entendre le détail de ses derniers exploits.

– Elsa ! lança-t-il depuis le seuil. C'est moi, Vince ! Je… Je me demandais si, à tout hasard, je pouvais passer la nuit ici ?

Comme personne ne répondait, il se permit d'entrer, et traversa la petite entrée pour se rendre dans le séjour rempli de meubles modernes, de tableaux affreusement laids, de fleurs et de plantes Ti. Elsa Kramer avait un goût atroce en matière de décoration, comme tous ces artistes qui ne vivaient que par et pour leur art. Mais Vince n'eut pas le temps de jouer les critiques bien longtemps.

À peine eut-il atteint la grande mansarde qu'il s'arrêta net. La jeune femme était bien là, mais si elle n'avait pu lui répondre, elle avait une bonne raison : quelqu'un l'avait attachée à sa chaise avec une rallonge électrique, et lui avait fourré un bout de chiffon dans la bouche et du Gaffer sur les lèvres pour éviter qu'elle s'en débarrasse. Quelqu'un qui se tenait maintenant juste derrière lui, et enfonçait le canon de son .45 dans les côtes.

– Et merde ! dit juste Vince. C'est reparti, les mecs !

– Surpris de me revoir ? ricana Merv Borg, le forçant à avancer. Tu croyais que j'étais le genre de type à lâcher si facilement ? Dans le milieu, on me surnommait le pitbull… Je te laisse deviner pourquoi…

– J'imagine que ce n'est pas parce que vous puez de la gueule et que vous avez la même expression abrutie que ces clébards, si ?

Bien sûr, il s'attendait à ce qui allait suivre. Lui et sa maudite grande gueule… Le gangster lui balança l'un de ses fameux coups de crosse sur le côté du crâne, et Vince grogna de douleur. Borg le poussa ensuite sur l'un des trois fauteuils en osier qui entouraient une petite table basse, d'où il ne bougea plus.

– J'ai deux ou trois questions à te poser, mon pote, déclara son agresseur en se mettant à faire les cent pas, et t'as plutôt intérêt à y répondre, parce que j'ai épuisé mon stock de tolérance au moment où toi et ta pouliche vous m'avez claqué la porte au nez, la nuit dernière.

Elsa grogna quelque chose. Vince et Borg la regardèrent un instant, mais comme ils ne comprenaient strictement rien à ce qu'elle baragouinait, ils revinrent à leur conversation. Cronyn écarta les bras, attendant la suite.

– Bon, tout d'abord, qui est-ce qui a fait sauter ton appart ?

– Probablement le même type qui a tué Vanick.

Borg se passa la langue sur les lèvres, considérant son interlocuteur, et sur son visage se lisait quelque chose que Vince ne lui avait jamais vu jusqu'ici : de l'incertitude, mêlée d'une intense lassitude. Après tout, il n'était peut-être pas le seul qui commençait à en avoir marre de ce jeu de pistes tordu.

– Arrête un peu de me sortir tes conneries ! *Tu* as tué Bruno. *Tu* l'as tué, toi et personne d'autre, bordel de merde ! Hein ? C'est pas… C'est pas vrai ?

– Non, répondit Cronyn, catégorique. Dans cette affaire, je suis un dommage collatéral ; c'est ce que je m'évertue à vous dire depuis le début. Vous croyez vraiment qu'avec ce que vous nous avez fait subir, je n'aurais pas fini par cracher le morceau ? Je n'ai pas été formé au Laos par je ne sais quel maître zen pour endurer tortures physiques et psychologiques sans broncher. Je suis un libraire, nom de nom. Un simple « bouquiniste », vous vous souvenez ?

Borg arrêta enfin de faire les cent pas et fronça les sourcils, réfléchissant intensément, ce qui lui conféra l'expression comique d'un petit garçon qui essaye de trouver la meilleure façon d'atteindre le pot à sucettes placé au-dessus du réfrigérateur.

En fin de compte, il décida de laisser tomber la partie la plus compliquée de l'histoire pour aller droit à l'essentiel.

– Et… Et en ce qui concerne mon pognon ?

– C'est lui qui l'a, bien sûr. Qui d'autre ?

– Quoi ? Que… balbutia l'autre, l'air stupide. Qui ? Qui l'a ???

– Dites-moi, Merv… Je peux vous appeler Merv, n'est-ce pas, maintenant que nous avons eu l'occasion de faire plus ample connaissance ?

Borg opina du chef sans rien dire et gratta sa courte barbe noire. Vince désigna alors son revolver.

– Bien… Merv ! Arrêtez de pointer ça sur nous, et asseyez-vous ! Ensuite, nous essayerons de démêler tout ça ensemble, comme des gens civilisés.

Obéissant, le malfrat s'assit sur le dernier fauteuil inoccupé, sa main mollement accrochée au .45. Il semblait perdu.

– Voilà qui est mieux, sourit Vince, tendant le bras par-dessus la table basse pour lui tapoter l'épaule. Nous allons enfin pouvoir avoir une conversation constructive.

Borg, la mine lugubre, grommela :

– Bon, alors… On commence par quoi ?

– Par le commencement, bien sûr. Votre associé Bruno Vanick, dit l'Imprenable. On en revient toujours à lui. Qui est-ce qui pourrait l'avoir tué ? Vous n'en avez vraiment pas la moindre idée ?

– À part toi ? Non, aucune. Et puis de toute façon, quelle différence ça peut faire, si l'argent s'est envolé ?

– Mais enfin, Merv, cessez d'être aussi obtus ! Tout n'est pas encore perdu ; si nous mettons la main sur ce type, nous mettrons la main sur l'argent.

À ce moment, Elsa Kramer se mit à se contorsionner et à donner des coups de pied dans la table pour attirer leur attention. Vince se leva et s'approcha d'elle par-derrière.

– Cela vous ennuie si je la libère ? Miss Kramer peut être une vraie peste, mais nous ne devons pas négliger son incroyable intelligence. Elle pourra nous aider à percer ce mystère, j'en suis convaincu.

– Ouais, vas-y, souffla Borg, toujours plongé dans une morne consternation. Si elle promet de se tenir tranquille…

– Vous promettez ? demanda Cronyn à la jeune femme, qui agita vigoureusement la tête. Bon, c'est réglé, alors…

Il arracha le Gaffer d'un coup sec, et la romancière poussa un petit cri de souris. Après quoi, elle cracha le chiffon qui l'empêchait de parler et foudroya Borg du regard, le visage écarlate.

– Espèce de misérable brute ! Comment osez-vous pénétrer comme ça chez les gens et les séquestrer contre leur volonté ? Vous n'avez pas honte ?

– Je veux ce qui me revient de droit, rien d'autre, fit le gangster, boudeur.

– Et c'est parfaitement légitime, intervint Vince en défaisant les liens d'Elsa. C'est vous qui avez pris tous les risques, et aujourd'hui, vous vous retrouvez spolié de votre butin. Moi aussi, je l'aurais mauvaise, à votre place.

Il lança un regard lourd de sens à la jeune femme, qui, pour toute réponse, rejeta sa chevelure en arrière et se leva avec force gémissements.

Tandis qu'elle se promenait à travers la pièce pour faire revenir la circulation dans ses bras et ses jambes, Cronyn enchaîna :

– D'ailleurs, puisque nous parlons de ça, Merv... Vous ne voudriez pas nous en dire un peu plus, sur votre « truc des Salopettes » ? Par exemple, y avait-il une autre personne que vous sur le coup ?

– Tu veux dire, hormis Danny Ocean et son équipe ? Non. Rien que nous.

– De l'humour, maintenant ? Voilà qui est plutôt positif. Mais essayez de vous souvenir, s'il vous plaît. Quelqu'un était forcément au courant. Personne ne vous a aidé à planifier cette opération ?

– Non. On a tout organisé nous-mêmes de A à Z. Je te l'ai dit, c'était un coup à cinquante-cinquante. Sa fille aurait pu savoir : Paulette. Il lui disait tout. Mais elle n'aurait jamais cafté, tu peux en être certain. Son amour pour son père était si fort qu'elle n'aurait pas hésité à tuer quiconque s'en serait pris à lui.

Le souvenir de la lutteuse en train de le broyer entre ses bras comme un gobelet en plastique vide glaça le cœur de Vince. Et puis, il se rappela la suite.

– Effectivement, cela ne peut pas être elle non plus. Elle est morte.

– Mmh ? fit Borg en relevant la tête. Non. Bien sûr que non. Je lui ai parlé pas plus tard qu'hier.

– Croyez-moi, en vingt-quatre heures, il s'est passé bien des choses. Seigneur, cette histoire est en train de tourner à l'hécatombe.

– À... quoi ?

Le gangster cligna des yeux, l'air plus crétin que jamais. Après un temps de réflexion, Cronyn se leva, renonçant à parler vocabulaire avec lui.

– Il me faut un remontant d'urgence, déclara-t-il.

Il passa derrière le bar et se saisit d'un verre et d'une bouteille de whisky dont il se servit une large rasade au grand dam d'Elsa.

– Tout va bien ? lui demanda-t-elle, tout en continuant à masser ses bras et ses poignets. Faites comme chez vous, hein... Prenez un verre. Buvez mon single malt à quatre-vingts dollars le litre. Je peux aussi repriser vos chaussettes, si vous voulez. Oh, et à part ça, vous emménagez bientôt ?

Borg gloussa comme une dinde. Mais Vince, perdu dans ses pensées, ne releva pas. Il but une gorgée de son whisky (par ailleurs excellent), et murmura, le regard dans le vague :

– Alors, *qui* est-ce ? Qui est donc ce fou furieux, ce cinglé à la fois sniper et poseur de bombes ? Réfléchissez, Merv. Vanick a bien laissé cet argent à *quelqu'un.* Qui cela pourrait-il bien être ?

– Pourquoi pas sa femme ? intervint la romancière. S'il avait une fille, il avait forcément une femme. Ou bien l'Imprenable était-il une version masculine de l'Immaculée Conception ?

– Désolé, c'est encore une impasse ! grogna Borg en secouant la tête. Trish était infirmière durant le

'Nam. Les Viêt-congs ont eu sa peau peu de temps après la naissance de sa fille. Putains de faces de citron ! Ils nous ont bien baisés…

– On parlera politique plus tard ! soupira Vince en reprenant une gorgée de single malt. D'autres suggestions ?

– Son avocat, peut-être ?

Cette fois, le malfrat explosa franchement de rire.

– Confier deux millions de dollars à un avocat ? Tu veux rire, poulette ? Van était peut-être cinglé, mais même lui avait ses limites…

– Bon, alors son oncle, sa tante, une sœur, un frère, un ami, un…

Tout à coup, Borg bondit sur ses courtes jambes, manquant de retourner la table basse. Ses petits yeux porcins brillaient comme deux perles noires.

– Hé, hé, hé !!! Attendez une seconde ! Vous aviez raison. Il y a bien quelqu'un d'autre qui aurait pu savoir, pour tout ça…

– Parfait, dit Vince en reposant son verre sur le plateau du bar. Qui ?

Il n'osait presque plus bouger. Le cerveau de Merv Borg était comme un poisson frétillant accroché à un hameçon. Le moindre geste brusque, et il retournerait s'ébattre dans le lac à la recherche d'autres centres d'intérêt.

– Désolé, je… Je me rappelle plus le nom de cette petite salope, fit la brute en plissant les yeux. Je devrais m'en souvenir, mais… Ça remonte à trop longtemps !

– Par pitié, faites un effort. Nos vies et votre argent en dépendent.

Borg crispa sa mâchoire, et une goutte de sueur se mit à couler sur sa tempe alors qu'il devenait rouge brique. Pauvre homme… La réflexion n'était vraiment pas son fort.

Alors que Vince était en train de se dire qu'il leur faudrait songer à trouver une autre piste, le gangster poussa un bruyant soupir d'aise, comme s'il venait de faire un excellent repas… suivi d'une excellente digestion.

– Gertrude ! annonça-t-il, les poings levés comme un boxeur qui vient de décrocher son titre. Oui, c'est ça… Gertrude ! Mais lui, il l'appelait Gert.

– Excellent, fit Cronyn, se permettant de finir son verre d'un trait. Et qui est-elle, au juste, cette Gertrude ?

– C'était son petit ami de l'époque. Je pensais qu'ils s'étaient séparés peu de temps avant le casse ; mais après tout, peut-être que non.

Elsa s'arrêta de marcher et se retourna vers Borg, les sourcils levés.

– Attendez, attendez… Temps mort ! J'ai dû louper une marche sans m'en apercevoir. Gertrude… Gertrude est un homme ?

– Ouais, acquiesça le gangster. C'est son nom de famille. Bob Gertrude.

Vince, pour sa part, avait tiqué sur un autre détail.

– Son « petit ami » ? Donc, Vanick était gay ?

– Affirmatif. Il l'a jamais vraiment assumé, c'est pour ça que peu de personnes étaient au courant. Après la mort de Trish, il s'est… cherché pendant quelque temps. Mais finalement, c'est Gertrude qui l'a trouvé. Il se prostituait à un carrefour pour quelques dollars la passe. Allez savoir pourquoi, Bruno s'est entiché de lui. Il en était malade d'amour, alors que tout ce que ce petit con cherchait, c'était à lui extorquer son pognon pour s'offrir la vie qu'il avait toujours rêvée. Vanick a fini par le réaliser, et sur mes conseils, il l'a renvoyé tailler des pipes dans son impasse. Du moins, c'est ce que je croyais…

– Il pourrait être intéressant d'aller lui rendre une petite visite, suggéra Vince. Vous savez où il habite ?

– La dernière fois que j'ai entendu parler de lui, il avait décidé de laisser tomber la vie de bohème pour ouvrir un salon de coiffure quelque part en ville. Si vous avez Internet, ça devrait pas être compliqué de trouver son adresse.

– Un coiffeur homosexuel ! commenta la romancière. Comme c'est original.

– Est-ce que ça pourrait coller dans notre livre, Elsa ? demanda Vince en se resservant un fond de verre. « Troubles de l'identité sexuelle » ?

– Ce serait bien la première fois que j'écris quelque chose sur les gays, répondit celle-ci en haussant les épaules. Je n'ai jamais cru en l'exploitation des minorités, quelles qu'elles soient. De plus, notre histoire est déjà bien assez compliquée comme ça, vous ne trouvez pas ?

– Dans ce cas-là, c'est réglé. Notre homme s'appellera Gertrude Roberts, et sera une belle blonde aux courbes affolantes, comme Sharon Stone dans *Casino.* D'ailleurs, je verrais bien De Niro en Vanick. Vous en pensez quoi, Merv ?

Le regard vitreux de Borg passa de Vince à Elsa et d'Elsa à Vince, le sens de la conversation lui échappant définitivement, et il se borna à répéter :

– Si vous avez Internet, on peut sûrement retrouver son adresse.

Vince soupira devant tant d'étroitesse d'esprit, et s'envoya son second verre cul sec.

19

Gert

L'après-midi tirait à sa fin quand Vince, Elsa et Borg poussèrent la porte du Merveilleux Salon de Coiffure de Monsieur Gertrude. Ils n'avaient eu aucun mal à localiser l'ancien amant de Vanick. Bob Gertrude possédait même son propre blog, aussi coloré qu'un trip sous LSD, où il racontait par le détail la fantastique aventure que constituait chaque nouvelle journée passée dans son salon, ainsi que ses nombreuses « trouvailles capillaires », comme il les appelait, tels les dreadlocks Bob Marley ou le brushing Montaigu.

Vince avait frissonné d'horreur en lisant ce dernier terme. Son auteur préféré passé à la moulinette d'un homo extraverti ? Cela n'augurait rien de bon pour la suite. Pourtant, lorsqu'il aperçut Gertrude au fond de son salon, occupé à faire une teinture mauve à une hideuse ménagère au rouge à lèvres couleur pêche, ses craintes retombèrent d'un coup.

L'homme ne ressemblait pas à l'image qu'il s'était faite de lui en visitant son blog. En fait, il n'avait rien de ces grandes folles hystériques habillées de manière extravagante et flanquées d'un bichon, qui piquaient une crise aux premières notes de *Woman in love*. Bien au contraire ; il était vêtu d'une tenue blanche à pressions très simple de coiffeur à l'ancienne, et son babillement enjoué, loin d'être insupportable, apportait au contraire un sentiment de proximité immédiate avec le propriétaire.

Sa seule fantaisie provenait de sa teinture blonde dissimulant ses cheveux grisonnants, car le « petit con » de Vanick avait maintenant quarante-cinq ans.

– Gertrude ! hurla alors Borg, et tous les clients du salon firent un bond sur leurs sièges, y compris une septuagénaire tremblotante qui porta sa main sur son cœur en ouvrant de grands yeux de hibou.

Vince grimaça. La dernière chose dont ils avaient besoin en ce moment était de se retrouver responsables de l'attaque cardiaque d'une grand-mère. Heureusement, la petite vieille finit par retrouver son calme, et ils en furent quittes pour un regard noir de la part de sa fille, assise à ses côtés.

Tout au fond, Bob Gertrude releva la tête, mais ne daigna même pas se retourner.

– Un instant s'il vous plaît ! lança-t-il de sa voix chantante. Je finis avec madame, et je suis à vous ! Prenez un siège, et détendez-vous. Il y a les derniers *People* et *US Weekly*, si vous voulez connaître les derniers potins en attendant votre tour.

Elsa regarda Vince, qui regarda Borg… qui s'assit en soufflant à côté de la grand-mère, se saisissant au passage d'un des magazines posés sur la table en face de lui.

Cronyn se tourna vers la romancière, haussant les épaules, et durant vingt minutes, ils firent le pied de grue, écoutant d'une oreille distraite la ménagère aux cheveux mauves se plaindre du mauvais temps qui n'allait pas manquer d'arriver, selon la météo, et bousiller une permanente pour laquelle elle avait payé si cher. D'ailleurs, puisqu'on abordait ce sujet, n'avait-il pas prévu de baisser ses tarifs, parce qu'après tout, c'était la crise, et que s'il persistait à afficher de tels prix, il allait finir par se retrouver au chômage, et alors, il n'aurait que ses yeux pour pleurer, parce qu'après tout, il ne...

– Et voilà, miss Thompson ! s'exclama Bob après avoir donné le coup de balayette final sur ses épaules. Vous voilà belle comme un camion !

– Mmh... fit la vieille bonne femme en extirpant son imposante masse du fauteuil. Je n'ai pas dans l'idée qu'un camion soit beau, jeune homme.

– C'était une expression, expliqua le coiffeur, gardant son air enjoué malgré la lassitude qui perçait dans sa voix. Allez, passons à la douloureuse !

Il bondit derrière la caisse centrale pour lui sortir sa facture, puis attendit patiemment que « miss Tête-de-Quetsche » lui règle les cinquante-quatre dollars cinquante, ce qui prit cinq bonnes minutes, le temps pour elle de chercher son portefeuille dans son sac à main, râler à nouveau sur ses tarifs prohibitifs, et enfin payer sa note en pièce de cinquante cents et billets d'un dollar. Gertrude la raccompagna à la porte, lui donna rendez-vous dans un mois, et lui souhaita bonne nuit.

C'est seulement quand il fut certain qu'il en avait terminé avec elle qu'il regarda les nouveaux venus en gonflant les joues.

– J'adore mon métier, dit-il, mais je dois bien avouer que certains jours, je serais prêt à m'expatrier au Cambodge pour m'occuper des petits orphelins si ça pouvait m'éviter d'avoir à subir... ça.

Borg jeta son magazine sur la table et le regarda droit dans les yeux.

– Rien à branler de tes problèmes de tapette, Gert. On doit causer !

La fille de la vieille dame poussa une petite exclamation choquée, et le gangster se retourna vers elle en grognant. C'en fut trop. La fille referma le manteau de sa mère et la reconduisit à l'entrée.

Avant de partir, toutefois, elle gratifia Gertrude d'un regard suffisamment explicite pour qu'il comprenne que c'était la dernière fois qu'elle mettait les pieds dans sa boutique. Tandis que la porte se refermait, le coiffeur se retourna et contempla son salon, désormais désert.

– Merv Borg ! soupira-t-il. Indésirable mort ou vif, même après deux décennies ! Vous venez de me faire perdre deux clients d'un seul coup, espèce de salaud.

– Et toi, tu m'as fait perdre un ami. Van n'a plus jamais été le même une fois que tu lui as fait péter la rondelle. Un partout, balle au centre !

– Encore cette histoire, fit Gertrude en secouant la tête. Vous voulez que je vous dise, Borg ? Je pense qu'au fond de vous, vous éprouviez secrètement des sentiments pour Bruno. C'est pour ça que vous m'en avez tant voulu lorsque je me suis mis avec lui, et n'avez eu de cesse de briser notre couple.

Le visage de Borg prit une vilaine teinte mauve, et il bondit de son siège en renversant la petite table. Il aurait sans doute égorgé le coiffeur avec ses propres ciseaux si Vince n'était intervenu à temps.

Il posa une main apaisante sur l'épaule du malfrat et passa au premier plan.

– Nous ne nous sommes pas présentés. Je m'appelle Vincent Cronyn. Vous avez dû voir ma photo dans les journaux, ces derniers jours.

Gertrude lui serra la main. La sienne était douce, et soigneusement manucurée. Derrière eux, Borg fulminait, mais deux millions de dollars étaient une carotte assez grosse pour que même un type comme lui réussisse à contrôler ses nerfs.

– Veuillez m'excuser, dit le coiffeur, je ne lis pas beaucoup les quotidiens. Vous êtes quoi ? Le gagnant d'un jeu de téléréalité, quelque chose comme ça ?

– Moi ? Oh non… Perdant d'une émission de faits divers, à la limite. La jeune femme qui se trouve avec nous, en revanche, est…

Il n'avait pas fini sa phrase que déjà, Bob Gertrude lâchait sa main et se dirigeait vers la romancière, tout émoustillé.

– Vous ! Vous êtes Elsa Kramer ! Je vous ai vue à la télé, ce matin, au *Morning show* ! J'ai adoré la façon dont vous avez remis le présentateur à sa place quand il a commencé à tenter de percer le mystère de votre vie privée.

– Oui, il commençait à devenir un peu trop insistant, acquiesça Elsa. J'aime beaucoup votre blog, Bob. Il donne envie de connaître votre établissement. Dès que j'aurai un moment, je viendrai me faire coiffer chez vous.

– Chez moi ? souffla Gertrude, l'air émerveillé. Oh, mon Dieu ! Elsa Kramer dans *mon* salon de coiffure ? Je n'arrive pas y croire ! Je… Je vais peut-être vous sembler un peu midinette, mais… Pourrais-je avoir un autographe ?

– Avec plaisir. Donnez-moi du papier et un stylo, et je vous fais ça tout de suite !

Le coiffeur ne se fit pas prier. Il repassa derrière sa caisse, et, comme s'il avait déjà tout préparé en vue d'un jour comme celui-ci, sortit un joli stylo plume mauve ainsi qu'un exemplaire de son dernier livre, *Cataclysme*.

– J'en suis presque à la moitié, commenta-t-il en le lui tendant. Il est si facile à lire… Si vous voulez l'avis d'un modeste garçon coiffeur, vous tenez là votre meilleur livre, miss Kramer.

– Vous êtes adorable, sourit la romancière. Qu'est-ce que je mets ?

– Ce que vous voulez. Après tout, c'est vous, l'écrivain. Et puis quel que soit le texte, je le conserverai précieusement pour toujours.

Merv Borg, qui avait réussi à se tenir tranquille durant quelques minutes, éclata d'un rire gras et répéta d'une voix de fausset :

– « Je le conserverai précieusement pour toujours »… Pourquoi t'en ferais pas une chanson, ma mignonne ? Je suis sûr que ça cartonnerait.

Tandis qu'Elsa gribouillait quelque chose sur la page de garde du livre, Gertrude observa le gangster, l'air dédaigneux.

– Bon, et vous, l'homme préhistorique ? Vous vouliez me parler de quoi ?

Une fois de plus, Vince rattrapa le coup pour éviter que la situation ne dégénère.

– Nous sommes là à propos de Vanick, monsieur Gertrude. Vous… Vous savez ce qui lui est arrivé, n'est-ce pas ?

– Hélas oui, soupira Bob en s'asseyant sur un des sièges à côté de la porte. Oh, bien sûr, je n'avais plus de nouvelles de lui depuis pas loin de vingt ans, mais le savoir exécuté de cette manière… Ça file malgré tout un sacré choc ! D'après l'une de mes clientes, la police a appréhendé un suspect avant de le relâcher, faute de preuves. C'était couru d'avance ; il n'y a que dans les films hollywoodiens où le méchant se fait avoir à la fin.

– Sauf que nous n'avons pas encore atteint les deux tiers du scénario, murmura Cronyn pour lui-même. Tout reste possible, même un jeu d'acteur tel que le vôtre, avec larmes aux yeux et trémolos dans la voix.

– Qu'avez-vous dit ? demanda Gertrude, mais il enchaîna brutalement :

– J'ai pris note de vos propos, Bob, mais je dois vous le demander : est-ce vous qui avez zigouillé votre ex-petit ami ?

– Pardon ?

Le coiffeur n'en croyait pas ses oreilles. Elsa non plus, d'ailleurs.

– Cronyn ! s'exclama-t-elle en refermant son livre d'un claquement sec.

– Désolé… Je n'ai jamais été doué pour le tact. Alors ? Vous l'avez fait ou pas ? C'est le moment ou jamais de déballer votre sac.

Borg se remit à rire, et s'affala dans le siège à côté de Gertrude.

– J'adore ce mec ! dit-il en attrapant le coiffeur par le cou avant de se mettre à le secouer vigoureusement. Il sait poser les bonnes questions. Allez, tata Gertie, réponds au monsieur avant que je te dévisse la tête.

– Mais… Mais enfin, qu'est-ce… Qu'est-ce que c'est que toute cette folie ? bégaya le coiffeur, s'adressant directement à Vince. Est-ce que… Est-ce que vous êtes flic ?

– Pas loin. Je tiens une librairie, dans le centre-ville.

– Arrête de la ramener et réponds au monsieur, tafiole ! beugla Borg en se remettant à malmener le coiffeur. Tu l'as buté, oui ou non ?

– Merv, s'il vous plaît ! intervint Elsa. Nous pourrions au moins prendre le temps d'expliquer la situation à monsieur Gertrude avant de sortir les tenailles et la scie circulaire, non ?

Le malfrat regarda la main qu'elle venait de poser sur son bras, une lueur d'envie brillant dans ses yeux, puis il tourna la tête vers Vince et lui demanda son avis d'un bref mouvement du menton.

À quel moment au juste Borg avait-il commencé à changer son regard ? Difficile à dire. Mais le fait est qu'à présent cet abruti semblait ne plus le considérer comme un otage ou un ennemi mais voir en lui une sorte de « complice » poursuivant un but identique au sien. Cronyn appréciait ce nouveau rôle, et il avait l'intention de le conserver le plus longtemps possible. Après tout, ça pourrait peut-être éviter une effusion de sang, le moment venu.

Il lança donc au gangster d'une voix ferme et déterminée :

– Elsa a raison. Commençons par le commencement.

Il se jucha sur le comptoir de la caisse et entreprit de narrer par le menu leur histoire au coiffeur. Ce ne fut pas une mince affaire. Durant l'heure que dura leur entretien, Gertrude n'arrêta pas de l'interrompre. Il voulait tout savoir dans les moindres détails afin de se faire sa propre opinion, et Borg et Elsa ne furent pas trop de deux pour combler les lacunes d'un Vince qui semblait avoir de plus en plus de mal à ne pas paraître coupable aux yeux du coiffeur tandis qu'il essayait désespérément de rassembler ses souvenirs épars.

Ce ne fut que lorsqu'il en arriva à l'épisode de la baignoire que l'ex de Vanick commença à le prendre en pitié, comme Lambert quelques heures plus tôt. Vint ensuite l'assassinat de Paulette, qui lui arracha une larme (il l'avait connue petite fille, et avait toujours apprécié la gamine) et sa course-poursuite malheureuse avec le tueur. Il termina par le guet-apens des dacoïts et ses retrouvailles avec Borg, et enfin, il se tut.

Bob hocha la tête et se leva, gonflant les joues comme à son habitude, puis il se mit à arpenter le carrelage blanc de son salon, les bras croisés derrière le dos. Les trois autres ne mouftaient pas, attendant qu'il brise ce silence insupportable.

– Vous savez quoi ? dit-il enfin au bout d'une longue, très longue minute. Je pense qu'aucun d'entre nous n'est responsable de la mort de Bruno. Miss Kramer, parce que je vous aime et ne pense pas que vous ayez besoin de cet argent. Merv, parce que vous êtes trop stupide pour que je vous envisage un seul instant en tireur d'élite. Et vous, Vince… parce que je vous crois, tout simplement. Vous avez la tête du type qui s'est pris un 747 en pleine tronche et n'arrive pas encore à réaliser qu'il a survécu.

– Très joli discours, Gert, s'esclaffa Borg en applaudissant des deux mains. Mais tu ne nous as pas encore parlé de toi… Pourquoi serais-tu innocent ?

– Eh bien, parce que je le sais, pardi, sourit Gertrude en lui lançant un clin d'œil joyeux. Bien sûr, vous n'êtes pas obligés de me croire sur parole. Moi-même, je ne me croirais pas, si j'étais à votre place. Mais j'ai quelque chose à vous montrer qui plaidera en ma faveur. Un « gage de bonne volonté », en quelque sorte. Suivez-moi. J'ai l'impression que ma journée est bel et bien terminée… grâce à vous, Mervounet !

En voyant l'expression presque offensée du malfrat, il lui fit un clin d'œil, puis alla fermer à clef la porte du salon de coiffure. Il leur fit alors signe de le suivre dans l'arrière-boutique, et ils lui emboîtèrent le pas, intrigués. Borg sortit tout de même son .45, au cas où cette folle tordue aurait prévu un guet-apens. Il fallait se méfier de ces gars-là ; c'était le genre à vous faire des coups par-derrière… hin hin hin… Très bon, ça !

Il ricana tout seul, et Vince et Elsa le regardèrent comme s'il était devenu fou. Il secoua la tête pour leur dire de ne pas s'occuper de lui, et ils traversèrent tous trois la réserve encombrée de cartons de shampooings, teintures, et autres lotions capillaires. Gertrude les attendait déjà à la porte arrière, se dandinant d'un pied sur l'autre, impatient de leur montrer… de leur montrer quoi, au juste ?

Il leur ouvrit, et en parfait gentleman, s'effaça pour les laisser passer les premiers. Dehors, la nuit était presque tombée. Vince leva brièvement les yeux. Des nuages noirs avaient recouvert le ciel nocturne. Terminés, les beaux jours ! L'automne reprenait ses droits, et si ça continuait comme ça, ils allaient bientôt essuyer une sacrée saucée. Le coiffeur repassa devant eux, et, après avoir regardé à droite et à gauche si aucun véhicule n'arrivait, il traversa la petite rue. Borg fronça ses épais sourcils.

– Mais bordel, où est-ce que tu nous emmènes, comme ça ?

– Dans mon garage, lança Gert par-dessus son épaule.

– Quoi !? fit Borg. Mais t'as jamais su conduire… Vanick arrêtait pas de me dire que le type assez fou pour te filer le permis mériterait la peine de mort.

– Et il avait raison. Mais ce que je veux vous montrer là-dedans, ce n'est pas une voiture. Il s'agit d'une valise. Une valise fermée à clef.

20

Rendez-vous au garage

Bob Gertrude finit par stopper devant une porte métallique peinte en bleu ciel, et se tourna vers eux. Si Vince et Elsa gardaient un visage de marbre, Merv Borg, lui, semblait au bord de l'apoplexie. Sa mâchoire tremblait, et un tic nerveux faisait tressauter sa paupière droite. Le coiffeur fit mine de ne pas le remarquer, et poursuivit :

– Je me rappelle la scène comme si c'était hier ; je venais tout juste de faire l'acquisition de ce local, sur les conseils de Bruno d'ailleurs, et j'étais en pleine rénovation lorsqu'il est entré. Il avait une mine effrayante, ce qui était normal vu qu'il venait de braquer cette banque et avait la moitié des forces de police de la ville aux trousses.

« Bien sûr, à cette époque, je n'étais pas au courant, et en le voyant arriver, l'air hagard, j'ai pensé qu'il tenait une sacrée gueule de bois. Quand nous étions ensemble, il lui arrivait souvent de descendre quelques bouteilles avec ses amis en jouant au poker, n'est-ce pas, Merv ?

Le gangster ne dit rien, et de toute façon, Gert n'attendait pas de réponse de sa part. Il déverrouilla la porte du garage et la fit glisser vers le haut. Comme prévu, il n'y avait aucun véhicule à l'intérieur, seulement des caisses, des cartons et des étagères de métal, la plupart vides ou remplies de ce fatras de choses inutiles, vieux vêtements, livres écornés et gadgets cassés dont on se dit qu'ils vont nous resservir un jour et qu'on ne peut se résigner à jeter.

Le coiffeur alluma le néon, qui se mit à grésiller, mais il resta un moment à la porte, perdu dans ses souvenirs.

– Je lui ai dit : « Hé, qu'est-ce que tu as, Bruno ? Pourquoi cet air hagard ? On dirait un chien perdu sans collier… Ne me dis pas que tu t'en veux de m'avoir plaqué et que tu reviens pour t'excuser ? Cela ne te ressemblerait pas… » Il n'a rien dit… Ou plutôt si, mais sa réponse n'avait rien à voir avec ma question. « Je suis riche, m'a-t-il dit. Je suis riche. »

– Riche, souffla Borg, les yeux dans le vague et les lèvres luisantes de salive.

– Et maintenant, il est sur une table de métal à la morgue, à se faire tripoter par je ne sais quel légiste aux doigts boudinés, dit Gertrude en secouant la tête, désolé. Riche, en effet : riche de douleur, riche de chagrin… « Quand Dieu quelqu'un veut châtier, de bon sens le fait varier. » Le Syndicat aussi a « voulu le châtier »… sauf qu'il a choisi une manière plus expéditive de le faire, en la personne de ce sinistre barracuda d'Al Colucci. Mais celui-ci a commis une erreur. Dans son impatience à venger son honneur, il a fait exécuter Bruno en oubliant de lui demander ce qu'il avait fait de l'argent.

Vince se gratta le menton, dubitatif. Quelque chose clochait dans le raisonnement de Bob Gertrude. Si effectivement l'Aventurier avait employé quelqu'un pour régler son compte au braqueur de banques, alors pourquoi s'était-il retrouvé, lui, la tête dans cette baignoire ? Est-ce que, d'assassin de Vanick, il était soudain devenu son complice ? Colucci n'avait pas vraiment eu l'air de cet avis.

Toutes ces histoires sans queue ni tête commençaient à se mélanger dans son esprit, et il pressentait un sévère mal de crâne s'il continuait à creuser de nouvelles pistes. Le coiffeur s'engouffra dans le garage.

– Où peut-elle bien être ? murmura-t-il en fouillant la pièce du regard. Tout cela remonte à si longtemps… J'espère que je ne l'ai pas jetée par mégarde.

Borg blêmit et secoua la tête, comme si ce simple mouvement pouvait suffire à effacer les derniers mots de Gertrude. Celui-ci disparut entre deux piles de cartons, et quelques secondes plus tard, les babioles inutiles se mettaient à voler dans tout le garage.

Leur destin était à présent entre les mains d'un petit coiffeur de quartier homosexuel et dépendait de sa capacité à retrouver, ou pas, cette mystérieuse valise. Par trois fois, Gert poussa un « Ah ! » tonitruant qui affola tous leurs sens, avant d'y ajouter un « Ah non ! » qui à chaque coup leur sapa un peu plus le moral.

À la quatrième exclamation, ils n'y croyaient plus, et Borg se préparait même à repartir lorsque Bob surgit de derrière les caisses, son brushing doré et sa tenue blanche ornés de multiples toiles d'araignées, l'air triomphant. Dans sa main droite, il tenait par la poignée une vieille valise de cuir brun cabossée… *La* valise !

– Il m'a dit de la garder avec moi, leur expliqua Gertrude, et de m'y accrocher comme si ma vie en dépendait. Très bientôt, il reviendrait la récupérer. Très bientôt… Cela fait dix-neuf ans aujourd'hui. Tenez, attrapez-la !

Il la lança dans les airs, mais comme personne ne bougeait, elle atterrit sur le sol dans un nuage de poussière.

– Et durant tout ce temps, souffla Vince sans quitter la valise des yeux, pas une seule fois vous n'avez été tenté de savoir ce qu'il y avait dedans ?

Le coiffeur s'extirpa tant bien que mal du fatras et s'épousseta.

– Oh non… Grands Dieux, non ! J'aimais Bruno, mais je savais aussi dans quoi il trempait. Peu importait ce que contenait cette valise, l'ouvrir, c'était comme pousser la porte de l'enfer. De plus, difficile de dire de quoi il était capable si je trahissais sa confiance. En fait, en y réfléchissant, j'avais toutes les raisons du monde de ne pas toucher à cette horrible chose !

Il les invita d'un geste à prendre la valise.

– Je… Je n'en reviens toujours pas, balbutia Cronyn.

– Moi non plus, renchérit Elsa. Alors, il a *vraiment* laissé l'argent ici ?

– Eh bien, le mieux, c'est de vérifier, non ?

Il s'agenouilla et tendit les deux mains vers les fermoirs dorés. Soudain, un hurlement déchirant rompit le silence, et Merv Borg bondit au beau milieu d'eux, le canon de son .45 alternativement braqué sur chacun. Dans ses yeux brillait la lueur démente d'un homme qui a erré pendant des jours dans le désert avant de trouver un point d'eau, au bord de la mort.

– Personne ne touche à ça ! beugla-t-il. C'est à moi ! À moi, vous m'entendez ?

– Oui oui, on vous entend bien, là, Merv, fit Vince, en secouant son auriculaire dans son oreille gauche. Et avec l'écho, le son est encore meilleur !

– Et c'est parti ! soupira la romancière. Borg, le retour !

– En ce qui me concerne, vous pouvez garder ce truc et vous tirer avec, dit Bob Gertrude. Je dirais même plus : bon débarras !

– Reculez ! Reculez, tous ! continua à piailler le gangster. Le premier qui tente quelque chose, je le massacre. Ce pognon est à moi ! J'ai mis mes couilles en jeu pour l'avoir ! Et vous, vous voudriez me le reprendre ? Plutôt crever !

Il se baissa et se saisit de la valise sans cesser d'agiter son arme sous leur nez avec si peu de prudence que Vince craignit qu'il n'appuie par mégarde sur la détente. Il fit signe aux deux autres d'éviter de le contredire, et ceux-ci s'exécutèrent en s'écartant pour le laisser passer.

Le gangster partit alors d'un rire hystérique.

– Dix-neuf ans que j'attends ça ! Dix-neuf putains d'années ! À moi la vie de château, les voitures de sport et les poules de luxe ! Je suis millionnaire ! Millionnaire, bordel de merde ! La vache, qu'est-ce que ça sonne bien…

– Oh, Merv, soupira le coiffeur. Vous êtes tellement… primaire !

– Hein ? demanda Borg. Je suis quoi ?

– Si je comprends bien, notre alliance vient de prendre fin, lança Vince. Vous ne voulez pas au moins ouvrir cette valise avant de partir ? Pour vérifier que l'argent…

– Pas question ! hurla le malfrat, marchant maintenant à reculons vers la sortie sans cesser de les tenir en joue. Cet instant m'appartient, et je ne veux le partager avec personne d'autre. Vous n'aurez qu'à m'imaginer sur le lit de ma chambre d'hôtel en train de me rouler dans les billets, comme dans ces films…

Il effectua une petite courbette ridicule pour leur signifier qu'il s'apprêtait à prendre congé. Gertrude leva la main.

– Adieu, Borg ! À l'occasion, revenez me voir, si vous passez dans le coin ! Je serai ravi de vous offrir une coupe de… oh, mon Dieu !

– Ouais, s'esclaffa Merv, c'est l'effet que ça fait, en général, quand le commun des mortels se retrouve en présence d'un nouveau ri…

Il s'interrompit net quand la lame du poignard glissa sur son cou, y faisant perler une minuscule goutte de sang. De l'ombre derrière Borg surgit la sinistre silhouette de Visage Froid, toujours suivi de près par ses deux acolytes qui allèrent se placer de part et d'autre de la porte du garage.

Le plus jeune des assassins boitillait, et lorsque Vince croisa son regard empli d'une haine pure, il comprit que c'était lui qui le premier avait dû emprunter l'échelle de bois pourri.

– Décidément, leur dit-il en secouant la tête, vous êtes plus difficiles à semer qu'une armée de *Terminator.* Allez, avouez-le : vous avez collé un traceur dans mes fringues, non ?

– En fait, c'est un peu plus simple que cela, lança une autre voix venue de l'extérieur. Nous nous doutions que vous finiriez par retourner chez miss Kramer. De là, nous vous avons suivi jusqu'à cette boutique… et banco !

Al Colucci apparut à son tour en pleine lumière. Il avait troqué son peignoir contre un magnifique costume cintré à rayures blanches et grises, et ses cheveux poivre et sel étaient soigneusement gominés en arrière. Ce type devait se farcir tous les films de Mafia en boucle. Même le flingue qu'il tenait serré dans son poing datait au moins des années 1950 ; il ressemblait au PPK de James Bond, à la différence que le sien possédait une crosse de nacre blanche ornée du *scrimshaw* d'un tigre ramassé sur ses pattes antérieures.

L'Aventurier entra dans le garage, et s'approcha tranquillement de Borg.

– Cher ami, je ne saurais trop vous conseiller de lâcher votre revolver, sourit-il en lissant sa fine moustache à l'aide de son majeur. L'homme qui se tient derrière vous est allergique aux armes à feu. Elles ont le don de le rendre… nerveux. Il serait dommage qu'il vous égorge par mégarde, vous n'êtes pas de cet avis ?

Merv Borg déglutit, et quand sa pomme d'Adam vint buter contre le tranchant glacial, il abandonna la partie et laissa choir le .45 au sol.

– Voilà qui est mieux, dit Colucci en faisant glisser l'arme à l'autre bout de la pièce de la pointe de sa chaussure. Oh, et si vous le permettez, je vais vous débarrasser !

Il attrapa la poignée de la valise et la tira vers lui. Durant quelques secondes, l'ancien complice de

Vanick hésita à s'en séparer. Mais Colucci lança un regard à son dacoït, et la pression du poignard sur sa gorge se fit tout à coup plus forte, l'obligeant à abandonner la précieuse mallette à son adversaire. Celui-ci s'en alla la poser sur un grand carton.

– Et nous y voilà, chuchota-t-il en se frottant les mains. Au bout de vingt ans, la boîte de Pandore s'apprête enfin à livrer ses secrets.

Cronyn hésita à lui dire que dans la mythologie grecque, la boîte en question contenait tous les maux de la terre, et que le mieux à faire était par conséquent de la maintenir fermée. Mais il n'était pas sûr qu'un cours d'ésotérisme soit apprécié à sa juste valeur par le lieutenant du Syndicat, et une fois n'est pas coutume, il réussit à se contenir.

Colucci claqua des doigts à l'adresse du troisième dacoït, qui s'avança vers la valise et, à l'aide de son couteau, en fit sauter les fermoirs avec une facilité déconcertante. À peine eut-il terminé sa tâche que son employeur le repoussa, et ouvrit la mallette, une expression avide sur le visage. Malgré eux, Vince, Elsa, et même Gertrude se rapprochèrent d'un pas pour tenter d'apercevoir son contenu par-dessus l'épaule du caïd. Borg, toujours paralysé par la lame de Visage Froid, tendit désespérément le cou.

– Alors ? grogna-t-il, au comble de l'excitation. Alors ???

L'Aventurier, le regard rivé sur le contenu de la valise, ne bougeait plus. Un ange passa… et il prit un certain temps à survoler la pièce.

Puis, Colucci lâcha :

– C'est une plaisanterie ?

Il attrapa la valise cabossée et se tourna vers eux, leur désignant l'intérieur, doublé d'un affreux tissu écossais rouge et crème.

– Où est l'argent ? demanda Merv, l'air plus idiot que jamais.

– Où est… OÙ EST L'ARGENT ??? se mit à crier Colucci, hors de lui. Mais il n'y a *pas* d'argent, putain de débile ! Pas le moindre cent ! Juste ça…

Il plongea sa main dans la mallette, et en ramena une paire de salopettes usées jusqu'à la trame. Il les lui balança en plein visage, faisant du même coup reculer le dacoït en chef qui libéra le malfrat de son emprise.

– … et ça…

Il attrapa une vieille bible en cuir aux pages jaunies par le temps, et lui fit subir le même sort qu'aux bleus de travail.

– … et ça !

Cette fois, Colucci ramena un vieux pistolet Luger que Borg reconnut comme étant Rex, l'ami le plus fidèle de l'Imprenable. La mine défaite, il le laissa retomber dans la valise, qu'il jeta rageusement à ses pieds. Vince se pencha pour attraper l'une des salopettes, et la montra à Merv, qui acquiesça. C'était bien ces tenues qu'ils avaient utilisées pour le casse de la JOM.

– Je ne comprends pas, dit Elsa en fronçant les sourcils. Pourquoi est-ce qu'il aurait laissé cela ici ? Ça ne tient pas debout…

– Bien au contraire, expliqua Cronyn. C'est un vieux truc de prestidigitateur. Concentrez toute l'attention des spectateurs sur votre main gauche, et ainsi, ils ignoreront ce que fait la droite pendant ce temps. Vanick braque une banque, et confie une valise à M. Gertrude. Ainsi, pour tout le monde, les deux millions sont dans la valise.

– Sauf… qu'ils n'y sont pas, murmura la romancière.

– Évidemment non. Il les a cachés ailleurs, dans un endroit où personne ne songerait à aller les chercher, et surtout pas ses ennemis.

– Ouais, acquiesça Borg en tâtant son cou pour vérifier qu'il était toujours intact. Ça ressemblerait assez à Van, ce genre de façon d'agir. Même coursé par tous les flics de la ville, il trouve le moyen d'élaborer une stratégie pour éviter qu'on lui pique le magot. Comme je le disais, c'était un grand malade.

– Malade, peut-être, soupira Vince en jetant la salopette par terre. Mais avisé, c'est certain.

Al Colucci shoota dans la valise, qui s'en alla rebondir contre le chambranle métallique de la porte et s'arrêta non loin de Borg, avant de faire volte-face, et de s'avancer vers le coiffeur, les poings serrés et l'air menaçant.

– Et si nous arrêtions un peu de théoriser pour revenir à une réalité plus concrète ? Personne n'est insensible au parfum de l'argent, personne… Pas même vous, monsieur Gertrude ! Alors, pourquoi ne partirions-nous pas tout simplement du principe que vous avez ouvert cette valise et déplacé l'argent afin de nous faire croire à une espèce de plan diabolique tordu ?

Il attrapa Bob par le col de sa blouse et le plaqua contre une pile de caisses, en renversant quelques-unes dans la bataille. Il colla alors le canon de son arme juste sous son nez. Tous les regards étaient à présent braqués sur eux.

Gert fit la moue, l'air peu concerné par tout ça :
– Moi ? Bah…
– C'est ce que nous sommes tous supposés croire, commenta Vince. C'est justement ça, le « truc » dont je vous parlais.
– Réfléchissez cinq minutes, espèce de brute, dit Gertrude. Vous pensez vraiment que si j'avais raflé le magot, je serais toujours ici au bout de vingt ans, à coiffer des vieilles peaux qui me rappellent à longueur de journée combien mes tarifs sont prohibitifs ? Non, si j'avais cet argent, à l'heure qu'il est, je serais au cœur de la cité des anges, en train de coiffer Jason Statham avant le tournage de sa prochaine scène d'action… Aaah, Jason… Quel corps de rêve…
– Attendez, s'esclaffa Vince, on parle bien de cet acteur qui n'a pas un seul poil sur le caillou ? Vous coifferiez quoi ? Sa perruque ?

Merv Borg n'avait jamais été du genre futé. Même Van, qui était pourtant, et de loin, ce qui pour lui se rapprochait le plus d'un ami, ne cessait de lui répéter qu'il n'avait pas inventé l'eau chaude, ce à quoi il lui répondait invariablement que si un type était devenu prix Nobel parce qu'il avait fait bouillir de l'eau dans une casserole, alors le monde était mal barré.

En revanche, dans le feu de l'action, il était le meilleur. Ses réflexes d'acier et sa vision globale en faisaient le soutien idéal pour n'importe quelle opération « clandestine ». D'ailleurs, s'il n'avait choisi de faire carrière dans le grand banditisme, il serait probablement devenu mercenaire, comme son frangin, le genre qui vend ses services au plus offrant et effectue des missions aux quatre coins de la planète.

Et là, à cet instant précis, tandis que tous, dacoïts compris, avaient l'attention focalisée sur Vince et Gert, et que lui avait cette valise à quelques centimètres à peine de sa jambe droite, il entrevit sa chance, peut-être la seule qu'il aurait jamais. Hors de question de la laisser passer !

En une fraction de seconde, il se plia sur ses jambes et récupéra le Luger de Vanick. Avant que quiconque ait pu réaliser ce qui se passait, il franchit d'un bond les quelques mètres qui le séparaient de Colucci et lui asséna un grand coup de crosse sur le crâne. L'Aventurier poussa un grognement étouffé, et se tourna à demi vers lui.

À demi seulement, car Borg, sachant que ce genre de type pouvait être assez prompt à réagir, plaqua le canon du Luger contre sa nuque et l'empoigna par le bras, qu'il tordit à angle droit dans son dos. Colucci gémit et lâcha son arme. Borg l'éjecta d'un coup de pied sous l'un des cartons, puis se pencha à son oreille pour lui murmurer :

– Alors, c'est qui, le débile, maintenant, mon pote ?

21

Au grand complet

Borg fit pivoter Al Colucci avec lui, de façon à avoir tout le monde dans son champ de vision. Grand bien lui en prit, car à ce moment, il aperçut Visage Froid qui, l'œil gauche fermé et la langue sortie, tenait son poignard entre ses doigts, lame inversée, et le visait comme s'il avait une cible dessinée sur la veste.

– Bordel de merde ! s'exclama Borg. Mais c'est qu'il tirerait dans le dos, l'animal ! Vous n'avez donc aucun honneur, vous autres, bouffeurs de curry ? Baisse ton bras, Ravi Shankar, ou ton boss va bientôt avoir le troisième œil !

Le dacoït hésita, et s'adressa muettement à son patron pour savoir ce qu'il convenait de faire. Quand Colucci secoua la tête, il obéit et rangea son arme, l'air frustré. Les deux autres, eux, n'avaient pas bougé d'un pouce.

– Voilà qui est mieux ! Maintenant, dis à tes trois clones de reculer pour que je puisse sortir avec toi.

– Et si vous ôtiez plutôt vos sales pattes de mon costume à deux mille dollars afin que nous discutions en parfaits gentlemen, monsieur Borg ?

– Tu me prends vraiment pour une poire, toi, hein ? D'abord tu manques de me faire égorger par ton chien de garde, et là, tu me parles de courtoisie ? Dis-leur, putain de macaroni, ou je te jure que je te descends !

Pour prouver qu'il ne plaisantait pas, il appuya plus fort le canon du Luger contre sa nuque et montra les dents comme un chien féroce.

– C'est bon, c'est bon, geignit l'Aventurier. Vous remportez cette manche !

Il s'adressa à ses dacoïts :

– Laissez-le partir, messieurs, et surtout, ne tentez rien contre lui. Le jeu n'en vaut pas la chandelle.

– Ouais, c'est ça, du vent, les enturbannés ! gloussa Borg, satisfait.

Il avança vers la sortie, tout en jetant de fréquents coups d'œil en arrière pour vérifier que les trois autres protagonistes de la scène, malgré leurs airs inoffensifs, ne tentaient rien eux non plus.

Mais en fait, Vince, Elsa et Gertrude n'auraient pas échangé leur place même contre les deux millions de dollars de Vanick. Que tous ces loups affamés se dévorent entre eux ! Ils auraient bien le temps d'agir quand il ne resterait plus que leurs carcasses.

Au loin, le grondement du tonnerre retentit, autre signe annonciateur d'une nuit chargée.

– Vous ne savez pas à qui vous vous en prenez, susurra Colucci. Je représente seulement la partie émergée de l'iceberg. Quand mes employeurs sauront ce que vous avez fait, Borg, et ils le sauront, croyez-moi…

– Ferme-la, Vito, gronda son agresseur, ou je te colle un nouveau coup sur le crâne !

– … ils vous trouveront, s'obstina l'autre, et alors, ils prendront un malin plaisir à vous arracher les tripes et à vous pendre avec au premier arbre venu !

Croyez-moi, Borg, vous allez perdre ! En fait, vous allez *tous* perdre !

– Vous également, intervint Gertrude. Vous n'avez pas encore compris ? Bruno a piégé tout le monde dans son petit théâtre. Nous sommes ses marionnettes, et désormais, nous n'avons d'autre choix que de danser au son de la symphonie qu'il a écrite pour nous.

– C'est joli, ça, commenta Elsa. Je vous emprunterai la formule pour mon prochain livre. Si vous me le permettez, bien entendu…

– Ce serait pour moi un honneur, miss Kramer.

– Et qu'elle fasse de vous une femme ? sourit Vince en fourrant ses mains dans les poches. Ça ne vous ennuie pas non plus, Gert ?

Le coiffeur fronça les sourcils, ne saisissant pas l'allusion, tandis qu'à moins de deux mètres de là, Borg continuait à marcher vers la sortie, retenant toujours Colucci en otage. Les assassins suivaient les directives de leur maître, mais leurs yeux brillaient comme ceux de félins en chasse, et le complice de Vanick était conscient que s'il relâchait sa vigilance un quart de seconde, ils n'hésiteraient pas à lui sauter dessus pour le tailler en pièces.

Il inspira et souffla pour évacuer la tension, puis poursuivit bravement sa route. Un pas… deux… trois… Les dacoïts ne bougeaient toujours pas. Il pouvait le faire ! Il était Merv Borg, nom de Dieu ! L'homme qui avait braqué la Jap et survécu à l'Imprenable. Ce n'était pas un mafieux minable et trois bougnoules qui allaient lui en remontrer !

Quatre pas… cinq… Il sentait maintenant la caresse du vent nocturne sur son visage luisant de sueur.

Encore un mètre, et il serait libre, libre d'aller chercher le…

– Il reste encore un peu de place ici ?

L'inspecteur Holt surgit des ténèbres de la ruelle, marchant d'un pas tranquille. Derrière lui venait Lambert, aussi fidèle et discrète que son ombre. Le gros flic semblait décontracté, comme s'il effectuait une simple balade digestive dans les rues de la ville et ne se préparait pas à descendre dans une arène bourrée de criminels armés jusqu'aux dents. Il avait une plaque, et dans ce genre de situations, elle le mettait à l'épreuve des balles.

Il marqua un temps d'arrêt, le temps de rallumer son cigare, et Borg en profita pour balancer le Luger dans la valise et saisir Colucci par les épaules comme s'il était un vieil ami. De leurs côtés, les dacoïts rangèrent les khukuris dans les replis de leurs vêtements.

Holt fit claquer son Zippo et se remit à avancer de sa démarche chaloupée. Quand il arriva enfin à hauteur des gangsters, il les salua d'un hochement de tête et jeta un coup d'œil à l'intérieur du garage. Il avisa le coiffeur, au fond de la pièce.

– Alors, qu'est-ce qui se passe ici ? lui demanda-t-il, s'avançant vers lui en ignorant tous les autres. Vous faites un vide-greniers, Robert ?

– Robert ? murmura Gert, se penchant vers Vince en grimaçant.

– Ouais, je sais… Moi il m'appelle Vincent. On dirait que les flics ont un peu de mal avec les diminutifs. C'est leur côté fonctionnaires, j'imagine.

L'autre le regarda en ouvrant des yeux grands comme des soucoupes.

– Des… Des flics !? s'exclama-t-il. Juste ciel, il ne manquait plus que ça ! Bien, maintenant que nous sommes tous au complet, que diriez-vous de faire une petite partie de Trivial Pursuit ?

Lambert se glissa à son tour dans le garage et fila jusqu'à un angle obscur, où son œil de lynx avait repéré quelque chose. Elle enfila ses gants, se pencha et ramassa le .45 de Borg, qu'elle exhiba comme un trophée.

– Bizarre, comme vide-greniers, vous ne trouvez pas, Holt ? dit-elle en glissant l'arme dans un sachet en plastique. On y trouve de tout…

– De tout, en effet, répéta son collègue, les yeux rivés sur la valise ouverte. Mais qu'est-ce que c'est que ça ?

Il sortit un crayon de la poche intérieure de son pardessus et s'accroupit au-dessus de la mallette, maudissant ses vieilles articulations. Puis, à l'aide de la mine, il attrapa le Luger utilisé par Borg par le pontet et le ramena vers lui. Il l'observa un instant comme un insecte particulièrement rare, et lâcha un sifflement appréciateur.

– Eh ben mes aïeux ! D'abord une M-1, maintenant un P08 calibré 9 millimètres Parabellum… Cette enquête s'apparente de plus en plus à un cours d'histoire sur les armes à feu de la guerre de 39. Non pas que ça me déplaise, au contraire… J'ai toujours été un grand admirateur de… Attendez ! Il y a quelque chose de gravé sous la crosse… Rex ? Tiens donc… Encore un nouveau mystère !

– Inspecteur Holt… dit Cronyn, au comble de l'exaspération.

– Oui, Vincent ?

– Vous pouvez me dire pourquoi vous débarquez seulement maintenant ?

– Je ne suis pas sûr de vous suivre...

– Non, ça c'est le moins qu'on puisse dire ! Depuis que vous m'avez laissé à Roosevelt Street, j'ai eu le temps de me faire agresser par une catcheuse folle à lier et canarder par le sniper de Washington... entre autres choses !

En disant cela, il lança un regard lourd de sous-entendus aux dacoïts et à Borg.

– Si vous voulez ma mort, enchaîna-t-il, collez-moi directement sur la chaise électrique. Au moins, les choses seront plus claires.

– Hé là ! s'insurgea Holt en remettant le Luger à Lambert, qui lui fit subir le même sort qu'au .45. Ne nous jetez pas la pierre ! Après tout, c'est vous qui avez demandé que nous relâchions la bride. Nous n'avons fait que vous obéir.

– C'est toujours pareil, avec les gens de votre espèce, Cronyn, renchérit sa collègue. Vous vous plaignez de notre présence, mais dès que nous ne sommes plus là, vous vous mettez à pleurnicher.

– D'accord, d'accord, soupira le libraire. Je suis seul responsable de ce qui m'arrive. Ça vous va ? Bon, et vous ? Vous en êtes où ?

– Nulle part, hélas, grommela l'inspecteur en tirant une bouffée de son cigare, maussade. La liste des suspects ne cesse de s'allonger, mais nous n'avons toujours ni coupable ni argent.

– De plus, nous avons faim, nous sommes fatigués et de très mauvais poil, ajouta Lambert. Par conséquent, je vous conseille à tous de ne pas trop la ramener si vous ne voulez pas être victimes d'une bavure policière.

– Mais enfin, s'exclama Vince en se prenant le crâne entre les mains, quand tout cela est-il devenu si compliqué ? Il n'y a pourtant pas à tergiverser. Vanick est venu voir quelqu'un dans l'immeuble où j'habite – où *j'habitais*, devrais-je dire –, et ce même quelqu'un l'a tué. C'est aussi simple que cela. Tout ce que vous avez à faire, inspecteur, c'est d'interroger les habitants un par un.

Holt cracha un brin de tabac resté coincé entre ses dents.

– Pour qui nous prenez-vous ? Nous l'avons déjà fait, Vincent.

– Il y a… quoi ? Trois ou quatre cents personnes qui vivent dans ce bâtiment, grand maximum, s'obstina Cronyn sans l'écouter. L'un d'eux est forcément notre tueur… n'est-ce pas ?

Il regarda l'inspecteur avec espoir. Après tout, ce type représentait la loi et l'ordre. C'était lui qui le premier était censé identifier le meurtrier de Vanick, lui qui se lancerait dans une poursuite dantesque qui s'achèverait par la mort du *bad guy*, lui, le seul type capable de remettre un peu d'ordre dans sa vie. Gustav Holt était le héros de cette histoire à dormir debout. Alors, putain, pourquoi le dévisageait-il avec l'air paumé du pingouin ventru qui cherche son coin de banquise pour couver ses œufs ?

– Excusez-moi de jeter un pavé dans la mare, dit Elsa Kramer, s'immisçant dans la conversation, mais pourquoi notre homme n'aurait-il pas déménagé ? Qu'en est-il de cet appartement vide, d'ailleurs ?

– Nous l'avons passé au peigne fin, répondit Holt. Là non plus, nous n'avons rien trouvé qui soit susceptible de nous aider.

Borg grimaça, se rappelant que c'était justement là-bas que Vince avait voulu l'emmener avant que la bombe explose. Un lourd silence s'abattit sur le lieu tandis que chacun essayait de tirer ses propres conclusions sur cet imbroglio. On pouvait maintenant entendre le plic-ploc des premières gouttes de pluie s'abattant sur le toit de tôle goudronnée.

Finalement, Lambert en eut assez d'attendre et leva le sachet contenant le Colt .45.

– Et si nous parlions de choses concrètes, plutôt que de nous perdre en conjectures ? À qui cela appartient-il, messieurs ?

Personne ne répondit. Personne… excepté Vince.

– Bon, eh bien, puisqu'il semble que cette arme n'ait pas de propriétaire, je la prends !

Il fonça sur Lambert, qui le regarda approcher en affichant une expression d'incrédulité totale sur le visage, et arracha le revolver de ses mains.

– C'est terminé, les conneries, vociféra-t-il en faisant jaillir le .45 du plastique. Jusqu'à présent, j'ai joué les victimes, mais désormais, je prends les choses en main… Et croyez-moi, ça va faire mal !

Il pivota vers Colucci et pointa l'arme sur lui en roulant des yeux.

– Ça, c'est pour le coup de la baignoire, face de lézard ! BANG !!! BANG !!! BANG !!!

D'un seul coup, la panique s'empara des protagonistes de la scène. L'Aventurier recula en hurlant et se protégea le visage avec ses avant-bras, comme si ça pouvait suffire à sauver sa peau. Les dacoïts plongèrent à couvert derrière les cartons, excepté Visage Froid qui se jeta sur son patron pour le protéger. Ils roulèrent dans la poussière, tandis que Merv Borg, profitant du désordre ambiant, s'éclipsait dans la nuit. Bob Gertrude prit Elsa dans ses bras, et ils s'accroupirent tous les deux contre la grande caisse, attendant la suite, les dents serrées.

Quant à Lambert, elle plongea au sol et dans un même mouvement, tira son arme de service du holster.

– Lâchez ça, espèce de dingue ! s'écria-t-elle en ôtant le cran de sûreté du revolver. Lâchez ça, ou je jure que je vous descends !

– Lambert ? dit Holt en rallumant son cigare. Cessez de vous donner en spectacle et rengainez-moi ça !

Son adjointe fronça les sourcils et le regarda sans comprendre. Durant toute la scène, l'inspecteur était le seul à ne pas avoir bougé d'un centimètre. Il tira une bouffée sur son barreau de chaise, puis s'avança vers Vince à pas mesurés en tendant sa grosse paluche poilue.

Vince rit sans conviction, et lui remit le .45.

– Je plaisantais, dit-il. C'était histoire de détendre l'atmosphère. Vous savez, pour faire comme dans ces films qui ont ces retournements de situation de dernière minute improbables. L'effet était plutôt réussi, non ?

– Vous êtes consternant, vous le savez, ça, Vincent ? grogna Holt.

Lambert se remit debout et épousseta ses vêtements, se sentant soudain incroyablement stupide.

22

Le coup de la panne

Il faisait nuit maintenant, et la pluie qui avait commencé à tomber deux heures auparavant s'était peu à peu transformée en véritable déluge, les empêchant de voir à un mètre de distance.

Assise au volant de sa BMW 335, Elsa Kramer parcourait l'édition du soir d'un œil distrait. À ses côtés, Vince somnolait, la tête appuyée contre la vitre. À la sortie du salon de coiffure, voyant qu'il hésitait sur sa destination, elle l'avait prise en pitié et lui avait proposé de passer la nuit chez elle. Il avait accepté avec gratitude et était monté dans sa voiture. Mais durant le trajet qui les ramenait vers son loft, il lui avait demandé s'il lui serait possible de s'arrêter quelque part, juste une petite heure.

Devant son haussement de sourcils interrogateur, il avait expliqué, avec l'air d'un chiot perdu, qu'il aimerait pour une fois se trouver en un endroit où il ne serait pas recherché ni épié par quiconque, un endroit… où il pourrait se vider la tête et se reposer.

Elsa avait considéré un instant le pauvre homme qui semblait sortir tout droit d'un sèche-linge programmé sur lavage intense, et décidé qu'elle pouvait bien lui accorder cette faveur. Elle avait donc tourné dans le premier parking sur leur route.

Ainsi, depuis près d'une heure, ils goûtaient tous les deux à la douce quiétude que leur procurait leur tout nouvel anonymat.

– On se croirait dans un aquarium, murmura Vince d'une voix ensommeillée en observant la pluie qui tombait sans discontinuer sur les vitres de la BM. La fin du monde est arrivée, mais heureusement, nous avons trouvé notre arche. Nous n'avons pas emporté d'autres animaux avec nous, mais au moins, l'espèce humaine sera sauvée. Voudriez-vous coucher avec moi, Elsa ? À des fins utiles, j'entends. Cela n'aurait rien à voir avec un quelconque plaisir sexuel. Notre but est noble ; nous devons repeupler la planète.

– Vous voulez dire, la repeupler avec plein de petits Vincent Cronyn ? sourit la romancière en tournant la page du journal. Voilà une perspective d'avenir assez angoissante.

Elle tomba sur un portrait de Paulette Vanick vêtue d'un jogging rouge et montrant fièrement ses médailles. La légende disait : « Une ancienne championne de lutte féminine abattue dans un parc par un tueur fou ».

– Sa fille, murmura-t-elle… Vous aviez raison, Cronyn…

– Mmmh ?

Vince se redressa et se rapprocha d'elle pour lire l'article. Quand il en eut parcouru la moitié, il secoua la tête.

– Ces journalistes sont tous à côté de la plaque. Le tireur n'en avait pas après elle. C'était un accident. Il me visait, *moi.*

– En êtes-vous certain ? lui demanda Elsa. Peut-être éprouvait-il de la rancœur pour la famille Vanick dans son ensemble. Après tout, je suppose que cette femme aussi cherchait l'argent… comme tous les autres.

Vince souffla et posa sa tête contre l'épaule de la jeune femme. Cette fois-ci, elle ne se déroba pas, et passa même un bras autour de lui, continuant à lire le journal.

Le libraire ferma les yeux. Il se sentait mieux qu'il ne l'avait jamais été depuis que toute cette folie avait commencé. S'il avait été un chat, il aurait ronronné.

– Non, dit-il au bout d'un long moment avec un tout petit filet de voix, alors qu'Elsa pensait qu'il s'était endormi. Non, elle se foutait des deux millions. Elle voulait juste m'écrabouiller entre ses bras jusqu'à ce qu'il ne reste plus rien de moi. Elle aussi était convaincue que j'avais tué son paternel, et ne le supportait pas. Vous auriez vu ses yeux : ceux d'une véritable folle. « Je suis l'esprit de ton père… Venge-le d'un meurtre horrible et monstrueux… »

– *Hamlet*, acte I, scène V, commenta machinalement l'écrivain.

– Mmmh, dit Vince. Encore gagné ! Vous êtes calée en Shakespeare. Par conséquent… vous me plaisez de plus en plus, Elsa.

– Holt savait ce qu'il faisait quand il vous a laissé sortir de votre cellule. C'est bien simple, il n'y a pas une seule personne dans cette histoire qui ne converge vers vous !

– Et vous ? Ça vous plairait de converger vers moi, miss Kramer ?

Dehors, une vieille Ford verte passa derrière eux en roulant au pas, tous phares éteints. Elle s'arrêta derrière eux une seconde, puis poursuivit sa quête d'une place vacante.

Elsa caressa doucement les cheveux de Vince et répondit :

– Pourquoi pas ? Je vous trouve assez intéressant dans votre genre, Vince…

– Vince ? répéta le jeune homme. Je crois que c'est la première fois que vous m'appelez ainsi depuis que nous nous sommes rencontrés. J'y vois là un signe assez encourageant.

Elsa rit, d'un joli rire charmeur en cascade qui procura de petits frissons de plaisir au libraire, et remisa le journal sur la banquette arrière. Puis elle s'enfonça à son tour dans son siège, le bras toujours enroulé autour de ses épaules, et soupira d'aise.

Le véhicule qui les avait dépassés une minute auparavant, après avoir fait un tour complet du parking, revint se positionner à moins d'un mètre du pare-chocs arrière de la 335 ; mais la pluie cinglait si fort sur les vitres et le toit de leur voiture qu'ils ne virent ni n'entendirent rien. Et de toute façon, ils étaient tous les deux perdus dans leur univers ; le monde aurait aussi bien pu s'écrouler autour d'eux qu'ils n'y auraient pas davantage prêté attention.

Vince commençait à s'endormir au creux des bras de la jeune femme quand celle-ci lui demanda :

– Est-ce que vous avez faim, Vince ? Voulez-vous manger chez moi ? Je vous préparerai mes fameux *spaghetti al parmigiano.* Je ne suis pas un cordon bleu, mais ça, je le fais très bien. L'héritage de ma mère… Le seul, d'ailleurs !

– Non, dit Vince, si bas qu'elle dut baisser la tête pour l'entendre au travers du clapotement des gouttes d'eau. Restons encore un peu ici. Rien qu'un petit moment. C'est... apaisant. Je me sens en sécurité, pour changer.

Il se redressa, et plongea son regard dans ses immenses yeux turquoise. Seigneur, quelle beauté parfaite !

– Qu'est-ce que vous êtes belle, Elsa ! fit-il en ramenant une mèche de ses cheveux derrière l'une de ses oreilles. Ça vous dérange, si nous... flirtons un peu ? Juste pour se réconforter l'un l'autre, je veux dire. Quelque chose qui ne nous engage à rien, ni vous ni moi.

Elle rapprocha son visage du sien.

– D'accord, murmura-t-elle en baissant ses paupières. Vous avez gagné. Mais que cela ne devienne pas une habitude. Vous savez, je ne suis pas...

Vince l'interrompit en plaquant ses lèvres contre les siennes. La jeune femme poussa un gémissement de surprise, puis elle se détendit et se laissa faire. Ensuite, ils s'enlacèrent, et elle s'abandonna à lui en fermant les yeux, oubliant tout de ses doutes et de ses hésitations.

Dehors, la portière de la Ford se rabattit avec violence, et une haute silhouette vêtue d'une parka kaki s'en extirpa avec difficulté, la capuche rabattue sur le visage. Elle resta là une minute à les observer à travers la vitre arrière sous la pluie battante, puis elle s'avança vers leur véhicule d'un pas lourd, tenant serré dans son poing un énorme pied-de-biche.

Même à ce moment-là, ils ne le remarquèrent pas, tout à leur passion dévorante. L'inconnu contourna la 335 par le côté gauche et essaya d'ouvrir la portière de Vince. Le libraire ne le voyait toujours pas, mais en entendant ce bruit étrange, Elsa Kramer rouvrit les yeux.

En apercevant l'ombre terrifiante qui n'était séparée d'eux que par une simple vitre, elle se mit à hurler. Vince s'écarta d'elle en se demandant ce qui se passait, et elle désigna l'inconnu derrière lui d'un doigt, incapable de parler. Il se retourna et poussa à son tour un petit cri d'épouvante.

Constatant que la portière côté passager était verrouillée, l'individu à la parka essaya d'ouvrir la porte arrière. Elsa eut alors l'heureux réflexe d'appuyer sur le bouton de la fermeture centralisée juste avant qu'il y parvienne. L'inconnu frappa la vitre avec son poing, beuglant de colère, puis fit le tour en passant par l'avant pour tenter sa chance avec les deux autres portes.

Durant quelques secondes, Vince et Elsa le suivirent des yeux en silence, spectateurs témoins de leur propre agression, puis Cronyn réagit :

– C'est lui ! C'est notre tueur ! Nous devons appeler Holt ! Tu as ton portable ?

– Tu plaisantes !? s'écria la romancière. Le temps qu'ils rappliquent, il nous aura déjà arraché la tête pour s'en faire un trophée. On doit se tirer d'ici !

Comme pour confirmer ses dires, la silhouette revint en courant vers la vitre de Vince, et se mit à la frapper à coups redoublés avec le pied-de-biche. Le carreau commença à se fissurer.

– Merde, tu as raison ! hurla Vince. Foutons le camp !

Elsa ne se fit pas prier. Elle tourna la clef de contact, et essaya de démarrer. Rien.

– Quoi, que… C'est une blague ? bredouilla Vince. Elsa, dois-je te rappeler que nous sommes dans *ton* livre ? Ce genre de conneries arrive seulement dans les films d'épouvante alimentaires de Wes Craven ou de John Carpenter… juste avant que le jeune couple se fasse étriper par une bande de consanguins psychotiques deux pages de scénario plus loin ! Démarre, bon sang !

Elsa fit une nouvelle tentative. Cette fois, le moteur toussota faiblement. À l'extérieur, le tueur s'accorda une pause, le temps de masser son épaule et de lâcher un rire sinistre. Puis il leva une nouvelle fois son arme… et recommença.

À ce rythme-là, la vitre ne tiendrait pas plus de cinq minutes. Et lorsqu'elle serait brisée…

– Je… Je suis désolée ! dit la jeune femme d'une voix blanche. Je ne comprends pas… D'habitude, elle démarre au quart de tour. Ce doit être l'humidité…

– Ouais, ou alors, un suspense à deux balles pour tenir le lecteur en haleine ! grogna Vince en regardant le pied-de-biche se lever et s'abattre sur son carreau à un rythme aussi régulier que la pluie tombant sur la voiture. Courage, Elsa ! Essaye encore ! Cette fois-ci, c'est la bonne, j'en suis sûr !

– Je vais finir par noyer le moteur…

– Il est *déjà* noyé, de toute façon ! Vas-y ! Vite !

La romancière hocha la tête et serra la mâchoire, puis tenta le coup une troisième fois. Ô miracle, la 335 démarra enfin en vrombissant.

– Qu'est-ce que je disais ! s'exclama Cronyn en frappant du poing dans la paume de sa main. Pire que du *pulp* ! Chauffeur ? N'importe où plutôt qu'ici !

Elsa boucla sa ceinture, alluma les phares, enclencha la marche arrière, et recula à fond, percutant le véhicule de leur agresseur derrière eux. Elle espérait le dégager suffisamment afin qu'ils puissent se frayer un passage et s'enfuir.

Hélas, la voiture d'Elsa n'avait pas le recul nécessaire et sa tentative échoua complètement. Tout au plus réussit-elle à enfoncer l'aile droite de la voiture, et à démolir son propre pare-chocs arrière.

En voyant cela, le tueur poussa un hurlement de rage et s'attaqua au pare-brise, qui s'étoila peu à peu. Elsa tourna la tête : à leur droite était garée une vieille Honda Civic, à gauche, un pick-up noir Chrysler, et devant eux se trouvait un gros plot de béton armé.

– Nous sommes coincés ! constata-t-elle. On ne peut pas sortir d'ici.

– OK, là, c'est bon pour moi ! dit Vince en saisissant la poignée de la porte. C'est moi qu'il veut, pas vrai ? Alors je vais le faire courir un peu…

Elsa l'attrapa par le bras, si fort que ses ongles traversèrent le tissu de sa chemise.

– Où est-ce que tu crois aller comme ça ? Tu restes ici !

– Mauvaise idée…

– Au contraire. Nous sommes dans une BMW que j'ai payée pas loin de quarante mille dollars. Il n'entrera pas !

– Tu… Tu en es vraiment sûre ?

– Certaine ! affirma Elsa avec un aplomb qui ne prêtait pas à discussion.

Vince hésita encore une seconde, puis il relâcha la poignée, se cala sur son siège et attacha sa ceinture.

– D'accord ! Dans ce cas-là… Fonce ! On va bien finir par l'avoir à l'usure, ce tas de boue !

Elsa avança d'un mètre, puis recula et tamponna à nouveau la portière de la Ford. Avança. Puis recula. Avança. Recula. L'inconnu avait bondi sur le capot de la voiture, et continuait à frapper comme un possédé, semblant ne jamais devoir se fatiguer. Et quand son pied-de-biche traversa pour la première fois le pare-brise, Vince sentit qu'hélas tout l'esprit positif du monde ne suffirait pas à les extraire de ce piège à rats. Ils étaient foutus.

C'est alors que le rai puissant d'une lampe-torche traversa le rideau de pluie, et que la voix d'un ange descendu du ciel s'écria :

– Mais qu'est-ce qui se passe, ici ? Vous jouez à quoi, putain de merde ?

Leur agresseur interrompit son œuvre de démolition, et laissa pendouiller son pied-de-biche au bout du bras, silencieux comme une tombe.

– Vous, là ! continua monsieur Lumière Divine. Lâchez immédiatement ce truc et descendez, sinon je vous balance un coup de Taser en plein dans les couilles ! Non mais vous êtes dingue, ou quoi ?

L'homme à la parka hésita, sa tête se tournant tantôt vers l'éclat de la torche, tantôt vers le pare-brise démoli, comme ces horribles chiens en plastique qu'on fixe sur les plages arrière des voitures. Puis il prit une décision.

Il jeta le pied-de-biche au loin et bondit sur le sol avec souplesse.

– C'est bien ! dit l'autre. Maintenant, vous allez lever les bras et vous avancer vers moi sans faire de gestes brusques afin que je puisse… Hé !

Trop tard. À peine s'était-il redressé que l'inconnu fonçait vers sa voiture et s'engouffrait à l'intérieur. Leur sauveur, qui dans le rétroviseur se révéla être un vieux vigile moustachu et bedonnant trempé jusqu'aux os, se mit à beugler, et trottina aussi vite que ses jambes pleines d'arthrite le lui permettaient vers le véhicule du tueur.

Mais alors qu'il arrivait près d'elle, la Ford démarra en hurlant. L'homme n'eut que le temps de plonger sur le côté pour éviter de se faire écraser ; après quoi il resta là, allongé sur le bitume, bien trop choqué pour songer à bouger, et regarda les phares de la voiture disparaître à travers le rideau de pluie.

– Oh, ça, mon bonhomme, n'y compte pas trop ! grinça Elsa, et elle enclencha une fois de plus la marche arrière.

La voiture jaillit de sa place dans un crissement de pneus, et elle aurait à coup sûr écrabouillé le type étendu quelques mètres derrière eux si Cronyn n'avait hurlé à la romancière de faire attention à lui.

La BMW pila à moins de cinquante centimètres de son crâne, puis pivota vers la gauche et partit en trombe vers l'unique entrée du parking. Le vigile ne releva pas sa plaque d'immatriculation. En voyant le pare-chocs arrière de la 335 se rapprocher de lui, il avait préféré s'évanouir.

En arrivant au péage, la Ford ne ralentit pas l'allure, et fit exploser la barrière avant de tourner à droite dans la rue. Elsa le serrait de près. Profitant d'une grande ligne droite, Vince lui demanda :

– Est-ce que je peux savoir ce que tu fais ?

– Ça ne se voit pas ? répondit Elsa, concentrée sur sa conduite. J'essaye de coincer ce malade une bonne fois pour toutes !

– Oui, oui, c'est ce qu'il me semblait. Et il ne t'est pas venu à l'esprit qu'il pouvait très bien avoir un revolver, et que dès qu'on l'aura acculé dans une ruelle, il nous flinguera tous les deux ?

– S'il possédait une arme à feu, il l'aurait utilisée tout à l'heure ! Mais il avait seulement ce pied-de-biche, qu'il a laissé sur le parking… Désormais, il n'a plus rien ; nous avons l'avantage !

– Oui, sauf si c'est un expert en capoeira ou en boxe thaï…

– Tu vois toujours le verre à moitié vide, Vince !

– Peut-être, mais tu avoueras qu'on peut s'attendre à tout de la part d'un homme qui manie avec la même aisance le M-1, la nitro… ou le pied-de-biche !

Brusquement, la Ford tourna à gauche, coupant la route à une grosse camionnette Mercedes qui klaxonna. Elsa n'eut d'autre choix que de s'arrêter pour la laisser passer, et lorsqu'elle pénétra dans la rue, ils avaient déjà perdu une bonne quinzaine de secondes.

Elle eut à peine le temps de voir la lumière des feux arrière du véhicule se refléter sur le mur d'un bâtiment d'une nouvelle rue, mais quand elle tourna à son tour à droite, la Ford avait déjà disparu.

Elsa ouvrit la fenêtre, essayant de distinguer un bruit de moteur. Mais à part l'éternel clapotis de la pluie, il n'y avait plus rien.

– On dirait que la poursuite s'achève aussi vite qu'elle a commencé ! commenta Vince en débouclant sa ceinture. Rassure-toi, tu n'es pas la première à qui ça arrive. Ce gars est un spécialiste des tours de passe-passe !

– Mais enfin, ça ne tient pas debout ! s'écria la romancière, perdant son calme. Il était là, juste devant moi ! Il n'a pas pu se volatiliser comme ça.

– Je suis d'accord… C'est pour ça que je vais jeter un œil !

Avant qu'Elsa ait eu le temps de dire quoi que ce soit, il bondit de la BMW et commença à remonter la rue en courant, observant attentivement chacune des voitures garées le long du trottoir. Après tout, leur tueur était doué dans bien des domaines… Pourquoi n'aurait-il pas ajouté à la longue liste de ses prouesses le titre de roi du créneau en moins de dix secondes ?

Vince chercha pendant cinq minutes, allant d'un véhicule à l'autre, touchant des capots pour vérifier s'ils étaient chauds, cherchant des traces d'impacts, scrutant l'intérieur de chacune des Ford, même si celles-ci ne présentaient que peu de similitudes avec le bolide pris en chasse.

« Prudence est mère de sûreté », comme ne cessait de lui seriner sa vieille mère, qui savait de quoi elle parlait puisque durant sa trop courte vie, elle avait eu pas moins de trois amants sans que son mari ne se doute jamais de rien.

Du moins, c'est ce qu'*elle* croyait. Pour sa part, Vince avait toujours soupçonné que Stanley Cronyn savait tout, mais avait préféré fermer les yeux pour ne pas provoquer de rides à la surface de l'eau tranquille de leur existence.

Mère nymphomane, père autiste, fils loser… Quelle parfaite petite famille !

– Alors ? lança Elsa à travers la vitre de la BM, le suivant en roulant au pas. Tu vois quelque chose ?

Cronyn oublia la charmante photo-souvenir de ses défunts parents et revint à des considérations plus… terrestres.

– Rien, dit-il en secouant ses cheveux mouillés. Que dalle, que tchi, nib, nada… Encore une fois, cet enfoiré a réussi à nous…

Il laissa sa phrase en suspens. À moins de deux mètres devant lui se trouvait un véhicule dissimulé sous une bâche en plastique grise, qui semblait avoir été installée à la va-vite.

Il fronça les sourcils, hésitant sur la conduite à adopter. Après tout, Elsa avait peut-être raison… Que ferait-il au tueur une fois qu'il se retrouverait nez à nez avec lui ? Une prise de jiu-jitsu ? Il fallait être réaliste : les seules techniques d'arts martiaux connues de Vincent Cronyn étaient celles qui consistaient à appuyer sur les différents boutons de sa manette X-Box, et même là, il avait encore du mal à battre ses adversaires.

Il se tourna vers Elsa, qui avait elle aussi aperçu la bâche, et lui demanda son avis. La jeune femme secoua la tête, aussi décontenancée que lui, et il comprit qu'une fois de plus, il était seul à pouvoir prendre une décision. OK ! Il serra les poings… et s'avança d'un pas énergique vers le véhicule.

Derrière lui, il entendit vaguement Elsa lui crier de prendre au moins la croix qu'elle avait dans son coffre, mais il l'ignora. Le temps qu'il fasse l'aller-retour, ce salopard se serait fait la malle une fois de plus, et ça, hors de question !

Il arriva à la voiture, prit une grande inspiration, et sans attendre davantage, tira la bâche d'un geste énergique en hurlant, paré à toute éventualité. Son cri mourut instantanément dans sa gorge.

En dessous, il découvrit une vieille Fiat 500 blanche dans laquelle étaient entassés six adolescents, trois garçons et trois filles. Dieu seul savait comment ils avaient réussi à tous entrer à l'intérieur, mais la raison pour laquelle ils avaient choisi de se cacher était, elle, on ne peut plus claire, comme en témoignaient les vapeurs de fumée odorante s'échappant des vitres entrouvertes. Ils le regardaient avec des yeux ronds comme des billes.

Vince agita la main.

– Salut, les jeunes ! dit-il. La drogue, c'est mal, vous savez ! Bourrez-vous plutôt la gueule… Ça, au moins, c'est toléré par la loi !

Il remit la bâche sur la Fiat et regarda une dernière fois autour de lui, avant de jeter l'éponge. C'était terminé. Il ne le trouverait pas ce soir. Psychopathe : 3 – Vince : 0.

Il revint vers la 335 en traînant les pieds. Seul point positif : il avait enfin cessé de pleuvoir.

– Il est parti, commenta-t-il en arrivant à hauteur de la fenêtre. Je ne sais pas comment il a fait, mais bordel, il nous a bel et bien semés !

– Oui, ça m'en a tout l'air, soupira Elsa. Dis-moi, dans quel état est ma voiture ?

Vince évalua les dégâts : vitres fissurées, pare-brise explosé, capot gondolé, feux arrière réduits en miettes, pare-chocs qui traînait par terre…

– Elle va bien, dit-il. Enfin, pour une compression de César… Tu vas pouvoir la revendre au moins le triple de ce que tu l'as achetée. C'est plutôt une bonne nouvelle, non ?

– Merveilleuse ! Ce n'est pas grave… L'assurance payera pour les dégâts. Allons dîner ! Je meurs de faim.

– À vos ordres, m'dame !

Vince grimpa dans la BMW, et ils commencèrent à s'éloigner, en roulant normalement, cette fois. Il s'écoula moins d'une minute avant que la Ford verte du tueur surgisse de la rampe d'accès privée d'un immeuble, situé à peine à quelques mètres de la zone où Vince avait cherché comme un forcené.

À travers la vitre teintée de la voiture, l'inconnu jeta un coup d'œil à droite et à gauche pour vérifier que la rue était déserte, puis il tourna à l'opposé de l'endroit où avait disparu la 335 et redescendit la rue en faisant hurler son moteur dans le silence de la nuit. Il lui restait encore quelque chose à faire, et il ne devait pas perdre une seconde.

23

Borg perd la boule

– Ça y est, on est arrivés, cette fois ! dit Elsa en tirant le frein à main.

Ils restèrent une minute sans bouger, appréciant le calme du parking souterrain. Puis la jeune femme frappa dans ses mains et s'exclama :

– Bien ! Il est temps que je te montre de quoi je suis capable en cuisine…

– En cuisine ? fit Vince, hésitant. Je préférerais faire ça dans un bon lit, si ça ne te gêne pas. Le plan de travail, c'est froid et ça colle !

Il tira la langue, l'air malicieux, et Elsa sortit de la voiture en poussant un soupir bruyant.

– Oh, allez ! s'esclaffa Cronyn en quittant son siège à son tour. Qu'est-ce que vous pouvez être collet monté, vous autres, les écrivains… À force de noircir le papier toute la journée, vous finissez par ne plus supporter que quelqu'un d'autre que vous sorte une bonne réplique. Méfie-toi, quand même… Tu as lu *Vue imprenable sur jardin secret*, de Stephen King ?

– Si tu sous-entends que je risque de finir schizophrène, je te rassure, ta compagnie est autrement plus dangereuse pour ma santé mentale que mon métier. Maintenant, aide-moi à porter les courses, ou je te jure que je fais de toi un nain astigmate et manchot qui se fait écraser par un camion dans les cinq premières pages.

– Ma foi… fit Vince, réfléchissant. Tu sais ce qu'on dit des nains ?

– J'abandonne, dit Elsa en claquant la portière. De toute façon, avec toi, il est impossible d'avoir le dernier mot.

– Regardez-moi ça ! beugla alors une voix aux intonations connues. Si c'est pas mignon, deux tourtereaux qui se chamaillent…

De derrière l'une des poutres en béton surgit Borg, affichant sur son visage un air aussi mystérieux et menaçant que Harpo des Marx Brothers.

Il avait troqué son costume miteux contre un sweat-shirt gris de Harvard et un jean, et portait une espèce de veste difforme sur le bras droit. Sans doute son esprit génial s'était-il dit qu'attifé de la sorte, il passerait inaperçu aux yeux de la police. Vince eut toutes les peines du monde à se retenir de rire.

– Merv ! lança-t-il finalement. J'ignorais que tu avais été à Harvard ! Comme quoi, les apparences sont souvent trompeuses…

– La ferme ! aboya l'autre. Mettez vos mains sur la tête ! Tous les deux !

– Pardon ? demanda Elsa, clignant des yeux.

Borg retira la veste de son bras, et le libraire comprit pourquoi elle avait cet aspect si étrange. En dessous, il y avait un fusil à canon scié.

Vince observa Elsa, qui lui rendit son regard, dépassée.

– Les mains sur la tête, j'ai dit ! vociféra Borg en agitant son arme. Si je dois encore me répéter, j'en descends un des deux pour faire un exemple !

– Oh, allons, tenta Vince. Qu'est-ce que c'est que ce bordel, Merv ? Je croyais que nous étions passés à autre chose, depuis le temps. Vous savez, une sorte de… relation humaine normale, où vous ne perdez pas votre temps à braquer une arme à feu sur les gens pour obtenir d'eux ce que vous voulez.

Pour toute réponse, le malfrat tira en l'air. Le coup de feu résonna si fort dans l'espace clos que Cronyn eut les oreilles qui se mirent à siffler. Elsa poussa un gémissement terrifié et se protégea la tête de ses bras, ce qui fit rire Borg… avant qu'un morceau de plâtre se détache du plafond et lui tombe dessus, couvrant sa tête et ses épaules d'une poudre blanche.

Essayant de rester digne, il braqua à nouveau son arme sur eux en s'époussetant, et cette fois, ils obtempérèrent, peu désireux de se prendre une de ses balles perforantes.

– Voilà ! C'est bien ! fit Borg avec un sourire de requin. Maintenant, rapprochez-vous de moi doucement… Trèèès doucement !

Ils avancèrent vers l'arrière de la 335, et quand Vince se trouva près de la jeune femme, il murmura entre ses dents :

– J'aurais dû m'en douter… Mon horoscope était formel à ce sujet : « Aujourd'hui, quoi que vous fassiez, surtout évitez les parkings ! »

– Toi, le clown, tu fermes ta grande gueule ! gronda Borg. Et toi, la pétasse, tu ouvres le coffre de ta tire, et *pronto* !

Elsa le regarda un instant, l'air plus ahuri que jamais.

– Ouais ouais, insista le malfrat, tu m'as bien entendu ! Et inutile de prendre cet air débile avec moi, ça marchera pas. J'ai bien compris votre petit jeu, à tous les deux. Moi, vous m'embrouillerez pas la tête. Le coffre !

– Le coffre, acquiesça Elsa. Bien sûr…

Elle baissa les bras en évitant tout geste brusque pour ne pas donner à Borg une nouvelle occasion de se servir de son fusil. Puis elle sortit les clefs de sa poche et déverrouilla le coffre. Le couvercle, seule partie de la BMW qui n'avait pas subi de dégâts lors de leur affrontement avec l'homme au pied-de-biche, se leva en silence. L'intérieur du coffre était rempli de sacs de courses en plastique blanc.

– Merv ! Hé ! insista Cronyn, tenant toujours ses mains sur la tête. Allôôôôô… C'est nous, Vincent Cronyn et Elsa Kramer, vous vous souvenez ? Vos… associés ! L'explication… La trêve… Tout ça, ça vous parle ?

Borg l'attrapa soudain par le col, et rapprocha son visage dangereusement près du sien. Son haleine sentait un mélange de tabac froid et de… tequila ? Oui oui, c'était bien ça. Ainsi, il avait choisi de laisser tomber la Russie pour le Mexique. Ceci expliquait peut-être cela.

– Putain, ta greluche avait raison, t'es incapable de la fermer, toi ! Va te falloir un coup de main, j'ai l'impression ! Ça tombe bien, j'adore ça, rendre service !

Les yeux de Borg pétillèrent d'une joie mauvaise, et une seconde plus tard, il lui balança un violent coup de tête en plein visage. Le libraire, voyant trente-six chandelles, tourna sur lui-même comme un jouet mécanique détraqué, puis tomba les fesses sur le sol en même temps qu'un liquide chaud emplissait sa bouche et dégoulinait sur ses lèvres et son menton.

Elsa hurla, et Borg lui administra une grande gifle pour la faire taire. Bizarrement, alors qu'il s'allongeait par terre, sombrant dans une espèce de semi-inconscience, Vince lui en sut gré.

– La ferme ! Sors-moi tous ces trucs de ton coffre. Je veux y jeter un coup d'œil. Si tu vois ce que je veux dire…

– Non ! Non, je ne vois pas, espèce de sinistre taré ! Oh mon Dieu ! Je crois que vous lui avez cassé le nez !

– Crois-moi, chérie, j'ai vu pas mal de nez pétés au cours de ma vie, et là, c'est pas le cas. Ton petit copain en sera quitte pour un bel hématome, et à l'avenir, il saura quand l'ouvrir et quand rester à sa place !

– Je… Je n'arrive pas… à y croire, balbutia Cronyn en voyant les deux formes sombres s'agiter à l'extrême limite de son champ de vision. C'est… c'est incompréhensible… Ça n'a… aucun sens…

– Allez hop ! Les sacs ! insista Borg. Tu me fous tout ça par terre !

– Mais enfin, ce ne sont que des provisions ! protesta la romancière, sachant pertinemment qu'il ne servait à rien de discuter avec ce cinglé. Qu'est-ce que vous voulez faire avec… ?

– Arrête de discuter, bordel, ou je te tatoue mes phalanges sur la gueule !

Elsa préféra ne pas tenter le diable et entreprit de sortir les sacs en plastique, en jetant de petits coups d'œil à la dérobée pour voir comment se portait le libraire. Vince, qui avait réussi à ne pas s'évanouir, se remettait tant bien que mal sur son séant en continuant à marmonner qu'il ne comprenait pas, comme un autiste.

La jeune femme était en train de se demander si ce coup de poing n'avait pas fini par lui griller ses derniers neurones quand Borg bondit au beau milieu des sacs de course et donna des coups de pied dedans comme un forcené. Trois boîtes de tomates pelées roulèrent sur le sol, et il shoota dans l'une d'elles, qui passa non loin de la tête de Vince.

– Borg, êtes-vous sous cocaïne ? demanda Elsa en fronçant les sourcils. Vous vous conduisez de façon vraiment étrange.

– Étrange ? ricana le malfrat. Étrange ? C'est lui qui est étrange, pas moi. Lui qui est incapable de faire quoi que ce soit correctement et qui a besoin de moi. Allez, le reste ! Vite !

Elle s'apprêtait à lui répondre avec son ironie mordante habituelle, mais en voyant l'espèce de lueur fiévreuse qui brillait dans son regard, elle préféra s'abstenir. Ce type était fou, ça ne faisait aucun doute, et armé. Mieux valait lui obéir et garder ses réflexions pour un autre jour.

Elle continua à décharger les courses, et Borg à frapper dans chacun des sacs passant à sa portée. Bientôt, le sol devant eux fut recouvert de fruits, de légumes, de bouteilles de Perrier en plastique, de paquets de café moulu, de riz basmati labellisé commerce équitable, etc., etc.

En posant le dernier sac par terre, Elsa eut le malheur de dire :

– Faites attention aux œufs ; le reste, je peux le récupérer, mais ça, c'est fragile !

– Oh oui, les œufs… Bien sûr ! acquiesça le malfrat, l'air soudain si sérieux que n'importe qui aurait pu comprendre qu'il se foutait d'elle.

Borg se pencha et attrapa la boîte de douze œufs de poule élevées en plein air. Il l'ouvrit, en sortit un… et le balança contre la BMW, où il éclata, répandant du jaune partout sur la carrosserie.

– Vous êtes vraiment dérangé, hein ? ne put s'empêcher de s'exclamer Elsa. À quoi ça vous avance, de faire ce genre de… Hé ! Non !

Le second œuf s'écrasa sur son manteau sous le rire gras de Borg.

– Allez, allez, on s'active ! fit-il en s'armant d'un nouveau projectile.

– Comment ça ? demanda la romancière. Ça y est, tout est devant vous ; ou plutôt… *autour* de vous !

– Oh ! Oh ! Alors on veut jouer au con avec moi, pouffiasse ? Je préfère quand même te prévenir : tu risques de perdre.

Le gangster marqua un temps d'arrêt, pas sûr de ce qu'il venait de dire, puis il secoua la tête et s'avança vers le coffre en désignant une grande boîte blanche en carton partiellement dissimulée sous une vieille couverture.

– Et ça, hein ? Tu peux me dire ce que c'est ?

– Ça ne vous concerne pas, marmonna Elsa.

– Ah ouais ? On peut savoir pourquoi ?

– Parce que vous ne savez pas lire. Ce sont des photocopies du manuscrit de mon dernier roman.

– Voyons voir un peu ce truc-là. Ça aussi, tu le sors, et vite !

La jeune femme leva les yeux au ciel et se pencha pour attraper le carton. Derrière eux, Vince s'était remis debout. Vacillant sur ses jambes, il pressait contre son nez qui saignait toujours un mouchoir en tissu roulé en boule, la tête inclinée vers l'arrière. De manière presque imperceptible, il se rapprocha lui aussi du coffre.

Elsa extirpa la boîte, et elle se tournait pour la donner à Borg quand celui-ci la lui fit sauter de ses mains en balançant un grand coup de crosse dedans. Le carton explosa sur le bitume, et des centaines de feuilles s'éparpillèrent partout, recouvrant tout le sol d'une couche de papier blanc et noir. Elsa blêmit.

– Oh, seigneur… Oh, seigneur !!! souffla-t-elle.

Borg rit à nouveau, et donna des coups de pied dans les pages qui s'envolèrent, comme un gosse capricieux qui ne s'amuserait vraiment que lorsqu'il bousille les jouets de ses petits camarades.

Ce fut la goutte d'eau qui fit déborder le vase. Jusqu'à présent, la jeune femme avait été patiente et avait obtempéré bon gré mal gré aux exigences de ce malade. Mais là, il s'agissait d'autre chose ; c'était l'œuvre de sa vie qui gisait par terre et que ce connard foulait aux pieds avec indifférence.

Un grondement sourd monta du fond de la gorge d'Elsa. Le gangster se tourna vers elle, surpris, et à ce moment, elle se précipita sur lui toutes griffes dehors, métamorphosée en jeune lionne prête à tout pour protéger sa progéniture. Borg arma son fusil et le braqua sur elle.

En voyant cela, Vince, malgré son état, comprit qu'il devait agir sur-le-champ, sans quoi la romancière se retrouverait avec un joli trou béant dans la poitrine. Il se pencha vers l'intérieur du coffre, et poussa une bruyante exclamation de surprise pour attirer toute l'attention sur lui.

– Oh, nom de Dieu, c'est pas vrai… Regardez, il est là !

Borg et Elsa oublièrent leur conflit et se tournèrent vers lui.

– Quoi ? s'écria la brute épaisse. Que… Qu'est-ce qui est là ?

– À votre avis, génie ? répondit Cronyn. Écoutez, quoi que vous pensiez, nous ne sommes en rien responsable de cet…

– Ta gueule ! hurla l'autre. Sors-le du coffre ! Tout de suite !

Vince hocha la tête et attrapa la vieille couverture. À peine avait-il commencé à se retourner qu'il trouva Borg à côté de lui. L'homme, les yeux grands ouverts, salivait littéralement, un large sourire révélant ses dents jaunâtres.

– Je le savais ! chuchota-t-il, plus pour lui-même que pour eux. J'avais raison, comme toujours… Je l'ai tout de suite senti, moi, que t'étais pas net, malgré tes airs de pas y toucher… Ouvre-la ! Je veux le voir !

Le libraire commença à déplier la couverture, conscient que chacun de ses gestes était crucial. Tout comme Elsa la veille, il devait faire monter le désir en Borg, mais de façon différente, cette fois.

Le gangster s'approcha encore, dépliant son petit cou pour essayer de distinguer quelque chose dans les replis du tissu. Lentement, le canon de son arme descendit, un centimètre après l'autre. Constatant que sa stratégie fonctionnait, Vince rabattit les pans de la couverture avec une minutie exagérée.

Borg fit un nouveau pas dans sa direction. Son fusil pendait maintenant dans sa main gauche, toujours prêt à servir, mais braqué vers le sol. Encore un peu… Juste un tout petit peu… Elsa, elle, avait arrêté de bouger, comme si le moindre de ses mouvements était susceptible de réduire à néant tout le plan de Vince. Et à dire vrai, elle avait raison.

Un autre pas… Les yeux toujours écarquillés, Borg se pencha au-dessus de la couverture, les narines dilatées pour tenter de sentir l'odeur poussiéreuse de billets vieux d'au moins deux décennies. Maintenant !

Vince finit de déplier la couverture d'un geste brusque et la jeta sur la tête de Borg. Celui-ci, surpris, lâcha un juron de colère et se débattit vigoureusement, cherchant tant bien que mal à s'en débarrasser. Cronyn le poussa et il tomba au sol, toujours empêtré dans la couverture.

Le libraire courut ensuite vers Elsa et lui attrapa la main, lui intimant l'ordre de le suivre. La jeune femme s'exécuta sans discuter, et la seconde d'après, ils traversaient le parking vide, direction la cage d'escalier.

Derrière eux, Borg réussit finalement à s'extirper du « piège diabolique », et se mit à hurler :

– Cette fois, ça y est, vous êtes morts ! Je vais faire exploser vos têtes comme des pastèques trop mûres ! Je vais tellement vous plomber le cul qu'à la fin, vous aurez l'air de porter une armure naturelle ! Je vais faire gicler…

Malgré lui, il appuya sur la gâchette du fusil à canon scié, et à quelques mètres de là, le pare-brise d'un van Chrysler mauve explosa en mille morceaux. Elsa poussa un nouveau cri de terreur.

– Vince, il… il est sérieux ! Il a *vraiment* l'intention de nous tuer !

– Arrête de réfléchir et cours ! haleta l'autre de sa voix un peu nasillarde.

Ils continuèrent à tracer sans s'arrêter tandis que le gangster, après avoir rechargé son arme, se mettait en chasse en beuglant comme un goret qu'on égorge. Il tira à nouveau, et cette fois, fit sauter l'angle d'un des piliers en béton devant lequel ils venaient de passer.

Elsa tourna la tête et s'arrêta, tétanisée de terreur, mais Vince la força à repartir. La moindre seconde de relâchement signerait leur arrêt de mort. Borg se remit à courir, rechargeant le fusil.

Tout à sa poursuite, il ne remarqua pas la petite flaque d'huile devant lui, et lorsque son pied droit se posa dessus, il effectua une glissade digne d'un patineur artistique en fin de carrière. Un instant, il battit des bras dans l'espoir de se raccrocher à quelque chose, avant de partir en arrière et de tomber sur le dos, sa nuque percutant le bitume.

Une nouvelle fois, il fit feu sans le vouloir, et ce coup-ci, la balle frôla l'épaule de Cronyn avant d'aller se ficher dans le mur, juste à droite de la sortie de parking. Borg poussa un autre hurlement, mêlé de rage et de douleur.

Vince ouvrit la vieille porte verte en ferraille et invita Elsa à passer. Celle-ci ne se fit pas prier et s'engouffra à l'intérieur, suivie de près par Vince. Là, le libraire claqua la porte et, avisant un gros container à ordures, demanda à la romancière de l'aider à le pousser contre la porte.

Cela ne dut pas leur prendre plus d'une minute, mais celle-ci leur sembla une éternité. Derrière, ils pouvaient entendre Borg qui se rapprochait en continuant à les invectiver et leur promettre une mort horrible.

– Qu'est-ce qui lui arrive ? s'exclama Elsa une fois le container en place. Il n'a jamais été très net, d'accord, mais là, il est devenu totalement cinglé.

– C'est l'argent ! souffla Vince, s'accordant une courte pause en s'appuyant contre le mur. Il rend tout le monde maboul. Il a dû subir une antique malédiction, comme les doublons espagnols de *Pirates des Caraïbes.*

– Jamais vu.

– Eh bien, c'est un tort qu'il va falloir réparer ! D'accord, c'est un blockbuster américain, mais Johnny Depp y fait une composition mémorable qui transcende le film ! Il faut le voir en Jack Sparrow, titubant plus qu'il ne marche…

– Vince ?

– Oui ?

– On s'en fout ! Qu'est-ce qu'on fait, maintenant ?

– Ma foi, le plus judicieux serait que je remonte jusqu'à chez toi et appelle Holt pour signaler ce qui vient de se passer. Lui et sa maîtresse semblent avoir le chic pour ne jamais être là au bon moment. Je commence même à me demander s'ils ne seraient pas de mèche avec l'un ou l'autre de ces tarés. Qu'en penses-tu ? Un *twist* final, c'est bien le seul truc qui peut encore surprendre des lecteurs blasés, de nos jours…

– Et c'est là qu'on se rend compte que tu n'es qu'un libraire, soupira Elsa Kramer. Le *twist*, c'est comme la danse du même nom : dépassé ! Pire, c'est grotesque. On en a trop usé et abusé. Ce que veulent les gens, aujourd'hui, c'est du pur polar, avec montée progressive en adrénaline et révélation finale toute simple. Revenir aux fondamentaux, à la grande époque du roman noir à la Dashiell Hammett, ou même Agatha Christie.

Ils s'éloignèrent en montant les escaliers, tandis que Borg, qui avait enfin atteint la porte, essayait maintenant de la défoncer à grands coups d'épaule, sans grand succès.

24

Moe

– Alors ? Quelle est la suite du programme ?

Vince et Elsa, pour une fois tous les deux sans voix, restèrent là, au beau milieu de la salle de séjour du loft, à fixer leur invité surprise.

Borg, qui avait retrouvé son costume miteux, était avachi dans l'un des fauteuils en osier et fort occupé à engloutir un yaourt à la fraise comme si c'était la première chose qu'il mangeait depuis longtemps.

Il essuya sa courte barbe avec un torchon et leur sourit.

– Désolé de vous avoir faussé compagnie, tout à l'heure, chez l'autre folle ! C'était pas contre vous ; je porte pas les flics dans mon cœur, ni les enculés comme Al Colucci !

Avant qu'ils aient pu lui répondre, il leva sa cuillère.

– Ouais, je sais… Vous vous dites que je vous ai quand même braqués avec mon calibre. OK, je plaide coupable… Mais comprenez que tout ce pognon est à moi, et que j'ai encore un peu de mal à l'idée de le partager. J'essayerai de me contrôler, à l'avenir. Sans rancune ?

Sans rancune… Vince avait encore à l'esprit la balle de fusil qui avait manqué de lui arracher la tête moins de dix minutes auparavant. Borg prit leur silence comme un assentiment.

– Dans ce cas-là, c'est réglé ! continua-t-il en raclant bruyamment le fond de son pot. Alors ? Vous avez une idée ? Parce que moi, je dois vous le dire, je suis un peu à court. Et quand je tourne au rond, y a pas, faut qu'je bouffe ! J'ai d'ailleurs fait un raid dans ton frigo, Elsa chérie.

« Tiens, ça me rappelle un truc : une fois, durant les premiers mois de son incarcération, j'ai été voir Van en taule, déguisé avec une perruque et une fausse moustache. On aurait juré Frank Zappa, c'était tordant ! Évidemment, il a refusé de me dire où se trouvaient les deux millions. Tout ce que j'ai pu tirer de cette tête de mule, c'est ce qui lui manquait le plus derrière les barreaux. Et vous savez ce que c'était ? Pas les cibiches ni les poules de luxe, nan… Les yaourts ! Les putains de yaourts ! C'est quand même dingue, non ?

Il gloussa, et tenta de jeter son pot vide dans la poubelle derrière le bar. Ce fut un fiasco total, et le pot roula sur le plateau, balançant des petites éclaboussures roses un peu partout.

À cet instant, la porte de la chambre s'ouvrit.

– Ah ouais, c'est vrai, j'ai oublié de vous dire, dit Borg en suçotant sa cuillère. On a de la compagnie. J'ai essayé de la virer, mais elle a rien voulu savoir. Alors, je me suis dit : et merde ! Plus on est de fous, plus on rit. J'ai pas raison ?

Louise surgit, tenant plaquée contre son visage une serviette mouillée qui ne dissimulait que partiellement les ecchymoses couvrant sa joue. Elle arborait également sur son front une coupure qui ne devait s'être arrêtée de saigner que depuis quelques minutes.

Elle leur fit à tous les deux un sourire penaud, et murmura d'une petite voix timide :

– Désolée pour cette intrusion, miss Kramer ! Mais, comme vous pouvez le constater… c'était une urgence !

Elle se tourna vers Vince.

– Pam a dit que je te trouverais sans doute ici, champion ! Regarde dans quel état je suis… La jeune mariée transformée en punching-ball ! C'est Frank qui m'a fait ça.

Vince et Elsa, toujours plongés dans une espèce d'état second, se décidèrent enfin à bouger. Ils attrapèrent chacun l'un des sièges en osier inoccupés, et s'affalèrent dedans.

Louise jeta sa serviette sur le bar, et passa derrière. Là, elle disparut quelques secondes et se redressa, une bouteille de scotch à la main.

– Je… Je lui ai dit que je voulais annuler le mariage. Je ne supportais plus notre situation. Je pensais qu'il se comporterait en homme raisonnable, et s'en irait dignement, en fermant la porte derrière lui, mais je me suis trompée. Tout à coup, il est devenu barge ; un vrai monstre ! J'ignorais qu'il était capable de ça ! Au fait, miss Kramer ? Puis-je ?

Elle agita la bouteille. Elsa, ne sachant trop que dire, haussa les épaules, et Louise dévissa le bouchon. Sans même prendre la peine de se servir un verre, elle s'envoya une solide rasade directement au goulot et grimaça.

– Wouh ! C'est ce qu'il me fallait. J'avais *vraiment* besoin de quelque chose de fort. Salaud de Frank !

– Peut-être qu'il a pensé que ça te ferait revenir, va savoir… dit Borg, se lançant dans une tentative psychanalytique du plus mauvais goût. Y a certaines filles qui aiment ça, être frappées, figure-toi…

– Ah oui ? sourit Louise en reprenant une lampée de scotch. Et on peut savoir à quel genre de « filles » vous faites allusion, au juste ? Celles qui font des combats de catch dans la boue ?

– Bah ! Moi, je disais ça pour aider, hein…

Il se tourna de nouveau vers Vince, oubliant la blondasse défigurée qui était en train de se mettre minable au bar.

– Ah ouais, fallait que j'te dise, Cronyn : tu devrais vraiment faire gaffe à l'Aventurier. Ce type est plus sournois qu'un serpent à sonnettes, et quand il a quelqu'un dans le pif, le gars finit la plupart du temps à la morgue. Je dois être l'exception qui confirme la règle, mais ça, c'est parce que je suis plus glissant qu'une savonnette de taulard, et c'est pas ton cas ; alors surveille tes arrières autant que tu peux. D'ailleurs, tu devrais te méfier de tous les prédateurs de cette foutue jungle, même ceux qui ont l'apparence de biches inoffensives ! Tu piges ce que je veux dire ?

Non, Vince ne « pigeait » pas, d'autant plus qu'il était rare de trouver des cervidés dans la jungle.

Il tourna la tête vers Elsa, sentant craquer les tendons de son cou, et réussit à retrouver l'usage de sa voix.

– On n'avait pas dit qu'on appellerait les flics, sitôt rentrés ici ?

Une détonation bruyante retentit alors, et la porte d'entrée se rabattit contre le mur avec fracas. Dans un nuage de poudre et de fumée surgit un cinquième protagoniste, les yeux fous et la bave aux lèvres. La bouche de Vince se referma avec un claquement sec.

Il s'agissait de Borg. Mais du Borg version agressive, avec sweat-shirt Harvard et canon scié.

– Que personne ne bouge, hurla-t-il en bondissant au milieu de la petite troupe, ou je descends tout le monde comme au stand de tir. Et je vous préviens que je suis toujours reparti avec la peluche géante de deux mètres, c'est dire si je suis le meilleur !

– Putain, c'est pas vrai ! râla Borg numéro un en se levant. Qu'est-ce que tu fous ici ?

– À ton avis, Merv ? éructa Borg numéro deux en rechargeant son fusil. Je suis là pour retourner cet endroit. Pour le retourner à fond !

– Mais enfin, pour quoi faire ?

– Pour quoi faire ? T'es con, ou tu le fais exprès ? Il est ici, quelque part. Je le sais. Je le sens. Et je vais le trouver, même si je dois arracher chaque latte du parquet de ce putain d'appart !

– Tu te plantes ! Je te l'ai déjà dit, il me semble... Ils ne l'ont pas !!!

Tandis que les deux hommes conversaient, les regards effarés de Vince et d'Elsa passaient de l'un à l'autre comme s'ils suivaient un match de tennis. Derrière le bar, Louise, semblant se ficher comme d'une guigne de la scène qui se déroulait devant ses yeux, reprit une nouvelle gorgée de scotch en riant bêtement. L'alcool commençait à faire effet.

– Bien sûr qu'ils l'ont ! insista Borg numéro deux en désignant le couple du bout de son fusil. Ils t'ont embobiné ! C'est chaque fois la même chose, avec toi : tu gobes tout ce qu'on te dit, c'est le problème. Et ne me dis pas le contraire, sinon je te ressors le coup de la limace vivante que t'as bouffée parce qu'on t'a fait croire que les protéines qu'elle contenait te rendraient aussi fort que Superman.

– Encore cette histoire ? J'avais six ans, bordel de merde ! Six ans !!!

– Ouais, moi aussi, mais c'est pas pour autant que je l'aurais fait. Maman avait raison ; de nous deux, tu es le moins… éveillé. Je peux t'assurer que si j'avais été à ta place dans cette banque, ce jour-là, les deux millions ne se seraient jamais envolés !

– Seulement, Van était *mon* pote, pas le tien ! T'as beau te prétendre plus intelligent que moi, t'es pas foutu de te faire des amis ! C'est normal, remarque : t'es aussi incontrôlable qu'un rottweiler enragé !

– Je t'emmerde, Merv ! Et baisse d'un ton ! C'est moi qui tiens le fusil, faut que je te le rappelle ?

– Est-ce… Est-ce qu'il serait possible de faire les présentations ? murmura Elsa d'une voix rauque, essayant désespérément de trouver un sens logique à une situation qui n'en avait aucun.

– Oh ! Oui, pardon ! s'excusa Borg numéro un, réalisant qu'ils n'étaient pas seuls dans la pièce. Elsa… Cronyn… Louise… Le type qui a l'air d'avoir une bombe à retardement dans le cul, là en face, c'est mon frère cadet : Moe.

– Cadet, cadet, ça reste à prouver, grogna l'autre. Même le médecin accoucheur est pas sûr. Mais ça t'arrange bien, hein, Merv, de te faire passer pour l'aîné ? Ça te donne une impression de… supériorité.

– Un frère, répéta la romancière tout bas.

Louise poussa une exclamation de colère, et les regards convergèrent vers elle.

– Zut ! dit-elle en tapant du plat de la main sur le bar. Je viens de réaliser qu'il me manque une dent. Quelle ordure, ce Frank ! Une si belle dentition…

Elle reprit une gorgée de scotch, et Elsa constata qu'elle avait déjà vidé plus de la moitié d'une bouteille presque neuve.

– Allez, Moe, détends-toi, continua Borg numéro un en reportant son attention sur son frère. Tu agis de manière stupide en te faisant passer pour le connard de service. Ça ne te mènera à rien, je sais de quoi je parle !

L'autre ricana, l'air nerveux, puis son frère lui fit un signe de tête apaisant, et il abaissa son fusil. Vince comprit alors que, quoi que Moe puisse en dire, Merv était toujours celui qui, à la fin, prenait les décisions.

– Bon sang, Merv, dit-il en se carrant dans son fauteuil. Vous auriez pu évoquer ce « détail » quand nous nous sommes rencontrés. Un jumeau ???

– Mais qu'est-ce que vous racontez, Cronyn ? On n'est pas jumeaux ; Moe et moi, c'est le jour et la nuit. On se ressemble en rien.

– Ouais, je confirme. Moi je suis le génie de la famille, et lui, c'est le raté.

Borg numéro deux sauta sur le fauteuil laissé vacant par son frère.

– Hé ! râla Merv. C'était mon siège, ça, je te signale !

– Tu sais ce qu'on dit, ricana numéro deux. Qui va à la chasse perd sa place ! C'est comme ça !

– Peut-être… Mais qui te colle une pêche la repêche, pauvre naze !

– Ah ouais ? Ben vas-y, viens ! Je t'attends ! Tu me fais pas peur !

– C'est ce que tu dis toujours… avant de retourner pleurer dans les jupes de maman !

Merv se rua sur Moe, qui posa son fusil à terre pour éviter tout coup de feu intempestif et le reçut à bras ouverts. S'ensuivit une espèce de mêlée bizarre entre les deux frangins qui firent plier le siège en osier au grand dam d'Elsa avant de rouler par terre en se bourrant de coups, chacun essayant de prendre le dessus sur l'autre sans y parvenir.

Vince se pencha en avant et se gratta la tête, partagé sur la réaction qu'il devait adopter face à ce spectacle (hilarité ? affliction ? désarroi insondable ?) lorsqu'un énorme gong émit un grondement retentissant, lui faisant faire un bond dans son fauteuil.

– Et merde… Qu'est-ce que c'était ?

– Relax ! sourit Elsa en posant sa main sur sa cuisse. C'est juste la sonnerie de la porte d'entrée. Il s'agit probablement d'un voisin qui vient nous dire de la mettre en sourdine ; pas étonnant, avec le raffut qu'on fait depuis tout à l'heure !

– OK, d'accord ! dit Vince, portant la main à son cœur qui battait à cent à l'heure. Bon sang, ça y est, Louise, je crois que je viens de comprendre le sens de l'expression : à bout de nerfs. Tu sais, celle que tu ne cessais d'employer, quand tu discutais avec moi…

– Ouaip ! fit son ex en fermant un œil pour voir s'il restait quelque chose au fond de la bouteille. Oh naaan ! Elle est vide… Il va m'en falloir une autre !

Elle disparut à nouveau sous le bar, tandis qu'Elsa se rendait à la porte d'entrée pour accueillir son visiteur, quel qu'il soit ; et vu ce qui s'était passé lors de cette mémorable journée, elle était prête à n'importe quoi, danseurs en tutus roses, jongleurs à dos d'éléphant, homme-orchestre avec clochettes aux bottes, trio de dacoïts sanguinaires encadrant leur maître comme si leur vie en dépendait… Quoi ??? Oh non… Pitié !

Al Colucci lâcha enfin la sonnette, et poussa la porte laissée entrouverte par Borg numéro deux. Horrifiée, Elsa effectua quelques pas en arrière, puis tourna les talons et partit se réfugier dans le séjour en courant.

En la voyant revenir, l'air paniqué, les jumeaux arrêtèrent leurs chamailleries et se remirent debout, juste à temps pour accueillir l'Aventurier et ses sbires. Moe plongea derrière le fauteuil et récupéra son fusil à canon scié, tandis que Merv, lui, extirpait un Colt monumental de l'arrière de sa ceinture.

Colucci, sans se préoccuper outre mesure de toute cette effervescence, porta une main à sa poche pectorale en s'avançant au centre de la pièce. Instantanément Borg numéro un le braqua avec son arme.

– Vous pouvez me dire ce que vous foutez, là ? aboya-t-il.

– On se détend, chers amis, dit Colucci, et il sortit de la poche un mouchoir en soie blanc qu'il agita sous leur nez. Je demande une trêve.

Il rangea le morceau d'étoffe, et leva les mains en signe de reddition. Tous le regardèrent sans broncher pendant qu'il allait s'asseoir dans le siège défoncé des Borg, aussi à l'aise que s'il se trouvait chez lui.

Les dacoïts, restés en arrière-plan, ne bougeaient pas, mais leurs mains restaient posées sur le manche de leurs poignards, au cas où…

– Je crois que j'ai moi aussi besoin d'un verre, murmura Elsa.

– Servez-vous, dit Louise. Tant qu'il reste encore quelque chose…

Elle gloussa, puis quitta le bar pour aller observer ses dents dans le petit miroir accroché au-dessus du canapé en cuir, au fond de la pièce. Après avoir constaté l'étendue des dégâts, elle s'écroula en gémissant.

– Je ne pourrai plus jamais sourire à personne, soupira-t-elle. Ma vie est foutue.

Al Colucci fronça les sourcils, se demandant qui diable pouvait bien être cette femme, puis il décida de remettre cette question à plus tard, et revint à ses interlocuteurs.

– Très bien. Comme vous vous en êtes peut-être rendu compte, cette histoire est en train de tourner au fiasco total ; aussi je vous propose d'y mettre un terme avant qu'il ne soit trop tard.

– Merde, s'esclaffa Moe en se penchant au-dessus de l'épaule de l'Aventurier. Je croyais qu'il était déjà trop tard depuis un sacré bout de temps ! Je m'étais planté, faut croire…

Colucci releva la tête, et sa bouche s'arrondit en un O parfait. Il regarda Borg numéro un, puis Borg numéro deux, et à nouveau Borg numéro un.

– Il… Il… Il… bégaya-t-il. Il y a deux *vous* ?

Au bar, Elsa se servit une large rasade de cognac dans un verre en cristal.

– Sers-m'en un aussi, lui lança Vince depuis son siège. Un grand ! Je sens que la nuit va être longue.

25

Petits arrangements entre amis

– Non, il n’y a et il n’y aura jamais qu’un seul Merv Borg ! grogna le malfrat en rangeant son Colt dans son pantalon. S’il vous plaît, arrêtons de nous éparpiller, et venons-en au fait. Quel genre de deal vous proposez, Colucci ?

N’en croyant toujours pas ses yeux, l’Aventurier continua à dévisager Borg numéro deux, fort occupé à nettoyer le canon de son fusil avec un vieux chiffon, jusqu’à ce que Merv claque des doigts devant son visage pour le faire revenir à la réalité.

Lissant nerveusement sa fine moustache avec son index, il retourna à leur affaire, et déclara, pesant chacun de ses mots :

– Voilà une heure, j’ai... appelé mes supérieurs. Histoire de savoir ce qu’il convenait de faire pour la suite.

Même s’il n’en dit rien, tous comprirent à sa mine déconfite que le coup de téléphone n’avait pas été une partie de plaisir, et qu’il avait dû en prendre pour son grade. Il y avait donc une justice, en ce bas monde !

Vince commença à sourire, mais Colucci le foudroya alors d’un regard noir, et son rictus s’effaça instantanément de son visage.

– Nous avons fini par tomber d'accord, poursuivit-il sans quitter le libraire des yeux, le défiant d'essayer encore de se foutre de lui. Nous nous contenterons de 50 %. Vous autres, vous pourrez vous partager le reste du butin comme bon vous semblera. Mais nous ne descendrons pas plus bas. 50 % est et restera notre minimum absolu.

Vince se leva de son siège et se rendit à son tour au bar, où Elsa lui tendit son cognac. Il s'en empara et descendit la moitié de son verre d'un trait. Après quoi, il lança par-dessus son épaule à l'homme au costume rayé :

– Je vous trouve bien généreux avec l'argent des autres, Al.

– Allons, Cronyn, je vous en prie… Ne soyez pas si sarcastique ! Ces deux millions n'appartiennent à personne. De plus, notre revendication est la seule à être un tant soit peu légitime. Borg…

Il jeta un nouveau coup d'œil, à Merv puis à Moe.

– … Borg, quel qu'il soit, s'est attaqué à cette banque avec Vanick sans l'aval du Syndicat. Par voie de conséquence, il est contraint de nous verser le pourcentage habituel, majoré d'une amende substantielle pour avoir enfreint les règles. C'est comme ça que ça fonctionne, dans cette ville. Je vous conseille de bien y réfléchir, parce que c'est la seule offre que vous aurez de notre part. L'étape suivante, c'est la fosse commune pour tout le monde.

Une chape de silence s'abattit sur la pièce tandis que tous réfléchissaient à la proposition de l'Aventurier. Les frères Borg se regardèrent, chacun cherchant dans les yeux de l'autre une approbation ou un refus afin de pouvoir appuyer celle ou celui-ci. Peine perdue.

Elsa Kramer attendait sans bouger la suite des événements derrière le bar. Vince vida son cognac et s'en servit un autre. Peut-être que lorsqu'il commencerait à être vraiment bourré, il appréhenderait mieux ces conneries, parce que là, pour tout dire, il ne savait plus du tout quoi penser.

Louise, enfin, se rassit sur le canapé en suçotant le trou laissé par sa dent manquante et, ne supportant plus le silence, elle demanda à Vince :

– Au fait… Tu peux me dire qui sont tous ces types, au juste ?

– La réponse ne te plairait pas, Louise, alors je préfère me taire. Elsa, est-ce que tu aurais de l'aspirine ? J'ai la tête qui va exploser, comme si les Tambours du Bronx avaient décidé d'enregistrer leur dernier album dans mon crâne…

– Tu ne devrais pas mélanger alcool et médicaments, Vince !

– Pourquoi ? Parce que ça risque de me rendre dingue ? Ma foi, au cas où tu ne l'aurais pas remarqué, je ne suis plus sain d'esprit depuis longtemps…

– Hé là ! intervint son ex. Aurais-je loupé un épisode ? Depuis quand est-ce que la grande Elsa Kramer t'appelle Vince, champion ?

– Et si vous nous parliez de l'homme qui vous a frappée, Louise ? demanda la romancière, autant pour dévier le cours de la conversation que par réelle curiosité. Vous n'allez pas le laisser s'en tirer comme ça, j'espère !

La blondinette fit la moue, ce qui lui donna un petit air à la Judy Garland.

– C'est ce que j'ai toujours fait, en général. Mais c'était *avant* que Frank décide de me démolir le portrait. Je vais le faire payer, ce salaud !

Elle se tourna à nouveau vers Vince.

– Tu sais, je ne lui ai rien dit, à propos de Joe. Mais vu la manière dont il s'est comporté ce soir, il doit se douter de quelque chose.

– Bon allez, ça roule, s'exclama Borg numéro deux d'une voix de stentor qui fit sursauter tout le monde. On accepte. 50 %, c'est mieux que rien. Et ce qui est sûr, c'est que c'est mieux que d'être mort. T'es pas d'accord, Merv ?

– Si, acquiesça l'autre, l'air affreusement découragé. Si, je suppose. Van aurait pas approuvé, mais… Il est mort, pas vrai ? Et nous, on est toujours là.

– Une minute, dit Elsa à voix basse, toujours concentrée sur la seconde discussion. Qui est Joe ?

– C'est… l'autre gars, sourit timidement Louise. Vous savez, celui qui vous fait oublier le précédent… même si celui-ci fait encore partie de votre vie.

– Pour moi, l'autre gars, c'était Frank, expliqua Vince en balançant un clin d'œil entendu à la romancière.

– Et vous, Cronyn ? Vous en dites quoi ? demanda Colucci.

– Ce que je dis de « quoi » ? souffla Vince, agacé. Tout cela ne me concerne pas. Débrouillez-vous sans moaaaaaaïïïe !!!

Sans qu'il s'en aperçoive, Visage Froid, aussi silencieux et invisible qu'une ombre dans la nuit, s'était avancé vers lui, et sur un bref signe de tête de son patron, avait abattu sa grande main sur son épaule et la lui broyait maintenant comme un étau. L'Aventurier eut l'air satisfait.

– Bien sûr, que cela vous concerne, cher ami. À votre manière, vous êtes le maître du jeu. Après tout, c'est vous qui possédez l'argent.

– Non, dit Merv Borg, secouant la tête avec obstination. Non, il ne l'a pas.

– Si, vociféra Moe en réarmant son fusil et en le braquant sur Vince. Si, il l'a. Ça peut pas être autrement !

– Évidemment, qu'il l'a, soupira Colucci. Et il va sans dire que nous ne repartirons pas d'ici sans lui.

– Moi non plus, renchérit Borg numéro deux.

Merv posa sa main sur l'arme, essayant de l'abaisser, mais son frère se dégagea, et d'un signe de tête, lui demanda de se pousser.

– Moe… murmura Merv en lui faisant les gros yeux. Je croyais qu'on s'était mis d'accord, tout à l'heure.

– Nan nan nan, fit l'autre avec un grand sourire de chacal. Tu t'es mis d'accord tout seul, frangin. Moi, je continue à croire que ce fils de pute joue les demeurés depuis le début pour mieux nous embobiner.

Il s'avança vers Vince et colla le canon du fusil sous son nez.

– Maintenant, on va arrêter les frais, Keyser ! Ou tu me dis où se trouve le blé, ou je fais sauter ta tête comme un putain de bouchon de champagne ! Je compte jusqu'à 5. C'est parti ! 5… 4…

– Pourquoi est-ce que vous me prenez tous pour un génie du crime ? murmura Vince en louchant sur la gueule béante de l'arme. Je n'ai rien fait qui justifie cela. Je suis libraire ! Libraire, bon sang !

– 3… Le temps s'écoule, Cronyn !

– Mais puisque je vous dis que je n'en sais rien…

– Vous devriez cesser de le menacer, dit l'Aventurier en croisant les jambes sur son siège. Nous avons déjà essayé, et cela n'a rien donné. Ce type est un roc.

– J'en suis plus au stade des menaces, là ! Il va *vraiment* crever, s'il se décide pas à causer. Ras le cul de toutes ces conneries ! 2…

– Borg, Borg, Borg… Veuillez cesser de vous comporter en parfait abruti et rangez votre fusil. Réfléchissez : mort, notre homme ne nous servira plus à grand-chose.

– Rien à foutre ! 1… Cronyn, je te préviens : tu es à deux doigts de…

Un sifflement retentit dans toute la pièce, suivi d'un choc mou. Moe ne comprit pas tout de suite ce qui venait de se passer. Puis, une affreuse douleur lui vrilla le biceps. En baissant les yeux vers son bras droit, il s'aperçut que la lame d'un poignard finement ouvragé s'y était enfoncée, de plusieurs bons centimètres.

Derrière Al Colucci, le plus jeune des dacoïts tenait encore la position, comme un chasseur qui vient d'atteindre sa cible, mais n'ose bouger de peur que celle-ci, même blessée à mort, ne lui échappe.

– Je vous avais prévenu, fit l'Aventurier en lissant ses cheveux. Nous devons garder la tête froide, cher monsieur Borg bis ! Que cela vous serve de leçon !

Moe lâcha son fusil, et attrapa son propre bras en beuglant comme un porc qu'on mène à l'abattoir. Son frère s'avança vers lui et se pencha pour admirer le khukuri, fasciné par la finesse de ses multiples gravures.

– Joli couteau, quand même ! commenta-t-il.

– Et merde, Merv, on s'en branle ! Vire-moi ça de là ! Tout de suite !

Le malfrat acquiesça, et, sans prendre de gants, il attrapa le manche du poignard et tira d'un coup sec. Nouveau hurlement de Moe, qui pressa sa main contre sa blessure pour empêcher le sang de s'échapper.

– Oooh, putain… Ce que ça fait maaaaaaaal !

– Je veux bien le croire ! fit Merv en rendant l'arme à son propriétaire, qui essuya la lame avec un mouchoir de soie avant de la faire disparaître quelque part à l'intérieur de sa veste. Mais tu pourras pas dire que tu l'as pas cherché ! Tu devrais réfléchir un peu plus avant d'agir, frangin !

– Va te faire foutre, avec tes conseils à la con ! Je te hais ! Je vous haaaais tous !!!

– Puis-je vous demander ce que vous êtes en train de faire, *signorina* Kramer ? lança Al Colucci, élevant sensiblement la voix.

Durant leur brève altercation, Elsa en avait profité pour se diriger vers le guéridon situé dans l'entrée, et composait à présent un numéro sur un antique téléphone à cadran qui devait valoir une petite fortune.

– Ça ne se voit pas ? dit-elle en passant la tête à l'angle du mur. J'appelle la police. Cette situation est en train de devenir ingérable, vous l'avez dit vous-même…

Cette fois, Visage Froid n'attendit même pas que son maître lui donne l'ordre d'agir. En trois enjambées, il se précipita dans le couloir, arracha le combiné des mains de la jeune femme et trancha le fil avec son poignard.

– Eh là ! protesta-t-elle. Avez-vous une idée du temps qu'il m'a fallu pour dénicher une pièce de collection pareille ?

Les traits du dacoït se durcirent, et il saisit le bras d'Elsa, qu'il ramena dans la pièce principale sans ménagement.

– Voilà qui est mieux ! dit Colucci. Maintenant, nous allons enfin pouvoir… Non, mais dites-moi que je rêve !

Borg numéro deux, son bras blessé pendouillant le long de son corps, venait de se précipiter vers l'une des deux grandes bibliothèques, et du revers de la main gauche, il balayait méthodiquement tous les rayonnages, balançant les ouvrages par terre les uns après les autres. Prenant conscience du silence derrière lui, il se retourna, n'ayant nulle envie de servir une fois de plus de cible humaine au trio d'indigènes fanatiques.

– Allez-y, continuez, ne vous occupez pas de moi ! lança-t-il à l'Aventurier qui l'observait sans rien dire, incapable de croire au degré de stupidité dont ce type faisait preuve. Moi, pendant ce temps-là, je retourne l'appart. Comme ça, on gagnera du temps. Ça vous va ?

– Non, moi, ça ne me va pas ! piailla Elsa en se dégageant de la poigne de fer de Visage Froid. Pas du tout, même ! Vous allez arrêter ça tout de suite, espèce de dégénéré ! Vous avez détruit mes sacs de courses, sali mon manteau à trois cents dollars, et maintenant vous envisagez de ruiner mon loft ?

– Hé ! dit Moe en haussant les épaules. Au moins, là, je ne menace plus vos vies… Tu devrais me remercier, chérie !

Elsa Kramer poussa un feulement de rage, et elle se serait certainement précipitée sur le gangster si Visage Froid, une fois de plus, ne l'avait rattrapée par la taille sur ordre de son supérieur.

– Allons, que tout le monde se calme ! lança Colucci en levant les bras d'un geste apaisant. Cela me fait mal de le reconnaître, mais Borg 2 a raison, pour une fois. Laissons-le mener sa fouille. À moins bien sûr que vous n'ayez quelque chose à nous dire… monsieur Cronyn ?

Moe émit un son de gorge bizarre qui devait être un genre de rire propre à lui seul, et, après en avoir fini avec la bibliothèque, il passa au canapé. D'un simple claquement de doigt, il obligea Louise à dégager.

La jeune femme, qui commençait déjà à somnoler, se mit debout en geignant, et Borg numéro deux s'attaqua aux coussins, qu'il fit voltiger les uns après les autres. Malgré sa blessure, l'homme, galvanisé par la perspective de mettre la main sur le butin, faisait preuve d'une énergie hors du commun.

Quand il fut certain qu'il n'y avait rien dans le canapé, il le décolla du mur de toute la force de son bras valide pour chercher derrière… et là, il se figea.

– Il est hors de question que je reste sans réagir pendant que ce vandale réduit ma vie en miettes ! s'exclama Elsa en se débattant entre les bras du dacoït en chef. Vince ! Fais quelque chose !

– Bonne idée, ça ! marmonna le libraire, et il se servit un nouveau verre de cognac.

– Merv ! souffla Moe d'une voix soudain étrangement calme en essuyant la sueur qui coulait sur son visage. Je crois que tu devrais venir voir ça… Histoire de me dire si c'est pas la douleur qui commence à me faire délirer !

Son frère haussa les sourcils, puis traversa la pièce pour le rejoindre. Moe s'écarta pour le laisser passer, et Merv se pencha à son tour pour voir ce qui le troublait tant.

Au bout d'une seconde, il se redressa, les regarda tous, se courba à nouveau, et quand il se releva pour la deuxième fois, tout le sang semblait avoir reflué de son visage.

– C'est… C'est… C'est… iodla-t-il, sa voix partant dans des aigus bizarres avant de revenir à la normal comme un chanteur tyrolien. C'est… C'est…

– C'est bien ça, alors ? acquiesça Borg numéro deux.

– *Ma questo che cosa è, alla fine ?* s'exclama Colucci, bondissant de son siège.

26

Les savonnettes de l'enfer

Il se précipita vers l'endroit que contemplaient les frères Borg, cherchant à voir lui aussi la fameuse découverte par-dessus leurs épaules. Intrigué, Vince s'approcha à son tour, son verre à la main ; tout comme Louise ; puis Elsa ; et enfin les dacoïts, à pas plus prudents. Bientôt, ils se tenaient entassés tous les neuf dans le fond de la pièce, essayant de bénéficier du meilleur angle de vue possible. Et quelle vue…

– Quelqu'un pourrait me dire pourquoi tout le monde est fasciné par cinq morceaux de savon ficelés ensemble ? demanda Louise innocemment.

– Ma chère, expliqua Colucci, essayant de rester calme malgré le tremblement qui agitait ses mains, ce que vous prenez à tort pour du savon n'est ni plus ni moins que du C4, un explosif des plus puissants. Et vu la quantité entreposée derrière ce canapé, je dirais qu'il y en a assez pour raser non seulement ce loft, mais l'immeuble tout entier.

– Quoi ? Alors ce truc-là, c'est… ?

– Une bombe, oui ! acquiesça Vince en soupirant. Encore…

– Ouais, dit Borg numéro deux, avalant le peu de salive qui lui restait. Le genre qui laisse pas de traces !

Mais d'après mon expérience personnelle, ça ressemble plus à du Semtex qu'à du C4. Je me souviens, quand j'étais en Angola, on avait reçu l'ordre de nettoyer un village de rebelles, et…

– Dites, souffla Elsa, je débattrais bien avec vous pendant des heures des différents noms qu'on peut donner à ce machin-là, mais je ne suis pas certaine qu'on en ait le temps. D'où ma question : qu'est-ce qu'on fait ?

Colucci se tourna vers ses dacoïts.

– Vous ! Désamorcez-moi ça !

Les trois Indiens se regardèrent les uns les autres, agitant la tête comme des émeus sur un rocher. Et puis, comme dotés d'une conscience unique, ils commencèrent chacun à s'éloigner.

– Il me semble vous avoir donné un ordre ! gronda l'Aventurier, en colère.

– Désolé, *sahib* ! fit Visage Froid sans cesser de reculer. Tuer, torturer, ça, c'est dans nos cordes… Mais nous ne sommes pas démineurs !

– Alors, balancez-les par la fenêtre ! s'écria la romancière. Mais par pitié, que quelqu'un fasse quelque chose, bon sang !!!

À ces mots, Vince repoussa les deux Borg pour s'agenouiller devant la bombe. Entre pains d'explosifs et fils de différentes couleurs reliés à un cadran digital, il ne comprenait pas vraiment ce qu'il voyait, et de toute façon, il n'avait pas l'intention d'essayer de faire quoi que ce soit.

Il avait vu assez de films d'action hollywoodiens avec Mel Gibson et Bruce Willis pour savoir que chaque fois que quelqu'un essayait de sectionner le fil bleu avec une pince pour désamorcer la bombe, il fallait en vérité couper le fil rouge, et vice versa. Et même si, au final, le héros était saisi d'une brusque intuition qui l'amenait à changer de fil juste avant de commettre l'irrémédiable, il était bien certain qu'avec la poisse qui le caractérisait, il se planterait et ferait tout péter. Alors, il choisit une approche un peu moins subtile.

Il se saisit de l'ensemble à pleines mains, et tenta de le soulever du sol. Échec total. L'engin bougea, mais à peine. Terrifiés, Merv et Moe se serrèrent dans les bras, et Borg numéro deux couina de douleur quand son frère, sans le vouloir, fit pression sur sa blessure.

– Faites attention, *stronzo* ! déglutit Colucci en se rongeant les ongles. C'est très instable, ces choses-là. Vous devriez… oooh nooon, *santa Maria madre di Dio !*

Cronyn s'était remis debout, et, les jambes fermement campées sur le sol, avait recommencé à tirer de toute la force de ses muscles. Il grogna, gémit, marqua une pause, tenta le coup une nouvelle fois, mais rien à faire. La bombe demeurait obstinément rivée au sol.

Le libraire finit par abandonner et passa une main sur son front, perplexe.

– Je n'arrive à rien ! On dirait que la plaque sur laquelle ce machin est riveté est elle-même aimantée à quelque chose de magnétique situé *sous* la moquette. C'est du travail de professionnel… Bon sang, je vais finir par croire qu'Oussama ben Laden en personne veut ma peau !

– Cessez votre parano, Cronyn, lui lança Colucci, et avant de réfléchir à une autre option, dites-nous plutôt combien de temps il nous reste avant que cette saloperie se déclenche ?

Vince loucha sur le cadran digital poussiéreux du détonateur.

– Deux mille… deux cents… déchiffra-t-il. Ce qui nous fait exactement… 37 minutes et 20 secondes. C'est plutôt positif, ça, non ?

– Ça dépend, dit Merv Borg en lâchant son frère, l'air inquiet. Est-ce que les chiffres bougent à l'envers ? Comme un genre de… compte à rebours ?

– Mmmh… Non ! En fait, il n'y a *rien* qui bouge.

– Alors, il doit s'agir de l'heure sur laquelle est programmé le déclencheur, enchaîna l'Aventurier. Soit 22 heures…

Tous, sans exception, consultèrent leurs montres.

– Seigneur, non ! fit Elsa en pâlissant. 21 heures et 58 minutes…

– Moi… Moi, j'ai 59, dit Merv d'une voix blanche.

Et soudain, en un quart de seconde, ce fut l'anarchie. Tout le monde fit volte-face, qui se poussant, qui criant des phrases incohérentes, qui se marchant sur les pieds à qui mieux mieux. Vince, le seul à être resté accroupi, fut renversé et reçut un coup de genou dans les dents, probablement expédié malgré lui par l'un des frères Borg.

Il se releva en titubant, à moitié sonné, le temps pour lui de voir le petit groupe s'enfuir vers la porte d'entrée tel un essaim d'abeilles frénétiques, en renversant tout ce qui passait à sa portée, chaises, vases, lampes, et même meubles. Cronyn se prit à songer au naufrage du *Titanic*. Ne manquait plus que l'orchestre pour jouer *Plus près de toi mon Dieu*, et la scène serait complète. Il secoua la tête, puis leur emboîta le pas.

Au moment où il surgissait dans le couloir, ils avaient déjà presque tous atteint la porte d'entrée.

Merv Borg, qui avait pris la tête, constata alors qu'au cours de la soirée, *quelqu'un* l'avait refermée. Il se rua sur la poignée et la tourna dans tous les sens comme un forcené. La porte resta close.

– C'est bloqué ! s'écria-t-il. On nous a enfermés, bordel de merde !

Il s'excita à nouveau sur le bouton de porte, tant et si bien qu'au bout de quelques secondes, il sauta de son logement et lui resta dans la main. Borg le contempla, le regard vide, puis se mit à hurler d'effroi, tel un malade mental en pleine crise de démence. Quelque part dans l'appartement, une antique pendule sonna dix coups.

Visage Froid prit alors les choses en main. Il envoya valdinguer Merv Borg contre le mur du corridor comme s'il se fut agi de la dernière quille le séparant du *spear* et fit signe aux deux autres dacoïts de l'accompagner. Ensemble, ils prirent leur élan, et, dans un geste parfaitement coordonné, se jetèrent contre la porte, épaules en avant, pour tenter de la défoncer. Le bois émit un léger gémissement, mais elle ne bougea pas. Qu'importe ! Les trois tueurs remirent ça, prêts à sacrifier leurs clavicules si ça leur permettait de s'échapper de ce traquenard.

– Ça ne servira à rien, dit Elsa dans un souffle. C'est du chêne massif. On doit passer par la cuisine !

– Comment ça, la cuisine ? demanda Vince en haussant un sourcil. Tu as l'intention de nous faire passer par les canalisations de l'évier ? Parce que je dois te prévenir : depuis que Louise m'a quitté, j'ai eu la main un peu lourde sur les Snickers et les M&M's.

La romancière ne prit même pas la peine de lui répondre et retourna dans le séjour. Vince et Louise firent de même, la blondinette ayant l'air de s'être injecté son dernier fix dans les veines une seconde auparavant tant elle semblait dans un état second.

Du coin de l'œil, Al Colucci remarqua qu'ils faisaient marche arrière, et il cria aux dacoïts de tout arrêter pour les suivre. Derrière eux, Moe aida Merv à se relever, et les deux gangsters les accompagnèrent tandis qu'Elsa entrait dans la cuisine, seule pièce du loft où il lui arrivait de ne pas mettre les pieds durant plusieurs jours d'affilée.

– Loués soient les immeubles des années 1950 ! sourit-elle en désignant à Vince une seconde porte partiellement dissimulée par une petite étagère. Ils pensaient à tout, à l'époque !

– L'architecte devait être un de ces communistes peu désireux de subir le même sort que les Rosenberg, dit Vince en dégageant l'étagère qui répandit la moitié de son contenu sur le sol. D'où la sortie de secours… Merci, sénateur McCarthy !

Il rit tout seul, tandis qu'Elsa et Louise se regardaient, essayant une fois de plus d'appréhender son humour si particulier, puis il se rua sur la porte et bidouilla les vieux verrous ; ceux-ci avaient l'air de ne pas avoir servi depuis une éternité.

Derrière eux, le reste du groupe entra dans la cuisine dans un brouhaha indescriptible d'où émergèrent quelques paroles comme « faites vite, Cronyn ! », « ça va péter ! » ou encore « on va tous crever ! ».

Vince mit alors la main sur la poignée, priant pour que la rouille n'ait pas fini par avoir raison du mécanisme, et tourna. Il y eut un grincement horripilant… et la porte s'ouvrit sur un vieil escalier de service couvert de poussière. Moe poussa un hurlement triomphal et joua des coudes pour sortir de cet enfer, tenant toujours son frère par l'épaule. Ils s'engagèrent les premiers dans l'escalier.

À partir de là, la suite fut pour Vince assez confuse. Le reste de la petite troupe, aussi ordonnée qu'un troupeau de bétail en train de charger, jaillit de l'appartement d'Elsa dans le désordre et commença à descendre les étages au pas de course. Quatrième étage…

– Allons, allons, *inviati, cretino ! Mas rapidamente !!!* cria Colucci à l'adresse du plus jeune dacoït qui le gênait dans sa course folle.

– Désolé, *sahib* ! s'excusa celui-ci en essayant désespérément d'accélérer la cadence. Ma cheville me fait un mal de chien…

Vince pensa non seulement à sa propre cheville tordue lors de sa deuxième rencontre avec le psychopathe au fusil, mais aussi à son ventre douloureux, ses poumons gorgés d'eau, son nez explosé, etc., etc. Ce que ça pouvait être sensible, un assassin hindou ! Troisième étage…

En se penchant au-dessus de la cage d'escalier, le libraire vit que Borg et Borg avaient déjà atteint le premier, faisant preuve d'une vélocité quasi surhumaine pour des hommes de leur constitution. Eh bien, si le seigneur choisissait d'épargner la vie de deux gangsters débiles, il n'y avait pas de raison qu'il n'agisse pas de la même façon avec un honnête commerçant, n'est-ce pas ? Une minute… Est-ce qu'il venait d'inclure Dieu dans cette histoire ? Cette fois, le doute n'était plus permis : il avait définitivement perdu la raison. Deuxième étage…

L'Aventurier continuait d'invectiver ses hommes de main en italien pour les forcer à accélérer la cadence, sans grand succès. Louise suivait le mouvement, comme hypnotisée, sa main ne quittant pas celle d'Elsa. À un moment donné, la romancière tourna la tête vers le haut des marches, et son regard rencontra celui de Vince. Il lui sourit d'un air rassurant… et à ce moment-là, la bombe explosa dans un vacarme à déchiqueter les tympans les plus endurcis.

Des morceaux de plâtre plurent un peu partout, tandis que l'immeuble émettait des craquements de mauvais augure. Tous continuèrent néanmoins à descendre, la poussière de plâtre les transformant tous en bonshommes de neige vivants au point de ne plus savoir qui était qui. Premier étage…

Le grondement s'amplifia de manière significative, et tout à coup, les murs et les plafonds se lézardèrent. Visage Froid poussa un piaillement de vierge effarouchée, en appelant à Shiva, Vishnou, Brahma et à de nombreuses autres divinités indiennes dont Cronyn n'avait jamais entendu parler.

C'est là qu'il se dit que courir ne servait plus à rien. Tel un champion olympique de natation, il plongea tête la première dans les escaliers, entrevoyant la lumière du jour à seulement quelques mètres de lui, en contrebas. Et puis tout s'effondra, et le noir succéda au blanc.

27

Les losers restent en vie

Appuyée contre le capot cabossé de sa BMW, Elsa consulta une fois de plus sa montre, comme elle ne cessait de le faire malgré elle depuis l'explosion... Six heures et trente-quatre minutes. Elle alluma l'une de ces longues cigarettes qui lui donnaient l'air d'une femme fatale, et observa le soleil se levant au-dessus des arbres dans une débauche de couleurs magnifique. Il devait y avoir une éternité qu'elle n'avait pas contemplé pareil spectacle ; et maintenant, elle devait bien avouer qu'elle le regrettait.

Elle souffla la fumée qui s'échappa dans l'air froid en lentes volutes. Était-ce donc ce qui se passait quand on échappait de peu aux doigts squelettiques de la Grande Faucheuse ? Devenait-on tout à coup débordant de sensibilité ? Se mettait-on à pleurer devant la naissance d'une portée de chatons ? *Twilight* devenait-il notre livre de chevet préféré ? Grands Dieux, elle espérait que non, sans quoi sa carrière était foutue.

Elle épousseta le plâtre s'accrochant encore à ses vêtements, puis croisa les bras. En face d'elle, le grand bâtiment de briques rouges censé être un hôpital laissait se déverser sa cohorte quotidienne de malades et d'employés. Comment pouvait-on espérer soigner quelqu'un à l'intérieur d'une horreur pareille ? Ce truc ressemblait au siège d'un centre administratif. Il était… mort. Dépourvu de la moindre once d'humanité.

Ah, encore un nouvel exemple d'émotivité exacerbée… Jamais auparavant elle n'aurait éprouvé de telles pensées. Mais n'était-ce pas plutôt parce que, pour la première fois depuis longtemps, elle se sentait… amoureuse ?

Il y eut du mouvement sur la gauche, et en tournant la tête, elle aperçut Vince qui sortait de l'entrée des Urgences, un bandage enroulé autour du crâne. Les yeux mi-clos et les mains dans les poches, il vint vers elle en marchant tranquillement, regardant lui aussi le soleil se lever.

Quand il arriva à sa hauteur, elle lui sourit.

– Cronyn, dit-elle, admirative, tu es un survivant !

– Ouais, fit-il en haussant les épaules. C'est ce qui arrive aux losers quand ils vieillissent ; ils deviennent des survivants. Que s'est-il passé, exactement ? À un moment, j'ai reçu un truc sur la tête, et plus rien. Quelqu'un d'autre a subi le même sort que moi ?

– Fort heureusement – ou malheureusement, tout dépend du point de vue – non. Nous avons tous réussi à sortir juste avant que l'immeuble s'effondre sur lui-même. Les frères Borg, Colucci et ses sbires se sont ensuite évanouis dans la nature, et Louise et moi sommes restées pour attendre l'arrivée des secours. Inutile de te dire le sang d'encre que nous nous sommes fait. Mais en définitive, ils t'ont sorti de là en cinq minutes avec une simple commotion cérébrale. Ironie du sort : c'est un énorme bloc de béton, le genre qui aurait pu t'aplatir comme une crêpe, qui t'a protégé du reste. Et te voilà...

– Oui, me voilà, répéta Vince, songeur, en levant les yeux au ciel. Y a-t-il eu des... hmmm... dommages collatéraux, comme on dit dans le jargon ?

– Non plus, continua Elsa, jetant sa cigarette au sol et l'écrasant avec la pointe de sa bottine. Le bâtiment n'était pas très fréquenté, et en entendant l'explosion, les rares habitants présents ont tous détalé comme des lapins avant qu'il ne soit trop tard. En fait, la seule vraie victime de cet attentat, c'est... mon loft ! Seigneur... Il est littéralement en ruine !

– Bienvenue au club très fermé de « ceux qui ont perdu leur appartement parce qu'un fou furieux fait joujou avec des explosifs », gloussa le libraire, arrachant son bandage et le jetant dans une poubelle toute proche. Regarde le ciel, Elsa ! Qu'y vois-tu ?

– Pardon ?

– Regarde, je te dis !

La jeune femme fronça les sourcils, mais au bout de tout ce temps, elle commençait à avoir l'habitude des divagations de Cronyn, et elle s'exécuta. Le ciel, donc... Encore nimbé par endroits de mauve et de rose pâle, il était maintenant d'un bleu limpide, et quelques jolis cumulo-nimbus, derniers vestiges d'une nuit pluvieuse, s'y raccrochaient encore.

– Eh bien, finit-elle par dire, je crois, si ma vue ne me joue pas de tours, que ce sont des nuages. Mais je peux me tromper, je ne suis pas infaillible.

– Oui, souffla Vince, s'appuyant à son tour contre la 335. Des nuages, exactement ! Et tu te souviens de ce que disait Hamlet, à ce sujet ?

– Non. Mais, je ne sais pas pourquoi, j'ai le sentiment que tu ne vas pas tarder à me le dire.

– « Voyez-vous ce nuage là-bas qui a presque la forme d'un chameau… ou d'une belette… ou d'une baleine ? »

– Pour moi, il ressemblerait plus à un bébé hydrocéphale qui se serait laissé pousser la moustache… Mais l'image est moins poétique, c'est vrai !

– Voilà ! s'exclama Vince si fort qu'elle sursauta. C'est exactement ce que je veux dire ! Nous avons regardé les nuages, Elsa, mais nous y avons vu les mauvaises formes…

– *Nous* avons ? Il va falloir que tu m'éclaires – une fois de plus –, parce que j'ai soudain l'impression de discuter avec un météorologiste fou !

– Enfin, c'est tellement évident… Nous avons été aveuglés par le miroir de nos propres fantasmes, tous autant que nous sommes… Holt, Borg, Colucci, Paulette, toi, moi… C'est comme… de regarder Moe, le frère de Merv, en pensant que c'est lui… sauf que ce n'est *pas* lui. Tu me suis ?

– *Personne* ne peut te suivre, quand tu baragouines des trucs comme ça, Cronyn ! En fait, la seule question que je me pose, là, c'est : est-ce que ton petit laïus sur les nuages est une sorte d'effet secondaire dû à tes lésions cérébrales, ou est-ce que c'est naturel ?

– Elsa, Elsa… le coupa-t-il avec impatience. J'ai pu réfléchir à tête reposée, sur ce lit d'hôpital. Et je crois… Non, je *sais* qui a tué Vanick.

Cette fois, la romancière resta sans voix. Elle arrêta de contempler le ciel et regarda Vince, effarée.

– Tu le sais… murmura-t-elle, et le jeune homme hocha la tête.

– Oui. Ramène-moi chez moi ; du moins, dans ce qui *fut* un jour chez moi. Je voudrais te montrer quelque chose.

Elsa ne discuta pas. Au contraire… La romancière qu'elle était, alléchée par la promesse implicite de révélations fracassantes, ne fit ni une ni deux et sauta dans sa voiture. Un instant plus tard, ils quittaient ensemble l'aire de stationnement de l'hôpital et fonçaient dans les rues de la ville aussi vite qu'ils pouvaient.

La circulation, dégagée à cette heure matinale, leur permit d'atteindre l'ancienne adresse de Cronyn en moins d'une vingtaine de minutes. Durant tout ce temps, le libraire, mâchoire serrée et sourcils froncés, ne lâcha pas un seul mot, ce qui chez lui relevait de l'exploit majeur. La jeune femme, qui le savait concentré sur son affaire, ne prit pas le risque de rompre le cheminement de ses pensées par un trait d'humour déplacé, et le trajet se déroula donc dans un silence religieux.

Finalement, le véhicule s'engagea au pas dans Parkside Street, là où tout avait commencé, et se gara devant l'immeuble de Vince. Elsa tira le frein à main, coupa le contact… et attendit. Toujours muet, son passager déboucla sa ceinture, se pencha un instant pour observer le bâtiment abandonné à travers le pare-brise, puis descendit. La jeune femme le suivit.

Les mains dans les poches, il effectua quelques pas sur le bitume, jetant un coup d'œil distrait à la silhouette tracée à la craie sur le sol partiellement effacée par l'averse qui avait lavé les rues de la ville… et il se tourna vers elle, affichant un large sourire.

– Franchement, Elsa chérie, tu me déçois ! Tu aurais dû penser à ça par toi-même. Après tout, c'est toi, la spécialiste de ce genre de choses. Vous autres, les écrivains, vous connaissez tout des retournements de situation insensés et des diversions qui ont pour but d'embrouiller l'esprit du lecteur.

– Vince, Vince, Vince… soupira la romancière, bouillant d'impatience. Est-ce que tu vas arrêter de tourner autour du pot et me dire ce que tu as en tête ? À *quoi* aurais-je dû penser par moi-même ?

En guise de réponse, Cronyn lui adressa l'un de ses fameux clins d'œil horripilants et continua à remonter le trottoir jusqu'à la fenêtre où s'était tenu le tueur, plusieurs jours auparavant. Depuis la première explosion, elle avait été condamnée par de vieilles planches disjointes afin d'empêcher les junkies et les clochards de venir chercher un abri pour la nuit, ce qui, au vu de la stabilité de l'édifice, aurait pu leur être fatal. Mais comme le constata Vince en tendant l'oreille, d'autres pensionnaires, ignorant la loi des hommes, avaient déjà fait de cette carcasse d'immeuble leur nouveau palais… Des rats !

Derrière la fenêtre, on entendait leurs faibles couinements, le grattement de leurs petites pattes, des cailloux qui dégringolaient. Amusé, le libraire se remémora ce livre d'épouvante de James Herbert qu'il avait lu adolescent, où des rongeurs prenaient insidieusement possession du monde.

Pourquoi pas ? Les hommes étaient si stupides… Une simple liasse de papier vert, et ils perdaient toute raison, tout sens logique. Alors que les rats, eux, ne vivaient que par et pour leur communauté, faisant preuve d'une intelligence et d'une solidarité qui…

– La Terre appelle Vincent Cronyn… dit Elsa en lui secouant le bras. Te voilà encore perdu dans cette espèce de dimension parallèle peuplée de héros et de monstres issus de la culture *geek*. Reviens dans le monde réel !

– Mais on n'est *pas* dans le monde réel, rappelle-toi… Nous sommes des personnages de fiction issus du nouveau roman d'Elsa Kramer !

– Oui, eh bien, si tu veux que je l'écrive, ce satané bouquin, il serait peut-être temps de me dévoiler comment il se termine.

– On y arrive, on y arrive ! D'après mes calculs, on ne doit pas être loin de la « révélation finale » ! Encore un peu de patience !

Il se pencha vers la fente la plus large et plissa les yeux pour tenter de distinguer quelque chose dans la pénombre régnant au-delà. Constatant qu'il n'y voyait strictement rien, il s'éloigna de la fenêtre et oublia les rats pour revenir à leur enquête.

Grave erreur ! S'il avait prêté attention aux bruits derrière les planches quelques secondes de plus, il se serait aperçu que le rat qui s'était mis hors de vue quand il avait regardé à l'intérieur, remuant les gravats avec ses rangers, devait peser pas loin de cent kilos, et que la paire d'yeux qui les observait à présent à travers les interstices n'avait, elle, rien de commun avec la grande famille des muridés.

– Revenons un peu en arrière, poursuivit Vince en se mettant à faire les cent pas sous la fenêtre. Que s'est-il passé, ce fameux matin ?

– Cronyn, chuchota Elsa. On… On nous observe !

À moins de trois mètres de là, le tueur retint sa respiration, tous les muscles tétanisés. Il était d'ailleurs tellement tendu depuis qu'il avait pris position ici une heure plus tôt que sa tenue de camouflage, retenant la condensation de son corps, empestait la sueur. Pourvu que l'odorat de ces deux abrutis fût aussi peu développé que leurs autres sens…

Comme pour confirmer ses espoirs, Vince et Elsa se retournèrent afin d'observer quelque chose (ou quelqu'un) hors de son champ de vision. Maintenant, ils étaient de dos par rapport à lui. Parfait. Lentement, il abaissa sa main gauche et se saisit de la Remington 700 à ses pieds.

– Ne t'occupe pas de lui, dit Vince sans se douter de rien, et réponds !

– Ce qu'il s'est passé ? souffla Elsa, haussant les épaules. Mais on le sait tous, monsieur le génie. Bruno Vanick a été tué. Il est sorti de sa voiture, il s'est pris une balle en pleine tête, il est tombé, et voilà… *Ecco homo.*

Elle désigna la silhouette à la craie dans le caniveau. Le canon du fusil apparut dans la fente, pointé droit sur la nuque de Vince. Le tueur inclina la tête et colla son œil au viseur. Bien qu'à cette distance il eût été difficile de le rater, cet enfoiré avait la fâcheuse habitude de réussir à se sortir indemne des pires situations, alors mieux valait mettre toutes les chances de son côté.

Il centra la croix de la lunette, sourit en constatant que sa main ne tremblait pas, et ôta la sécurité du fusil. On y était… Bye-bye, mon pote ! Il posa le doigt sur la détente, et était sur le point de la presser lorsqu'une autre silhouette apparut dans le viseur. Et merde ! Un flic !

Le canon du fusil disparut de la fente, et le tueur se plaqua au sol, pestant contre la bonne étoile de Vincent Cronyn.

– Il nous regarde encore, siffla Elsa entre ses dents serrées. On ferait peut-être mieux de partir, tu ne crois pas ?

– Allons donc… Il ne fait que son boulot. Et, si tu n'as pas jugé utile de prendre les cinq kilos de cocaïne planqués dans ton tiroir à chaussettes avant l'explosion de ton appartement, nous n'avons rien à nous reprocher, pas vrai ?

Il agita la main de l'autre côté de la rue à l'attention de l'officier moustachu qui s'y tenait, raide comme la justice. Ce dernier, la mâchoire crispée, ne lui rendit pas son salut et continua à les observer, l'air soupçonneux.

– Bon, d'accord, sourit le libraire, baissant le bras. Sa femme a oublié de lui faire sa petite gâterie matinale, et il en veut à la terre entière. Mais ce n'est pas une raison pour s'inquiéter. Concentrons-nous plutôt sur notre affaire. OK, Vanick a été descendu ici, sur ce trottoir. C'est un fait ; à dire vrai, c'est même le seul fait que nous soyons en mesure de confirmer. Et qu'en a-t-on conclu ?

– Eh bien… réfléchit Elsa. Qu'il était venu voir quelqu'un qui vit ici, non ?

– Tiens donc, dit Vince, tout guilleret à l'idée d'avoir enfin une longueur d'avance sur le monde entier. Et comment savons-nous cela ?

– Ça tombe sous le sens ! Où aurait-il pu aller ? Cet immeuble était le seul du pâté de maisons à être encore habité. Tu devrais le savoir…

– Oublie l'immeuble, Elsa. Oublie le hold-up des salopettes. Et je sais que ce que je vais te demander n'est pas facile, mais… oublie *même* les deux millions de dollars. Qu'est-ce qu'il reste ?

– Une fois tout cela enlevé ? Rien, Vince ! Il ne reste… absolument… rien !!!

– Précisément.

– Quoi !?

Elsa crut qu'elle allait exploser. Elle attrapa le libraire par le col de sa veste et le secoua de toutes ses forces comme un shaker.

– Qu'est-ce que tu es en train de dire ? Parle, ou je te préviens, je… Je ne réponds plus de mes actes !

Le tueur, l'œil de nouveau collé à la fente, attendait maintenant que la petite fouine en uniforme daigne passer son chemin et continue sa ronde. Mais le flic ne bougeait pas de son poste d'observation, comme si ses pieds étaient collés au bitume. L'inconnu pressa l'acier froid du canon de son fusil contre son visage brûlant pour tenter de retrouver son calme, puis, n'ayant de toute façon rien de mieux à faire pour le moment, décida d'écouter les déductions de l'inspecteur Cronyn.

Celui-ci, après s'être débarrassé de l'emprise d'Elsa Kramer, commença à remonter le trottoir.

– Supposons que l'assassin, en vérité, ne connaissait même pas Van l'Imprenable. Supposons que…

Parvenu à hauteur de la BMW, il marqua une pause, le temps de vérifier si d'autres voitures n'arrivaient pas. Quand il fut certain que la rue était déserte, il s'engagea sur la chaussée, la romancière derrière lui, et continua :

– Oui, supposons que, alors même que notre braqueur de banques est en train de sortir de sa voiture, une troisième personne traverse la rue… *ici.*

Il s'arrêta au centre de l'artère en pointant le sol du doigt.

– Pourquoi ne serait-ce pas lui, et non Vanick, qui aurait été la cible du sniper ? Le gangster se serait juste trouvé au mauvais endroit au mauvais moment… Tout comme sa fille Paulette, hier, dans le parc.

– Une troisième personne… dit Elsa en plissant les yeux. *Toi*.

– Moi, confirma Cronyn, hochant la tête.

Ils se regardèrent, et pendant un long, très long moment, ne dirent rien, Vince laissant le temps à Elsa de digérer l'information. Derrière eux, le flic se dandinait d'un pied sur l'autre, se demandant ce que ces deux-là pouvaient bien foutre en plein milieu de la rue à se fixer dans le blanc des yeux. Encore des fêlés qui essayaient de communiquer avec les extraterrestres ; ils étaient de plus en plus nombreux, dernièrement. Signe des temps…

– Donc, tu es en train de me dire… murmura enfin la jeune femme, reprenant le cheminement de Vince là où celui-ci l'avait laissé. Arrête-moi si je me trompe, hein… Tu penses que le tueur t'a tiré dessus à deux reprises, a fait sauter ton appartement, le loft, et bousillé ma voiture, non parce qu'il craignait que tu puisses l'identifier… mais pour une tout autre raison ?

– Bingo !

– Mais… quelle raison ?

À ce moment, l'agent de police, n'y tenant plus, les interpella et vint vers eux. Derrière la fenêtre condamnée, le tueur, tremblant de rage, posa une main moite sur sa bouche pour calmer le tic nerveux agitant sa lèvre supérieure.

– Dites, vous deux… Vous attendez quoi, là ? De vous faire écraser ?

– Je ne vois pas l'ombre d'une voiture, officier, déclara Vince après avoir de nouveau regardé des deux côtés de la rue.

– Ouais, ouais, c'est ça. Fais le mariole, mon gars. Tu rigoleras moins quand tu te seras fait faucher par un employé de banque à la bourre comme ma belle-sœur. Elle est dans un fauteuil roulant, aujourd'hui, alors que le chauffard s'en est sorti avec trois ans de rétention, moins le sursis. Saloperie de justice ! Mais passons… Vous foutez quoi par ici de si bon matin ? Mmh ???

– Raisons personnelles, répondit Vince, évasif.

– Ça, c'est ce que j'appelle une réponse à la con, grogna le flic. Ce qui va évidemment entraîner une réaction à la con : montrez-moi vos papiers, les jeunes ! Et que ça saute !

– Hé ! s'insurgea le libraire. Comment osez-vous manquer à ce point de respect envers la femme qui est avec moi ? Vous ne la reconnaissez pas ?

– Pourquoi ? Je devrais ?

– Et comment ! Il s'agit de miss Kramer, le plus grand écrivain de tous les temps. Mis à part Shakespeare, bien sûr…

– Il exagère, dit Elsa en rougissant. Mais c'est mignon, Vince. Merci.

– Eh ben moi, mes lectures s'arrêtent à *Entertainment Weekly, Forbes* et *Hustler*, grogna le flic. Vous avez déjà fait la couverture de *Hustler*, miss ?

Il ponctua sa question d'un grand sourire grivois qui déplut particulièrement au libraire. Il fit un pas vers le flic, s'interposant entre Elsa et lui.

– Très bien, officier. Peut-être ne connaissez-vous pas cette femme. En revanche, moi, vous ne devriez avoir aucun mal à m'identifier.

– Ah bon ? Vous êtes quoi ? Champion de lancer de nains ?

– Mon nom est Cronyn. Vincent Cronyn. C'est moi, l'homme que les journaux ont surnommé le Sniper de Parkside Street. Oh, à ce propos, vous vouliez voir mes papiers ? Pas de problème !

Il sortit sa carte d'identité de son portefeuille et l'exhiba sous le nez du flic. Celui-ci se mit à pâlir, portant la main à son arme de service.

– Vous… Vous êtes… ? bégaya-t-il.

– Tout ce qu'il y a de plus libre, oui, compléta Cronyn en découvrant ses dents tel un loup affamé. Libre de me laisser aller à mes penchants les plus inavouables. Saloperie de justice, hein ? Oh, je n'ai pas ma M-1 sous la main, mais faites-moi confiance… Quand il s'agit de tuer, je peux faire preuve d'une inventivité… surprenante.

Il émit un grondement de gorge sinistre, et passa sa langue sur ses lèvres, fixant le policier sans ciller. C'en fut trop pour le vieux bonhomme, qui ne devait pas être loin de l'âge de la retraite et prévoyait de rester en vie jusqu'à celle-ci.

Il agita l'index dans sa direction, et, après avoir hésité à balancer une dernière réplique, histoire d'avoir le dernier mot, il renonça et s'enfuit en trottinant sur ses courtes jambes.

Elsa explosa de rire.

– Tu es un grand malade, Vince, tu le sais, ça ?

– J'étais crédible ? Je me suis inspiré de De Niro dans *Les Nerfs à vif* et de Mitchum dans *La Nuit du chasseur.* Mais je ne suis pas sûr que le mélange ait été très heureux…

– Tu es conscient que ce type va rameuter tous ses collègues, et que dans moins de vingt minutes, le coin grouillera de flics ?

– Parfait. C'est exactement ce que je désire. Au moins, on ne risquera pas d'être interrompus par des Indiens sanguinaires ou des jumeaux teigneux !

La jeune femme essuya ses yeux en essayant tant bien que mal de rassembler ses pensées, ce qui ne fut pas une mince affaire.

– D'accord… En admettant que le tueur voulait ta peau, à toi, qu'est-ce que Vanick fichait ici, *lui* ?

– Ma foi, je pense que sur ce point, au moins, nous avions vu juste. Il était venu récupérer l'argent.

– Ooh, Vince… soupira Elsa en secouant la tête. Chaque fois que je pense être en mesure de te suivre, tu t'arranges pour me perdre à nouveau. Le récupérer ? Mais le récupérer *où* ?

– Pas dans l'immeuble, ça, c'est sûr ! D'ailleurs, qu'est-ce qu'il aurait été foutre là-dedans ? Ça ne colle pas avec notre histoire. Alors que… là-bas…

D'un mouvement du menton, il désigna le parc, de l'autre côté de la rue.

28

Le jackpot

– Tu crois que le type qui utilise ce vieil orgue de Barbarie se rend compte qu'il est complètement déréglé ? grimaça Elsa.

Vince, qui remontait le chemin longeant la barrière du parc bille en tête, daigna enfin prêter attention à la jeune femme.

– Si tu veux mon avis, dit-il, le propriétaire de ce truc est mort depuis longtemps, et son engin, inconsolable, continue à jouer tout seul le même air, encore et encore. Tu sais, comme dans ces nanars de série Z ; la voiture tueuse, l'ascenseur tueur, la presse à repasser tueuse… Pourquoi pas l'orgue de Barbarie tueur ? Tu n'as jamais songé à une idée pareille, pour l'un de tes livres ?

– Ce serait un suicide littéraire, Cronyn ! Alors que notre histoire, elle, est susceptible d'attirer des millions de lecteurs… À condition que tu daignes la finir un jour, bien entendu.

Vince claqua des doigts, comme s'il venait de se souvenir de quelque chose d'important (le fil de la conversation, sans doute), et s'arrêta de marcher. À ce moment, un joggeur aux muscles saillants et luisant de sueur, les yeux rivés sur sa montre, leur fit signe de s'écarter de son chemin, et ils durent se pousser pour éviter d'être renversés.

Le libraire attendit qu'il fût hors de portée d'oreille, puis se tourna vers Elsa avec l'air d'un conspirateur.

– Retournons vingt ans en arrière, si tu veux bien… Vanick vient juste de sortir de la banque. Merv Borg et lui se sont séparés, et il a désormais tous les flics de la ville à ses trousses. Il sait qu'il n'arrivera pas à les semer, et qu'ils lui tomberont dessus d'un moment à l'autre. À ce moment, il passe en voiture devant un parc… *ce* parc, Elsa ! Alors, que va-t-il faire ? Jouer les pirates, pardi, et faire de cet endroit son « île au trésor ». Il s'est pointé ici, et il a enterré son pactole quelque part. C'était la planque idéale ; personne n'aurait jamais songé à fouiller dans ce coin-là.

– Enterrer deux millions de dollars en plein jour, dans un endroit public ? Ça ne tient pas debout. Il se serait fait repérer en moins de deux secondes.

– Tu sembles oublier quelque chose… Leurs tenues ! Vanick portait encore le bleu de travail utilisé pour le casse. Alors, si toi, tu avais aperçu un type en salopette en train de creuser un trou dans un parc, y aurais-tu prêté la moindre attention ? Bien sûr que non. Tu aurais peut-être pensé qu'il s'agissait d'un employé municipal en train de planter des fleurs, mais en aucun cas d'une figure du grand banditisme occupée à cacher son butin.

Il se tut, attendant la réaction de sa partenaire. Elsa passa la langue sur ses lèvres sèches et plissa le front, essayant de dénicher des failles dans son raisonnement. Mais elle eut beau chercher, elle n'en trouva pas.

L'histoire se tenait.

– Seigneur… murmura-t-elle. Il se pourrait que tu aies raison… Alors ? Que faisons-nous, maintenant ?

– Je propose que nous vérifiions si ma théorie tient la route, dit Vince en quittant le chemin pour s'engager sur la pelouse. Trouvons cet argent ! Il n'a pas dû l'enterrer très profondément.

Il tomba à genoux sans se soucier de salir ses vêtements qui de toute façon commençaient à ressembler à de véritables guenilles et entreprit d'arracher de pleines poignées de gazon avec ses mains.

– Il doit être quelque part par ici, près de cette barrière, haleta-t-il sans cesser de creuser. Vanick était pressé, il n'a pas eu le temps d'aller trop loin.

– Vince, la barrière fait plusieurs centaines de mètres de long ! Tu ne penses pas que nous devrions… ?

– Eh bien, eh bien, éructa une grosse voix derrière elle, qu'est-ce que vous faites, Vincent ? Vous vous prenez pour une vache ? Remarquez, venant de vous, plus rien ne saurait m'étonner. L'herbe est bonne, au moins ?

Cronyn tourna la tête, tout comme Elsa, et ils aperçurent l'inspecteur Holt qui remontait lentement l'allée, suivi par son alter ego Lambert. Derrière eux, presque caché par les larges épaules de l'imposant policier, venait le vieil officier moustachu que Vince avait traumatisé.

– C'est eux, fit-il en les pointant du doigt. Ne vous l'avais-je pas dit, qu'ils avaient l'air de fous dangereux ?

– Si, acquiesça Holt en mâchonnant son cigare. Et vous aviez raison ! Retournez à votre poste, *compadre* ! Les choses risquent de tourner vinaigre dans pas longtemps et j'ai pour principe de ne jamais exposer la vie de compatriotes en fin de carrière, sauf en cas d'absolue nécessité.

– Merci, inspecteur ! murmura l'autre sans lâcher Vince du regard. Vous savez, si ça ne tenait qu'à moi, vous seriez déjà commissaire !

Lambert leva les yeux au ciel, navrée d'avoir à entendre ça. L'officier tapota l'épaule de Holt, puis s'enfuit sans demander son reste, non sans avoir adressé un ultime sourire victorieux au libraire.

Ce soir, il s'endormirait auprès de sa monstrueuse épouse à la tête chargée de bigoudis avec la satisfaction d'avoir enfin été utile à quelque chose, au bout de trente-huit années passées au service de la police. Comme Vince aurait aimé que sa propre vie soit aussi simple…

Il se releva en époussetant la terre humide de ses genoux et lança à l'inspecteur qui était occupé à tenter de rallumer le bout de son cigare :

– Dites-moi, Holt… Y a-t-il une récompense pour celui qui trouve l'argent de la banque et vous le rapporte ?

– Bien sûr. Quelque chose comme 8 % de la somme. Ce qui doit nous faire pas loin de… 175 000 beaux dollars !

– En fait, le contredit Lambert, si ce pourcentage est toujours valide, ce dont je doute fortement étant donné le contexte économique actuel, le chiffre exact se situerait plus aux alentours de 173 900 dollars.

Le gros bonhomme la toisa en tirant les dernières bouffées de son cigare.

– C'est quoi, le but de votre petit discours, Muriel ? M'humilier en public en prouvant à tout le monde que vous êtes plus intelligente que moi ?

– Non, mais je…

– Parce que si c'est le cas, vous avez réussi ! Là, je passe pour le crétin de service incapable d'additionner deux chiffres sans se servir d'une calculette.

Holt partit d'un rire franc et massif, puis s'arrêta net et fixa son acolyte droit dans les yeux, l'air sévère. Celle-ci rougit violemment.

Vince et Elsa observaient la scène, amusés. Ils ressemblaient vraiment à un vieux couple, tous les deux.

– Vous pourriez avoir ma place, Lambert ! Vous le pourriez vraiment… Vous m'êtes supérieure en tous points. Mais il vous manque l'essentiel. Et vous savez ce que c'est ?

– Oh, soupira la femme-flic, j'imagine que vous allez encore me sortir le vieux couplet du flair, du sixième sens ou bien de l'expérience du terrain.

– Nan, m'dame, mieux que ça… Une bonne grosse paire de balloches !!!

Joignant le geste à la parole, Holt mima les choses en question, et se remit à hurler de rire sous le regard médusé de sa collègue.

Vince attendit quelques secondes, le temps qu'il se calme, et dit :

– Messieurs dames… Je vous propose maintenant de prendre une pelle !

Une heure plus tard, une douzaine de policiers creusait des trous autour des buissons et sur la pelouse située le long de la barrière sous le regard mortifié du jardinier chargé de l'entretien et d'une bonne trentaine d'autres badauds contenus par des barricades posées à la va-vite.

Assis sur un banc à quelques mètres des fouilles, Holt, Lambert et Elsa prenaient une pause bien méritée. Le premier fumait son cigare en silence en produisant des ronds de fumée parfaits, tandis que les deux femmes étaient penchées l'une vers l'autre et chuchotaient en riant, lancées dans une conversation dont seule la gent féminine avait le secret.

Quant à Vince, les mains dans les poches, il arpentait l'allée à pas lents, de long en large. Pourquoi est-ce que ça prenait tant de temps ? Les flics auraient déjà dû trouver quelque chose. Se pouvait-il qu'il se soit planté ? L'argent dormait peut-être bien à l'abri dans le coffre-fort d'une banque. Vanick avait l'esprit suffisamment tordu pour être capable d'un coup pareil. Ou alors, il l'avait confié à une tierce personne qu'aucun d'entre eux ne connaissait qui s'était enfuie en prenant le premier avion en partance pour le Brésil.

Les possibilités étaient multiples, et il était conscient qu'en tant que simple pion, il lui était difficile d'avoir une vision d'ensemble de l'échiquier. Néanmoins, il ne pouvait s'empêcher de penser que son idée était la bonne. D'ailleurs, il ne semblait pas le seul.

Derrière la barrière, à quelques mètres de là, une limousine noire était garée le long du trottoir. La fenêtre arrière était baissée, et, de là où il se trouvait, Vince pouvait apercevoir les visages dissimulés dans l'ombre d'Al Colucci et de ses fidèles dacoïts. Le libraire leur fit un petit signe de main discret, et pour toute réponse, l'Aventurier remonta sa vitre, évidemment teintée.

Vince haussa les épaules et pivota sur ses pieds pour contempler le grand hêtre planté sur la pelouse centrale du parc. De chaque côté du tronc, comme dans ces dessins animés de la Warner Bros, apparaissaient deux grosses têtes hirsutes. Tweedledee et Tweedledum Borg étaient eux aussi venus assister au spectacle.

Ne manquait plus à la fête que Buffalo Bill et son fusil, et le tableau serait complet.

– Dis, monsieur, tu veux jouer avec moi ?

Il baissa les yeux, et aperçut devant lui une mignonne petite fille blonde âgée d'à peine six ou sept ans qui souriait de toutes ses dents de lait. Elle fouilla dans la poche de sa salopette rouge, et à son grand étonnement, en sortit une balle de tennis jaune vif à peine salie par les multiples rebonds que tous lui avaient fait subir.

– Où as-tu trouvé ça, gamine ? demanda-t-il doucement en s'accroupissant pour se mettre à sa hauteur.

– Elle est à moi ! répondit l'enfant, plaquant la balle contre sa poitrine comme si c'était le plus précieux des trésors.

– Ce n'est pas ce que je t'ai demandé ; rassure-toi, je n'ai pas l'intention de te la confisquer. Je veux juste savoir... Ce sont tes parents qui te l'ont achetée ?

La petite secoua obstinément la tête, décidée à ne pas répondre, mais Vince lui adressa un sourire engageant, de ceux auxquels bien peu étaient capables de résister, et elle finit par changer d'avis, estimant que l'homme était quelqu'un de confiance.

Elle se pencha alors vers lui et murmura au creux de son oreille :

– C’est une balle magique ! Elle est venue vers moi en roulant et a cogné contre mes chaussures, là-bas, derrière l’immeuble qui a brûlé. Elle voulait que je l’adopte. Elle s’appelle Pacgirl, comme la fiancée de Pacman.

– Tu connais ça, toi ? sourit Cronyn. À ton âge ?

– Mon père, c’est un grand informaticien. Et il dit que Pacman, c’est le meilleur jeu de tous les temps. « Bien meilleur que ce connard de plombier italien », il a dit, et là, maman lui a fait les gros yeux, comme à chaque fois qu’il dit des gros mots devant moi. Mais ce qu’ils ne savent pas, c’est que j’en connais plein d’autres, moi : « enculé de ta mère », « trou du cul sans poils »…

– « Trou du cul sans poils » ? gloussa Vince, surpris de voir de telles paroles sortir de la bouche de ce visage angélique. Effectivement, ça, c’est un sacré gros mot. D’accord… Comme tu m’as confié un secret, je vais t’en dire un à mon tour. Tu as raison : cette balle est magique ! Je le sais, parce qu’avant de te rencontrer, elle est aussi venue à moi, et que je l’ai adoptée pendant un moment.

– C’est vrai ? fit l’enfant en écarquillant ses grands yeux bleu clair.

– Ouais. Mais tu vois, c’est une balle exigeante, et au bout d’un moment, elle a fini par se lasser ; je n’étais pas celui qu’il lui fallait. Alors elle est repartie… et elle t’a trouvée. Et je suis sûr qu’elle restera avec toi très, très longtemps, parce que tu m’as l’air d’une petite fille sérieuse.

– Oui oui, je suis très sérieuse, affirma son interlocutrice en se mettant à caresser la balle. Je m’occuperai bien d’elle. Je ne la laisserai jamais seule. Et je dormirai avec elle tout le temps pour pas qu'elle ait peur, même quand j'irai chez ma copine Fran.

Vince songea qu'il venait probablement de créer malgré lui une future source de conflits entre la gamine et ses parents, mais… à chacun ses problèmes, pas vrai ?

– C'est très bien. Mais si tu veux vraiment lui faire plaisir, je peux te donner un conseil qui t'assurera sa fidélité à jamais.

– C'est quoi ? C'est quoi ? dit la petite fille en sautillant sur place.

– Pacgirl est une balle, et comme toutes les balles, elle ne tient pas en place. Si tu la laisses dans ta poche, elle va finir par s'ennuyer. Alors, il faut que tu la fasses rebondir souvent. Très souvent. En fait, le plus souvent possible. Comme ceci.

Il tendit sa main, enjoignant à l'enfant de lui prêter son trésor. Celle-ci hésita encore un peu, puis s'exécuta. Le libraire recula de quelques pas et la lui lança, non sans avoir pris soin de la faire rebondir au moins une fois sur le chemin. La petite fille, surprise, la rattrapa au dernier moment en faisant un petit saut acrobatique de côté.

– Super ! lui dit Cronyn. Tu vois comme elle a déjà l'air plus heureuse ? Allez, à toi, maintenant !

Il agita sa main droite vers lui-même, et elle lui renvoya alors un boulet de canon dont la puissance ne fut presque en rien atténuée par le rebond. La balle percuta le plexus solaire de Vince, qui eut le souffle coupé.

– Eh bien, rit-il en se massant la poitrine, si ton père ne te transmet pas le virus de l'informatique, tu pourras toujours postuler comme lanceuse chez les Yankees.

Il lui renvoya. Elle l'attrapa. La lui lança à nouveau. Il la rattrapa. Lui relança… Ils jouèrent ainsi pendant presque un quart d'heure en parlant de tout et de rien. Enfin, surtout la petite fille, qui se révéla être un vrai moulin à paroles…

Vince apprit ainsi qu'elle s'appelait Tiffany, en hommage à une vedette de sitcoms des années 1990, qu'elle aimait les glaces à la fraise mais pas celles au café qui lui laissaient un goût « dégueulasse » dans la bouche, qu'elle allait fêter son anniversaire dans exactement 267 jours, que son père oubliait toujours de rabattre la lunette des toilettes quand il faisait pipi, et que son dessin animé préféré était *Shrek 3*. Vince, de son côté, eut à peine le temps de lui dire son prénom et son métier. Mais peu lui importait ; la petite fille, les joues rouges, avait l'air heureuse, et c'était le principal.

Pour la première fois de son existence, il se prit à s'imaginer en père. Est-ce qu'il serait capable d'élever un gosse, lui qui avait déjà tant de mal à s'assumer lui-même ? Sûrement pas… Mais quand il voyait tous ces abrutis collant des torgnoles à leurs mômes dès qu'ils faisaient un pas de travers, il se disait qu'il ne pourrait pas être pire.

Et puis, au moins, quand son fils ou sa fille lui parlerait du nouveau dessin animé de Pixar qu'il voulait absolument aller voir ou de la dernière console de Microsoft qui viderait son porte-monnaie, il pigerait tout de suite de quoi il s'agissait sans passer pour un de ces ignorants restés bloqués à la frontière de l'an 2000 qui persistaient à appeler CD les DVD et bousillaient leur ordinateur à force de cliquer sur tout et n'importe quoi avec leur souris.

D'un autre côté, grâce à ça, il se pourrait même qu'il arrive à faire aimer Shakespeare à son gamin. Et ça, ce serait un exploit dont bien peu de pères pourraient se vanter, de nos jours ! Mais bien sûr, avant cela, il convenait de trouver la mère idéale.

Durant un temps, il avait cru que Louise pourrait être celle-ci. Mais aujourd'hui, c'était terminé. Il coula un regard vers Elsa, toujours en grande discussion avec l'inspectrice adjointe Lambert. Et si… ?

À ce moment-là, l'un des terrassiers se mit à crier. Tous les autres flics l'entourèrent, tandis qu'Holt, Lambert et Elsa sautaient de leur banc pour les suivre. Vince rattrapa Pacgirl avant de la prendre en plein visage et se dépêcha de les rejoindre.

Comme il embarquait la balle avec lui, la petite fille lui cria de la lui rendre, ce qu'il fit immédiatement. Tiffany la saisit et la rangea dans sa poche, mais, curieuse comme une pie, elle le suivit jusqu'au trou creusé par un jeune officier au visage constellé de taches de rousseur.

Le temps qu'ils arrivent, celui-ci avait extirpé du sol l'objet qu'il venait de découvrir. L'air dépité, il le leva à bout de bras, ce qui provoqua l'hilarité générale. Il s'agissait d'un vieux pneu déchiqueté.

– Hey, Kevin, lança l'un de ses collègues, quand t'auras trouvé le reste de la bagnole, préviens-moi. La mienne est en train de rendre l'âme !

– Je t'emmerde, Butch ! maugréa le rouquin en se remettant à pelleter.

Les officiers commençaient déjà à se disperser, prêts à reprendre le boulot, quand un autre flic brailla, un peu plus loin.

– Allons bon ! grogna Holt en crachouillant les trois brins de tabac restés collés au bout de sa langue. Qu'est-ce qu'il va avoir trouvé, ce gaillard-là ? Un squelette de diplodocus ?

– Inspecteur ! hurla le flic comme si sa vie était en jeu. Venez voir !

– C'est bon, Tibbons, j'arrive ! soupira l'autre, blasé. Inutile de…

Et là, l'agent balança hors du trou qu'il venait de creuser une grande mallette plate en métal. Il y eut un bref instant de flottement durant lequel personne ne parla, tous se contentant d'observer l'objet qui volait dans les airs, bouches ouvertes et yeux écarquillés, comme si c'était un ovni. La valise retomba alors sur la pelouse avec un bruit mou, et le temps reprit son cours.

Soudain, ce fut la mêlée générale. Les flics se ruèrent tous vers la mallette, désireux d'être aux premières loges quand l'inspecteur Holt l'ouvrirait. Encore fallait-il qu'il y accède… Le gros bonhomme, toujours suivi de son adjointe, d'Elsa Kramer, de Vince et de la petite fille, se mit à jouer des coudes en râlant afin de pouvoir traverser la foule compacte des hommes en bleu.

Ce ne fut pas une mince affaire. Mais au bout de quelques minutes d'une lutte acharnée, il finit par atteindre le dénommé Tibbons, qui se tenait maintenant accroupi auprès de la valise et ne la quittait pas des yeux, au cas où quelqu'un aurait voulu s'en emparer.

Holt claqua des doigts à l'adresse de Lambert. La femme se baissa et ramassa la valise sans un mot.

– Vous croyez que… ? demanda l'officier, incapable de terminer sa phrase.

– Je n'en sais rien, mon gars ! murmura Holt. Au bout de tout ce temps, j'ai cessé d'espérer.

Il avança néanmoins ses grosses mains poilues et tritura fébrilement les fermoirs de la mallette. Ceux-ci, rongés par la rouille, lui résistèrent quelques secondes. Le monde entier retenait son souffle.

Non loin de là, Al Colucci et ses hommes de main, se fichant désormais comme d'une guigne d'être repérés, étaient accrochés aux fenêtres de la limousine comme des vautours sur une branche. Moe et Merv Borg avaient eux sorti une paire de jumelles pour mieux voir ce qui se passait, et se disputaient désormais pour celles-ci. Vince attrapa la main d'Elsa, et la serra très fort. La romancière lui rendit son étreinte.

L'inspecteur rabattit alors le couvercle, et le suspense prit fin.

– « Je sais une chose… C'est que j'étais aveugle, et que maintenant je vois ! » chuchota Holt, qui ne citait la Bible que dans les moments d'intense émotion. Alléluia, mes frères !

Il s'écarta, et leur montra la mallette, bourrée à craquer de liasses de billets à l'effigie de Benjamin Franklin. Le flash d'un photographe illumina un bref instant la scène, et le cliché qui en résulta devait trôner au-dessus de la cheminée de Gustav Holt jusqu'au jour de sa mort.

Tout le monde applaudit, et quelques vivats fusèrent même du côté des policiers. Le gros bonhomme referma la valise et la confia à Lambert. Puis, semblant ne toujours pas en revenir, il se tourna vers Vince et sortit de sa poche intérieure un long, très long cigare, qu'il lui offrit.

Le libraire s'en saisit et, tandis que l'inspecteur le lui allumait, il ahana :

– Vous chavez, en temps normal, je ne fume pas…

– Je vous crois, Vincent. Sauf que ça fait quelques jours qu'il n'y a plus rien de normal dans cette ville. Alors, nous allons partager ce cigare ensemble, et bon sang, vous tirerez dessus jusqu'à ce que votre visage devienne vert !

Il éclata de son rire de stentor, avant de luidonner une grande claque dans le dos. Vince toussa comme un tuberculeux au dernier stade de sa maladie.

Elsa l'attrapa par la taille et posa sa tête sur son épaule, ce qui fit miraculeusement cesser sa toux.

– Mon loser de héros ! dit-elle après avoir déposé un baiser sur sa joue. Je savais qu'en te suivant dans ta folle aventure, il m'arriverait des choses extraordinaires.

– Ouais ? fit Vince en tendant le cigare à l'inspecteur. Comme… te faire bousiller ta BMW à grands coups de pied-de-biche et exploser ton loft ?

– Broutilles, tout ça ! Avec le livre que je vais écrire sur cette histoire, je suis certaine que je pourrai m'en racheter une dizaine.

– Tu m'as l'air bien sûre de toi… Pourtant, ton bouquin ne sera pas complet tant qu'il manquera le dernier chapitre.

– Quoi ? Qu'est-ce que tu racontes ? Enfin, regarde un peu autour de toi, Vince ! Nous avons gagné. *Nous avons gagné !!!*

Le libraire obtempéra. Au-delà de la foule en liesse, il aperçut Al Colucci qui observait toujours la scène de sa limousine en lissant sa moustache avec son index, le regard dans le vague et les lèvres pincées. Il finit par secouer la tête, vaincu. Assis à sa gauche, Visage Froid se pencha vers lui pour lui demander quelque chose, ce à quoi l'Aventurier répondit en donnant une petite tape sur l'épaule du chauffeur. La voiture démarra en trombe.

Mais, au moment où elle passait devant Vince, Colucci sortit son bras par la fenêtre et lui fit un doigt d'honneur.

– Ce fut un plaisir pour moi aussi, Al ! murmura le libraire. Transmettez mes amitiés au Syndicat.

La limousine passa derrière un bosquet, et il la perdit de vue. À ce moment, Tiffany tira sur la manche de sa veste.

– Hey, Vince ! Qu'est-ce qu'ils font, les deux messieurs avec la même tête, là-bas ?

Cronyn regarda dans la direction qu'elle indiquait avec son petit doigt, et vit Borg et Borg fort occupés à se bourrer de coups de poing en roulant sur la pelouse. Fidèles à leurs habitudes, ils avaient dû se rejeter l'un sur l'autre la responsabilité de leur échec, ce qui les avait conduits à une nouvelle empoignade. Les deux frères continuèrent à se battre pendant une minute, puis ils durent estimer que cela ne les mènerait à rien et se relevèrent en s'aidant mutuellement, s'arrêtant aussi vite qu'ils avaient commencé.

L'air tragique, ils contemplèrent une dernière fois la précieuse mallette qui passait maintenant de main en main sous le regard vigilant de l'inspecteur Holt, puis d'un même mouvement, se détournèrent de la scène avant de s'éloigner sur la pelouse, bras dessus bras dessous. Il sembla même à Vince que Merv s'était mis à sangloter. Cela dit, il y avait de quoi ; vingt ans qu'il avait attendu cela, et voilà que la fortune tant espérée lui passait sous le nez.

– Salut, les gars ! dit Vince en les regardant disparaître à l'horizon. Tâchez de ne pas vous faire prendre, la prochaine fois que vous déciderez de braquer une supérette !

La petite fille releva la tête vers lui, sourcils froncés, ne comprenant pas un traître mot de ce qu'il disait. Le libraire caressa sa chevelure blonde, puis se retourna vers le petit groupe en pleine effervescence.

Il était bien ; pour la première fois depuis des lustres, l'avenir lui semblait limpide, sans nuages. Son union avec la sublime Elsa Kramer n'allait pas tarder à devenir officielle, ensemble, ils écriraient ce qui deviendrait son chef-d'œuvre, et, cerise sur le gâteau, il toucherait la modique somme de cent soixante-quinze mille dollars. À quand remontait la dernière fois qu'il avait déposé une somme pareille sur son compte en banque ? Jamais ? Ouais, bien possible.

Les mains dans les poches, Vince soupira de bonheur. Non, il n'y avait décidément pas une seule ombre au tableau. À part peut-être…

C'est à ce moment-là que le coup de feu retentit.

29

Face à face

La balle siffla dans les airs et atteignit l'épaule de l'officier Tibbons. L'homme effectua un tour sur lui-même en se mettant à bêler de douleur, puis chuta dans le trou qu'il avait lui-même creusé. Un second projectile s'encastra ensuite dans le tronc d'un grand chêne, et ce fut comme une espèce de signal pour tout le monde.

Spectateurs et policiers se jetèrent au sol, les uns sur les gravillons du chemin, les autres dans l'herbe boueuse qu'ils avaient allégrement piétinée. Seule la petite fille, incapable de concevoir ce qui se passait, resta debout en regardant de tous côtés, affolée. Voyant cela, Cronyn la saisit par l'une des bretelles de sa salopette et la plaqua au sol, la protégeant de son propre corps. Une troisième détonation retentit dans l'air matinal, et la balle tinta contre une pelle, non loin de la tête de Vince, pour aller se perdre dans l'un des bosquets jouxtant la barrière. Sale enflure ! Il ne renonçait jamais.

Le visage écrasé contre le gazon, le libraire fit signe à Elsa, qui se trouvait dans la même position à deux mètres de là, de se rapprocher de lui. La romancière, n'ayant pas envie de voir sa fructueuse carrière écourtée par une balle dans la tête, hésita, puis Vince indiqua la gamine cachée sous lui, et elle n'eut d'autre choix que de se déplacer en rampant comme un reptile.

– Qu'est-ce qui se passe ? lui cria-t-elle tandis que l'assassin tirait un nouveau coup de feu, simplement pour maintenir la pression.

– On y est ! répondit Vince, essuyant la terre de son visage avant de déposer un baiser sur ses lèvres. Le dernier chapitre de notre histoire ! Le duel du *Bon, la Brute et le Truand* dans le cimetière… Le *mano a mano* de Cage et Travolta dans l'église de *Volte/Face*, avec envol de colombes à l'appui… Hamlet face à Laërte ! *Mon* moment de gloire !

– La dernière comparaison n'est pas des plus heureuses… Dois-je te rappeler qu'ils meurent tous les deux à la fin ?

– Qu'importe la fin… Si je passe à la postérité, je deviendrai immortel ! Et toi, eh bien, ma foi… Tu me dédieras ton livre !

– Non, Vince ! Reste ici ! Ce dingue a un fusil, et toi, ta seule arme, c'est ta stupidité ! Vince ! Tu entends ce que je te dis ? Reviens, bon sang !!!

Mais Cronyn, qui ne l'écoutait déjà plus, avait commencé à avancer vers la barrière en s'aidant de ses coudes. Elsa maudit cette espèce d'inconscience qui le caractérisait, et couvrit la petite fille de son manteau.

Le libraire atteignit Holt, qui le regarda passer devant lui sans rien dire, incapable d'en croire ses yeux, puis il se posta dos au petit muret d'un mètre de hauteur se trouvant à la base de la barrière.

Là, il s'accorda une courte pause.

– La boue, les balles qui sifflent au-dessus de nos têtes, un ennemi invisible… Ça ne vous rappelle pas Saigon, inspecteur ?

– Je n'en sais rien, Vincent… À cette époque, j'écoutais Janis Joplin et Jimi Hendrix en fumant de la libanaise, incapable d'imaginer que cinq ans plus tard, j'intégrerai l'école de police sur les conseils avisés de mon paternel ; alors, la guerre, tu parles si je m'en cognais… Mais pourquoi suis-je en train de parler de ça avec vous ? Vous pouvez me dire ce que vous foutez aux premières loges ? Retournez vous planquer !

Pour toute réponse, Vince se retourna et, s'appuyant sur ses genoux, risqua un œil par-dessus du muret. Dans la rue, rien ne bougeait, à l'exception de la pancarte « ATTENTION – NE PAS ENTRER – RISQUE D'ÉBOULEMENT » installée par les flics sur la porte d'entrée de son immeuble qui se balançait mollement dans la bise glaciale.

Ce fut d'ailleurs celle-ci qui, en attirant son regard, lui permit de remarquer le canon de la Remington dépassant d'entre les planches d'une fenêtre condamnée du rez-de-chaussée. *La* fenêtre, en fait…

– Alors, te voilà ! murmura Vince pour lui-même. Posté au même endroit que la dernière fois. Tu as de la suite dans les idées, hein ? Eh bien, ça tombe mal, Crockett ; j'en ai aussi, figure-toi, et je suis bien résolu à te faire bouffer ton chapeau en peau de castor !

À ces mots, il bondit sur ses jambes et attaqua l'escalade de la barrière. Le tueur tira encore, et cette fois, la balle, ricochant sur l'un des barreaux, ne manqua son crâne que de quelques centimètres.

– Bordel de Dieu, Vincent ! s'écria Holt. Restez à terre ! Vous allez vous faire truffer de plomb !

– Eh bien, dans ce cas, Driscoll, déclama Cronyn sans cesser de grimper, je vous charge de dire à miss Darrow combien j'étais fou d'amour pour elle. Mais soyons lucide : une femme et un singe… Ça n'aurait jamais marché, entre nous !

Il atteignit le sommet de la grille, se laissa choir de l'autre côté, et le salua d'un petit signe de main avant de traverser la rue en courant.

– Mais de quoi diable est-ce qu'il parle ? grogna Holt, désemparé.

– De King Kong, je crois, dit son adjointe, les mains sur la tête. Je vous l'avais dit, que ce type était givré !

– Et vous aviez raison, mais…

Le flic releva la tête, juste à temps pour voir Vince atteindre l'autre côté de la rue et arracher vigoureusement les scellés de la porte.

– … Mais la folie, Lambert, termina-t-il, c'est bien souvent ce qui caractérise les héros !

Le libraire balança son pied dans la porte d'entrée, qui s'ouvrit en grinçant sur ses gonds. À l'intérieur, tout était noir et sentait la fumée froide. Sans attendre, il traversa le couloir aux murs de guingois, prenant garde à ne pas tordre sa cheville déjà fragilisée sur l'un des innombrables gravats qui jonchaient le sol, et s'arrêta devant le 1-C.

La porte, soufflée par l'explosion, avait disparu, et seul subsistait son chambranle, fendu sur toute la longueur et prêt à s'effondrer à tout instant. Vince passa prudemment sa tête à l'intérieur. L'appartement, impeccable quelques jours auparavant, n'était plus qu'un vaste champ de ruines, comme tout le reste. Encore un point pour les entreprises du bâtiment qui n'allaient pas manquer de boulot durant les prochaines semaines !

Il plissa les yeux, essayant de distinguer quelque chose dans la pénombre ambiante, mais à part un rat obèse qui peinait à se cacher comme ses congénères dans les décombres, il ne vit personne. Et cette fois, pas d'arme non plus. Mmmh… Pas bon signe, ça !

Il tourna la tête à droite, et aperçut au fond du couloir la porte de la sortie de secours qui battait librement. Bon sang, cette histoire commençait de plus en plus à ressembler à *Un jour sans fin* ! En soupirant, Vince secoua le chambranle jusqu'à ce qu'il tombe, pour de ne pas prendre le risque qu'un gamin un peu aventureux le reçoive sur la tête, puis il remonta le couloir et atteignit la sortie.

Le tueur, cagoulé comme à son habitude, se trouvait là, au beau milieu de la cour, exactement comme la première fois, courant comme un dératé sur l'herbe rachitique du carré de pelouse. Cette fois, en revanche, pas de flic débile pour favoriser sa fuite. En fin de compte, Vince s'était planté : ce n'était pas Holt, le héros de l'histoire, mais bel et bien lui-même ; et le temps était venu pour lui de vivre les quinze minutes de célébrité chères à Andy Warhol en devenant l'homme qui aurait mis la main sur l'assassin de Bruno Vanick.

Il prit une large inspiration et piqua un sprint. Quelque part au-dessus de lui, une fenêtre s'ouvrit, et la voix croassante de la vieille Mme Able résonna dans l'espace clos.

– Hé ! Hé ! Qu'est-ce que vous faites ici ? Qu'est-ce qui se passe encore ? Hé ! Hé !!!

Cronyn, désireux de garder son souffle, ne perdit pas de temps à lui répondre et passa sous l'arche une poignée de secondes après le tueur. Ce fut seulement en atteignant la rue suivante qu'il se demanda ce que cette vieille folle fichait encore chez elle après l'explosion qui avait secoué tout l'immeuble. Il serait peut-être bon de le signaler à ses nouveaux amis flics avant qu'un morceau du plafond lui tombe sur le coin du crâne.

Bah… Un problème après l'autre. Pour le moment, sa priorité, c'était l'homme qui tournait dans la rue sur sa droite. Nom de Dieu ! Comment faisait-il pour aller aussi vite ? Il était gavé d'anabolisants, ou quoi ?

Vince cavala sur trois cents mètres, et s'engagea à son tour dans la ruelle avant de s'arrêter. Oh non… Non non non non non !!! Pas encore ! Le tueur s'était volatilisé. Il tourna la tête de tous côtés. Une allée étroite et sombre entre deux immeubles, deux petits arbres en pot encadrant une porte peinte dans un rouge vif de très mauvais goût (peut-être celle d'une maison close), un vieux mur dont les briques se détachaient, au fond de la rue… Il n'était nulle part.

Vince leva son visage vers le ciel.

– Va te faire foutre ! hurla-t-il, laissant libre cours à sa colère. Va te faire foutre !

À cet instant, il y eut un bruit de dégringolade derrière lui. Instinctivement, Cronyn accomplit une petite pirouette sur lui-même, poings en l'air, prêt à toute éventualité.

S'extirpant de sous une pile de sacs-poubelle amassés le long du trottoir comme un *gremlin* de son cocon, le sniper réapparut, haletant et grognant. Vince écarquilla les yeux, abasourdi. La scène avait quelque chose de… surréaliste.

Profitant de l'effet de surprise, le tueur bondit dans l'allée, et une fois de plus, disparut de sa vue.

– Oh, non, mon pote ! grinça Vince. Cette fois, tu ne t'en tireras pas à si bon compte !

Il serra les dents et se remit à courir, s'engageant à son tour dans la rue minuscule. Tout son corps le faisait souffrir le martyre, en particulier sa cheville, mais il n'en avait cure. *Son* moment… C'était *son* moment, et s'il le laissait échapper, il se pourrait bien qu'il n'en ait jamais d'autre.

À quelques mètres devant lui, le tueur se baissa et attrapa quelque chose. Tant mieux ! Ce simple geste ne pourrait que ralentir sa course, et alors il… Un chat noir vola dans les airs, toutes griffes dehors, en poussant un miaulement strident.

Vince tendit les mains devant lui, essayant de faire en sorte que l'animal n'atteigne pas son visage, et le chat, plutôt que de se laisser tomber, en profita pour s'accrocher à son avant-bras et le labourer copieusement, non sans avoir déchiqueté la manche de sa chemise. Le libraire poussa un petit cri de douleur et, par réflexe, balança la bestiole contre le mur le plus proche. Le greffier retomba au sol en crachant, avant de repartir en quatrième vitesse se trouver un coin de chasse moins agité.

Sans cesser de courir, Vince frictionna son bras lacéré. Les griffures de chat n'étaient pas très profondes, mais bon sang, ce qu'elles pouvaient faire mal ! Ce salopard lui paierait ça, aussi.

Il arriva au bout de l'allée, et surgit dans une nouvelle artère, plus fréquentée. Aïe ! Pas bon ! S'il y avait une chose qui risquait de lui faire perdre le tueur de vue, à presque huit heures du mat', c'était bien l'affluence.

Pour l'instant, l'homme était toujours visible, remontant la rue vers la droite sans ralentir son rythme une seconde, mais pour combien de temps ? Vince secoua la tête afin de chasser les pensées démoralisantes qui l'assaillaient et accéléra encore la cadence. Le tueur se mit à zigzaguer entre les passants comme un habitué des slaloms pour essayer de gagner quelques secondes et Cronyn adopta un autre style, plus proche du rugbyman que du skieur.

Un vieux monsieur, une femme et un homme en costume et attaché-case en firent successivement les frais, ce dernier se retrouvant même les fesses par terre. À chaque fois, Vince ponctua ses bousculades d'un « désolé, c'est une urgence ! » et continua sa course sans s'arrêter.

– Désolé mon cul, trouduc ! beugla le cadre en tentant de rassembler tous les feuillets de son dernier contrat éparpillés un peu partout sur le trottoir quand sa mallette s'était ouverte.

Le libraire agita la main derrière lui en guise d'excuse, gardant les yeux fixés sur sa proie. Était-ce une illusion créée par son cerveau désespéré, ou se rapprochait-il d'elle ? Il avait du mal à le dire, mais de toute façon, c'était décidé, il la suivrait même s'il devait pour cela traverser les neuf cercles de l'enfer. Cet enfoiré le narguait depuis trop longtemps, et il n'était pas près de…

Tout à coup, le tueur fit un brusque écart vers la gauche et se jeta sur le capot d'une voiture garée le long du trottoir, effectuant une roulade acrobatique sur le dos avant d'atterrir sur la chaussée de l'autre côté. Une Lexus qui passait à ce moment-là fit une embardée pour l'éviter et manqua de s'encastrer un peu plus loin dans un feu de signalisation.

Le chauffeur réussit à reprendre le contrôle juste à temps et donna un coup de klaxon rageur avant de poursuivre sa route, trop pressé pour prendre le temps de s'arrêter casser la gueule à cet abruti.

Vince ne saisit pas tout de suite le but de la manœuvre. L'homme était-il devenu fou ? Bon, d'accord, pour commettre tous ces meurtres, il fallait déjà avoir une araignée au plafond, mais jusqu'ici, il avait toujours suivi une certaine logique. Alors quoi ? Il abandonnait la partie et choisissait d'en finir en se jetant sous les roues de la première voiture venue ? Non, non…

Puis, Cronyn le vit se redresser et poser sa main sur la portière du véhicule qu'il venait de franchir, ses yeux pétillant d'une joie mauvaise sous sa cagoule. Là, il comprit. Ford verte des années 1980, aile droite complètement enfoncée… C'était *sa* voiture ! Bon sang ! Pourquoi n'avait-il pas anticipé un truc comme ça ?

Sans réfléchir, Vince descendit du trottoir, son cœur battant comme jamais. Toutes ses pensées étaient concentrées sur un but unique : intercepter ce mec avant qu'il réussisse à ouvrir cette foutue portière. Sans quoi, la partie était terminée, et il en serait quitte pour recommencer à paniquer dès que quelqu'un lui lancerait un regard bizarre dans la rue. Non, plus jamais ça !

Il s'engagea à son tour sur la chaussée, les yeux fous et l'écume aux lèvres… et c'est alors qu'il entendit les freins hurler tandis qu'un klaxon lui jouait *The Star-Spangled Banner*. L'instant d'après, un van à la carrosserie ornée de bisons galopant dans une prairie vert pomme le percuta, l'envoyant valser deux mètres plus loin. « Hé, c'est toujours ça de gagné, non ? » pensa Vince, juste avant de retomber dans le caniveau poisseux tandis que sa tête percutait le pare-chocs d'un véhicule à l'arrêt.

Le chauffeur, un Texan obèse affublé d'un Stetson blanc trois fois trop grand pour lui, sauta du véhicule immobilisé en travers de la route et se précipita sur lui aussi vite que le lui permettaient ses deux gros jambonneaux.

– Ça va ? Vous n'avez rien ? lui demanda-t-il, soufflant comme un bœuf.

Vince, sonné, se remit sur son séant et porta la main à son visage. En la ramenant devant ses yeux, il constata que ses doigts étaient ensanglantés.

– Je crois que mon arcade sourcilière n'a pas très bien supporté sa rencontre avec votre pare-chocs, mais à part ça, on dirait que tout roule. Une chance, non ?

Le visage épais du type s'empourpra, laissant apparaître de magnifiques veines bleues sur ses tempes. À présent qu'il savait le type indemne et donc, l'homicide involontaire évité, plus besoin de jouer les bons Samaritains.

– Espèce de pauvre connard ! vociféra-t-il en l'attrapant par le col de sa chemise pour le mettre debout. Ça vous trouerait le cul de regarder quand vous traversez ? Vous autres, les joggeurs, vous vous croyez vraiment tout permis ! Vous avez déjà un parc pour vous tout seuls, mais ça vous suffit pas, hein ? Faut quand même que vous veniez emmerder le monde hors de votre terrain de jeu !

– Vous savez, fit le libraire, se dégageant de son emprise, en temps normal, j'aurais été ravi d'avoir cette discussion avec vous, d'autant plus que j'ai moi-même les joggeurs en horreur. Malheureusement, je poursuis un tueur psychopathe qui descend les gens avec son fusil. Vous ne voudriez tout de même pas vous retrouver avec un trou dans la tête, n'est-ce pas ? Allez, bonne journée à vous. Au fait... Chouettes bisons !

Il donna une tape amicale au gros Texan, et se remit à courir. L'homme resta là, les bras ballants, ne sachant comment réagir. Et puis, d'autres klaxons s'élevèrent derrière lui, et il retourna à son véhicule. Quand ses yeux se posèrent sur la croix électrique rouge qui pendait de son rétroviseur, il se dit que c'était sans doute Dieu qui venait de lui parler à travers la bouche d'un de ses multiples messagers disséminés de par le monde. Mais merde, il n'avait pas la moindre foutue idée de ce qu'il avait pu vouloir lui dire...

Aussi incroyable que cela puisse paraître, la Ford verte n'avait pas bougé de sa place, et sa portière était toujours grande ouverte. Vince l'atteignit moins d'une minute plus tard et se pencha pour en scruter l'intérieur. Elle était vide, pourtant les clefs étaient toujours sur le contact. Il fronça les sourcils, intrigué, mais en se redressant, ses yeux se posèrent sur le panneau d'interdiction de stationnement non loin de là. Juste après, il aperçut le sabot qui coinçait la roue avant gauche du véhicule. Cronyn sourit, ravi de voir que la guigne pouvait toucher d'autres personnes que lui.

– C'est fou comme il devient difficile de trouver une place dans cette ville, tu ne trouves pas ? lança-t-il à la cantonade. C'est pour ça que j'ai choisi de ne pas acheter de voiture...

Il plissa les yeux et regarda autour de lui, le coude posé sur la portière. Le tueur, pour changer, avait de nouveau disparu. Une voiture de patrouille surgit au bout de la rue, toutes sirènes hurlantes. Eh bien, ils avaient mis le temps pour réagir ! Enfin... Un peu d'aide ne serait pas du luxe pour choper cet enfoiré de fantôme.

Vince claqua la portière et continua à remonter l'artère, passant de voiture en voiture en position accroupie pour pouvoir voir à la fois au-dessus et en dessous des véhicules. Il était sûr que le dingue était là, tout près. Il pouvait presque sentir son regard brûlant de haine posé sur lui. Mais où se cachait-il ? Il n'y avait pourtant pas beaucoup d'endroits susceptibles de faire une bonne planque, dans cette rue passante. Décidément, ce type était plus fort qu'Houdini !

Un grand homme aux cheveux blancs qui passait par là l'aperçut, presque à quatre pattes dans le caniveau, et lui envoya cinquante cents avant de poursuivre sa route, navré. Vince ramassa la pièce, la considérant avec ahurissement. Avait-il l'air à ce point désespéré ? D'accord, les mecs... Il était plus que temps d'en finir avec cette histoire, d'aller prendre une douche et de dormir douze heures d'affilée.

Il fit sauter la pièce dans sa main et la fourra dans sa poche. Entre-temps, la voiture de police s'était rapprochée, et sa sirène lui écorchait maintenant les oreilles. C'est bon, les *boys*, toute la ville est au courant que vous êtes en mission, vous pouvez éteindre cette saloperie ! Il soupira, et, malgré le bourdonnement continu vrillant ses tympans, poursuivit bravement sa recherche.

Il passait entre un camion-benne et une Hyundai rouge dernier modèle quand quelque chose perturba sa vision. Il se frotta les paupières, mais quand il rouvrit les yeux, c'était toujours pareil. Allons bon… Qu'est-ce que c'était encore que cette… ? Vince blêmit.

De l'autre côté de la rue, dissimulé dans l'espace entre deux voitures pile en face de lui, un genou en terre et la Remington 700 calée au creux de son épaule, se tenait le tueur. La gêne que Vince éprouvait provenait du reflet du soleil dans son viseur. L'homme à la cagoule, tête inclinée, lui fit un petit salut militaire… et appuya sur la détente.

Le libraire ferma les yeux, résigné. Il avait eu droit à sa part de chance durant cette aventure, et pas une petite, en plus. Mais même un chat était susceptible d'épuiser ses neuf vies, n'est-ce pas ? La détonation résonna dans l'air comme un coup de canon, et fut suivie juste après d'un insupportable crissement de pneus.

Vince rouvrit un œil, incapable de croire qu'il était toujours de ce monde, et se releva à temps pour voir la voiture de flics emboutir une cabine téléphonique un peu plus loin, qui explosa en mille morceaux. Apparemment, le véhicule était passé dans le champ de vision du tueur au moment précis où celui-ci tirait, et la balle, au lieu de se planter entre ses deux yeux, s'en était allée frapper la vitre du conducteur, touchant le flic à l'épaule.

L'homme à la cagoule poussa un hurlement informe, réarma, et tira à nouveau. Mais cette fois, Vince eut le temps de réagir. Il plongea derrière le camion-benne, et le projectile s'encastra dans le mur derrière lui.

– Miaou ! lâcha-t-il avant de bondir sur ses deux jambes et de traverser la rue, non sans avoir pris le temps de regarder si aucun autre véhicule n'était susceptible de le foutre en l'air.

En le voyant foncer droit sur lui comme un train lancé à pleine vitesse, le tueur, toujours en position, comprit qu'il n'aurait pas le temps de tirer de nouvelle balle. Il se releva donc, le fusil en bandoulière et tourna les talons, se remettant à courir à petites foulées rapides. Vince le suivit sans faiblir.

– Heu… Loin de moi l'idée de t'ennuyer avec des détails, mais elle est encore longue, cette poursuite ? Parce que mes chapitres sont tous plus ou moins calibrés, et il serait bon que je puisse terminer celui-ci sur une note un peu dramatique pour tenir le lecteur en haleine.

30

Face à face (suite & fin)

Vince s'arracha à la contemplation des immeubles en face de lui, et se tourna vers Elsa, les mains dans les poches. Les doigts levés au-dessus de sa vieille Olivetti, la romancière, vêtue de ce petit kimono si sexy qui lui avait tapé dans l'œil la première fois qu'ils s'étaient retrouvés aux prises avec Merv Borg, attendait sa réponse l'air interrogateur.

– Tu sais que tu dois sans doute être le dernier écrivain au monde qui se sert d'une machine à écrire mécanique ? remarqua Cronyn en s'approchant de son bureau. Tu n'as jamais eu envie de passer à l'ordinateur ?

– J'aime collectionner les vieilles choses ! fit Elsa, haussant les épaules.

– Je ne suis pas si vieux que ça, si ?

– Vince ! Pour une fois, essaye de ne pas être « toi » et réponds à ma question !

– D'accord. J'ai couru après lui sur trois rues de plus, ce qui, en terme d'intrigue, nous amène à peu près à… voyons voir… disons, la moitié de la poursuite, au moment où tu m'as interrompu.

– *La moitié* seulement !? Seigneur, Vince, tu ne connais décidément rien au public du vingt et unième siècle. Déjà, le coup de la poursuite, je n'étais pas pour, au départ. Je trouve ça banal…

– Mais c'est pourtant comme ça que ça s'est passé !

– Oui, eh bien, on va devoir abréger ce passage, sinon nous allons perdre le peu de lecteurs qui, à ce stade du récit, ne sont pas retournés cliquer sur Internet pour voir si leur dernière enchère sur eBay concernant ce nouveau lecteur Blu-Ray qui les fait tant saliver n'a pas été dépassée.

Vince se racla bruyamment la gorge, et Elsa lui demanda :

– Quoi ? Qu'y a-t-il encore ?

– Rien, rien… C'est juste ce que tu viens de dire ; tu devrais arrêter de me fréquenter, Elsa chérie. Tu me ressembles de plus en plus.

La jeune femme l'ignora et se remit à taper avec frénésie.

– Alors, allons-y… Je gérerai la transition plus tard, mais en attendant… « Au bout de cette interminable course-poursuite – je mets interminable pour bien faire comprendre au lecteur que nous partageons sa souffrance, cela devrait suffire à flatter son ego et l'amener à rester jusqu'au bout – notre héros se retrouva enfin face à face avec le tueur dans… » Dans quoi, au fait ? Un abattoir ? Une usine désaffectée pleine de fûts radioactifs ? Non, mieux… Une cathédrale ! Ça donnerait une dimension religieuse à notre final.

– Notre confrontation a eu lieu dans la cour d'une école. Mais attention, je ne te parle pas d'une vulgaire maternelle, hein… Une école primaire ! Il y a quelque chose qui cloche avec ça, ou je peux continuer ?

Elsa gonfla les joues sans même daigner relever la tête et lui fit un petit signe de la main pour lui donner le feu vert. De toute façon, elle avait le *final cut*. Elle pourrait toujours réécrire la scène plus tard, quand il ne serait plus là. Elle le sentait bien, le coup de la cathédrale.

Lors d'un final dantesque, le tueur, debout devant l'autel, avec en arrière-plan la croix de Jésus, prendrait une bonne sœur en otage tandis qu'à l'extérieur les hélicos de la police tourneraient sans discontinuer au-dessus du bâtiment en braquant leurs projecteurs droit dessus, ce qui éclairerait la scène d'une lumière blanche symbolisant la frontière entre la vie et la mort.

Ah oui, parce que dans sa vision à elle de l'histoire, il faisait nuit. C'était nettement mieux, pour l'ambiance. Et pour couronner le tout, elle placerait peut-être un orage, afin que l'intensité dramatique atteigne son paroxysme. C'était facile, mais ça faisait toujours son petit effet auprès des fans du genre. Enfin bref, en attendant…

Vince était à bout de forces. Si cette course durait cinq minutes de plus, il déclarerait forfait. D'ailleurs, la seule chose qui le faisait encore tenir, c'était que son adversaire semblait aussi épuisé que lui. Au cours des derniers mètres, l'écart entre eux s'était encore réduit. Hélas, il n'en demeurait pas moins hors de portée. Par conséquent, impossible pour Vince de se jeter sur lui pour mettre un terme à ce marathon diabolique. C'est alors que le tueur fit quelque chose d'incroyablement stupide. La fatigue, peut-être…

Avisant une grille en fer forgé entrouverte sur sa gauche, il obliqua vers celle-ci. Il espérait sans doute mettre un point final à la poursuite en lui faisant son coup favori, celui de la disparition éclair. Cronyn lâcha une bordée d'injures, mais il était vraiment trop harassé, et quand il poussa à son tour le portail, ses insultes s'étaient réduites à un gargouillis imperceptible au fond de sa gorge. Une cour… Ils se trouvaient dans la cour d'une école ! Bof… Ça ou autre chose…

Il fit encore deux pas, et soudain, ses jambes se changèrent en blocs de béton, refusant de le conduire plus loin. Il s'accrocha à la porte pour ne pas tomber, mais son estomac se contracta, et il fut saisi d'une violente envie de vomir. Il se pencha vers le sol, prêt à rendre le peu de nourriture ingérée au cours de ces dernières heures, mais la seule chose qui sortit de sa bouche fut un filet de bave mêlée de bile. Ah, il avait fier allure, notre vaillant héros…

Les jambes flageolantes, Vince passa une main sur son visage dégouttant de sueur, et tenta tant bien que mal de se redresser. De l'autre côté de la cour, il aperçut le tueur, toujours incroyablement « visible », qui passait de porte en porte comme un moineau paniqué pris au piège d'une maison papillonnant sans but précis. Car les issues étaient toutes verrouillées. Voilà ce qui se passait quand on pénétrait dans une école en période de vacances scolaires, mon pote ! Échec et mat !

L'homme fit une ultime tentative, puis, réalisant qu'il n'irait pas plus loin, il poussa un cri de colère et donna un violent coup de pied dans la dernière porte. Toujours de dos par rapport à Vince, il marqua un temps d'arrêt, réfléchissant à ce qu'il allait faire maintenant. Puis il se tourna, très lentement, et commença à traverser la cour en sens inverse. En s'avançant vers le libraire, il tira sur sa bandoulière, récupéra le fusil et l'arma une nouvelle fois. Ses intentions étaient on ne peut plus claires.

– Je serais toi… je ne ferais… pas… ça ! haleta Vince, essayant tant bien que mal de retrouver son souffle.

– Ah oui ? Et qu'est-ce qui pourrait bien m'en empêcher ? rétorqua le tueur, la voix étouffée par sa cagoule.

– Les flics seront là… d'une minute à l'autre. Si tu te rends… sans faire d'histoire, la justice se montrera… plus clémente… avec toi.

– LA JUSTICE !? hurla l'autre, brisant le peu de voix qu'il lui restait. Mais où était-elle, la justice, quand j'avais besoin d'elle, hein ? Je vais te dire un truc, Cronyn : cette justice, dont tu me parles… Ce n'est qu'un concept inventé par l'homme pour tenir ses semblables en laisse !

– Oh ! Un débat philosophique, maintenant ? J'avoue que je suis un peu surpris. J'ignorais que tu étais capable d'autre chose que de faire de la muscu et de piquer la nana des autres… Frank !

Son adversaire ne dit rien, mais il arracha sa cagoule d'un geste sec, révélant les yeux bleus brillants et les traits parfaits de Monsieur Conseil d'Administration. Sauf que l'homme en face de lui n'avait plus grand-chose à voir avec le type tiré à quatre épingles fleurant bon l'after-shave qu'il connaissait. Il avait une barbe de trois jours, ses cheveux étaient hirsutes, ses yeux injectés de sang, et sa mâchoire carrée tremblait sans discontinuer.

– Hé là, hé là, une minute !!! Comment as-tu su qu'il s'agissait de Frank ? Tu ne m'en as jamais parlé…

Vince arrêta de faire les cent pas dans la pièce, et regarda Elsa, contrarié.

– Comment veux-tu que j'arrive au bout si tu n'arrêtes pas de m'interrompre toutes les cinq minutes ? soupira-t-il.

– Excuse-moi d'essayer de donner un peu de sens à une histoire qui n'en a déjà pas beaucoup, maugréa la jeune femme en croisant les bras, vexée. S'il y a une chose que je ne supporte pas, ce sont ces livres où la fin est laissée à la libre interprétation de chacun. Comment a-t-il su ? Pourquoi a-t-il fait ceci ? De quelle manière tout cela va-t-il s'achever ? Oh, et puis après tout, on s'en fout !

« À toi de voir, cher lecteur. Tu arriveras bien à trouver une solution par toi-même. C'est ma manière à moi, l'écrivain, de te témoigner mon respect en te montrant combien je te trouve intelligent. » Tu parles ! C'est surtout ma « manière de te prouver mon incompétence en te lâchant à deux pages de la fin ». Les types qui raisonnent comme ça, on devrait les pendre par les pieds jusqu'à ce qu'ils trouvent une fin digne de ce nom à leurs bouquins.

« Alors de deux choses l'une : ou tu m'expliques ton raisonnement, ou je te laisse terminer ce livre tout seul. Rappelle-moi de combien de pages tu as réussi à accoucher pour ton histoire d'amour au rabais ?

– Argh ! *Tu quoque, fili…* grimaça Vince en portant ses mains à sa poitrine avant de s'écrouler sur la moquette.

– Au nom du ciel, Vince, parle, ou je t'étrangle !

– D'accord, d'accord…

Le libraire, toujours allongé par terre, se mit sur un coude et réfléchit.

– C'est quelque chose que tu as dit…

– Moi !? s'exclama Elsa. Quand ça ?

– Chez Bob Gertrude. Chapitre 21, au moment où l'inspecteur Holt et son adjointe ont débarqué dans le garage.

La romancière, intriguée, se saisit des pages manuscrites soigneusement rangées à gauche de la machine à écrire, et essaya de trouver le passage dont parlait Vince. Au bout de quelques minutes de recherche intensive, elle lut à voix haute :

– « Il y a… quoi ? Trois ou quatre cents personnes qui vivent dans ce bâtiment, grand maximum, s'obstina Cronyn… » Ah non, pardon, ça c'est toi.

– Tu y es presque. C'est le paragraphe suivant, je crois.

– « Il regarda l'inspecteur avec espoir. Après tout, ce type représentait la loi et l'ordre. C'était lui qui… » Blab bla bla… Ah, voilà ! Là c'est moi qui parle : « Excusez-moi de jeter un pavé dans la mare, dit Elsa Kramer, s'immisçant dans la conversation, mais pourquoi notre homme n'aurait-il pas déménagé ? Qu'en est-il de cet appartement vide, d'ailleurs ? »

– Très bonne question, mon cher Watson ! dit Vince en se remettant debout et arpentant à nouveau le sol devant le bureau d'Elsa, mains dans les poches. Avant sa rénovation, cet appartement était celui de Frank. C'est comme ça qu'il a rencontré Louise ; nous étions voisins.

Elsa releva les yeux des feuillets et le regarda, bouche bée.

– Et tu n'as pas jugé bon de parler de ça avant ? Je veux dire, avant qu'il essaye de nous tuer à coups de pied-de-biche, de C-4 ou de fusil, par exemple…

– Ben non, fit-il en bâillant. Il s'est passé tellement de trucs entre-temps que ça m'est complètement sorti de la tête. Enfin bref, l'erreur est aujourd'hui réparée, non ? On peut continuer, maintenant, ou il faut que j'essaye aussi de me rappeler la couleur de mon caleçon pour « ajouter à la véracité de l'intrigue » ?

La jeune femme le considéra encore une seconde, puis elle secoua la tête, renonçant à argumenter. Vincent Cronyn venait d'une autre dimension. Il ne pensait ni ne réagissait comme nous, et ce qu'elle pourrait dire n'y changerait rien. Elle se remit à écrire, à la fois amusée et consternée.

Haletants de fatigue, Frank et Vince se faisaient face sans rien dire, à seulement quelques mètres l'un de l'autre, le premier tenant toujours le second en joue. Derrière le libraire, une dizaine de policiers étaient entrés et se déployaient maintenant aux quatre coins de la cour, leurs armes pointées sur le tueur, prêts à faire feu s'il bougeait le petit doigt.

Holt, Lambert, puis finalement Elsa furent les derniers à arriver. Aiguillés par le chef des opérations, ils restèrent à une distance raisonnable de l'entrée, ce qui leur permettrait de s'enfuir si les choses dégénéraient. Une minute plus tard, plus rien ne bougeait dans la cour ; tous retenaient leur souffle, attendant la suite.

Ce fut Frank qui le premier rompit le silence.

– Tu n'as pas pu t'en empêcher, hein, sale fils de pute ? hurla-t-il, les larmes aux yeux. C'était plus fort que toi, il a fallu que tu viennes foutre la merde dans notre couple… On allait se marier… Se marier, putain !!! Et toi, tu… Tu t'es arrangé pour la séduire une nouvelle fois avec ton cynisme, ta condescendance, tes sarcasmes à deux balles… et Shakespeare, bien sûr ! Qu'il aille se faire foutre, celui-là, aussi ! Tu… tu l'as éloignée de moi !

– Non, Frank, je ne l'ai… commença le libraire, mais l'autre ne le laissa pas poursuivre.

– S'il te plaît, cesse de me prendre pour un con ! Tu croyais que je ne voyais pas ce qui se passait sous mes yeux ? Tu me pensais trop stupide pour comprendre ? Bon Dieu… J'ai su qu'elle me trompait avec toi moins d'une semaine après qu'elle eut commencé. Louise n'a jamais su garder un secret.

– Navré de te décevoir, mais… tu te plantes de gars, Frank, continua calmement Vince, essayant de faire abstraction de la gueule béante de l'arme pointée droit sur son visage. Ce n'était pas moi.

– Ah ouais ? ricana son adversaire. Ben voyons… Tu peux développer ?

– Il s'agit d'un dénommé Joe.

– Joe… Que… C'est qui, ce Joe ?

– Je n'en sais pas beaucoup plus. Elle l'a rencontré dans un supermarché, et ça a immédiatement été le coup de foudre. Enfin, je ne vais pas te faire un dessin, tu connais Louise aussi bien que moi… Cette fille est un véritable paratonnerre. Désolé…

– Je… Je ne te crois pas, gronda Frank, ôtant la sécurité du fusil. Tu mens pour essayer de sauver ta peau, sale enfoiré. Je le lis dans tes yeux.

– Vraiment ? dit Vince. Tu t'es déjà planté avec Louise. Tu veux prendre le risque de recommencer en flinguant un innocent ?

Sur ce, il écarta les bras et fit un pas vers lui. Derrière le libraire, Holt, Lambert et Elsa poussèrent de concert une exclamation étouffée.

– Vas-y ! insista Vince. J'en ai marre, de toutes ces conneries. Presse la détente, si c'est ce que tu veux. Mais tiens-toi prêt à en subir les conséquences.

Il posa son front sur le canon de la Remington et baissa les paupières. À l'autre bout du fusil, Frank essuya la sueur qui gouttait sur ses yeux. Enfin, il tenait ce salopard à sa merci. C'était facile… Une simple pression de l'index, et tout serait terminé. Les mains de l'homme se mirent à trembler. Facile… Tellement facile… *Trop* facile ! Le tremblement se propagea peu à peu dans tout le reste de son corps.

Vince rouvrit les yeux, le fixant sans broncher avec l'air résigné et serein de l'agneau avant le sacrifice. Il hocha imperceptiblement la tête, pour signifier qu'il était prêt. C'en fut trop pour Frank. Il abaissa son arme, et se retourna, observant d'un œil hagard les flics qui les entouraient.

– Joe, hein ? chuchota-t-il, juste avant d'éclater en sanglots.

– Ouais, Joe… souffla Vince, s'avançant encore. Maintenant, tu sais comment je me suis senti quand tu me l'as enlevée. Sur le coup, j'ai été incapable d'y croire. Mais il a fallu me rendre à l'évidence. Ainsi va la vie. Il faut juste… s'accrocher au pinceau, comme tout le monde. Tu comprends ce que je veux dire ?

– Pas un mot, renifla Frank, les yeux rouges.

– Tu comprendras, mon pote. Je te jure… Un jour, tu comprendras !

Il saisit la crosse de son fusil, et le lui retira délicatement des mains. Frank, toujours en larmes, ne résista pas. Cronyn lui passa ensuite un bras autour des épaules, presque affectueusement, et le reconduisit jusqu'au portail.

Là, il lui donna une dernière tape amicale et l'abandonna aux mains des officiers de police qui se jetèrent sur lui comme une nuée de guêpes sur un pot de confiture, chacun voulant à tout prix être le premier à lui passer les bracelets. Comme si ça allait suffire à leur assurer le statut de héros… Vous arrivez trop tard, les mecs ! La place est déjà prise !

Vince sourit aux anges et se dirigea vers le petit groupe qui se tenait un peu à l'écart de l'effervescence. Holt venait de refermer son portable.

– Félicitations, Vincent ! lui dit-il en enfournant sa main dans sa grosse paluche. Je viens de m'entretenir avec le chef de la police, qui sort tout juste du bureau du maire. Non seulement vous êtes officiellement blanchi de toutes les accusations qui pesaient contre vous, mais, de plus, il voudrait vous faire citoyen d'honneur de cette ville. Si bien sûr vous acceptez…

– Moi… Citoyen d'honneur ! dit Cronyn, n'en revenant pas.

– Il faudra aussi nous transmettre un relevé d'identité bancaire pour que nous puissions procéder au virement de la récompense, ajouta Lambert.

– Ah oui… La récompense… J'ai presque failli l'oublier, celle-là !

Vince avait la tête qui tournait. Autant de bonnes nouvelles d'un seul coup, c'était un peu violent, pour un habitué de la guigne comme lui. Encore une, et il n'était pas sûr de tenir le choc.

C'est alors qu'Elsa Kramer l'attrapa par la taille et l'embrassa passionnément. Il se laissa faire, espérant que cet instant durerait à jamais. Et puis, la romancière laissa ses lèvres douces glisser le long de sa joue, et chuchota au creux de son oreille :

– Vince… Je crois que je suis amoureuse de toi. Tu penses qu'un jour, toi et moi, nous pourrions songer… à vivre ensemble ?

– Oui, nous pourrions y songer, répéta-t-il, tandis que le soleil passait au-dessus du mur d'enceinte, éclairant la cour jusqu'ici plongée dans la pénombre.

À ce moment, la balle de tennis vint buter contre la semelle de ses chaussures. Vince se baissa, la ramassa, et en regardant au-delà du portail, aperçut la petite fille qui agitait sa main vers lui dans la rue, attendant avec impatience qu'il la lui renvoie. Souriant toujours, il la fit rebondir deux ou trois fois sur le sol, et murmura :

– « C'est peu de temps après que Vince eut fait rebondir la balle que ses emmerdes s'achevèrent… »

Pas mal, ça, pour conclure un livre… Qu'en pensez-vous ?

31

Post-scriptum

Elsa s'arrêta d'écrire, et s'étira de tout son long. Vince, qui mangeait une pomme, était maintenant penché au-dessus de son épaule.

– Alors ? demanda la romancière en allumant une cigarette. On termine comme ça ? Je ne suis pas certaine, pour ma réplique finale. Ça fait un peu « belle écervelée », tu ne trouves pas ?

– C'est ce qu'attendent tes lecteurs, non ? Le héros sauve le monde et emballe la fille. Ensuite, ils touchent l'argent de la récompense, et ils vivent heureux pour toujours.

– Pour toujours, oui. Mais pas nécessairement… *ensemble.*

À ce moment-là, la porte de la chambre à coucher en face d'eux s'ouvrit en grinçant et Louise fit son apparition, vêtue d'un peignoir couleur lilas, sa tignasse ébouriffée par le sèche-cheveux.

– Il faudra faire quelque chose pour cette porte, bougonna-t-elle. Ce son est un véritable supplice pour mes oreilles. D'ailleurs, quand est-ce qu'on déménage ? Tu m'avais promis un appartement spacieux avec terrasse, et ça fait bientôt six mois qu'on est dans ce taudis… Oh, salut, champion !

Vince hocha la tête et balança son trognon de pomme dans la poubelle.

– Il reste du café ? demanda Louise.

– Tu bois trop de café, ma chérie, répondit Elsa. C'est mauvais pour tes nerfs, tu le sais bien.

– Je t'en prie… Tu m'aimes, quand je suis nerveuse.

Elle passa derrière le bureau de la jeune femme et caressa tendrement sa chevelure. Elsa saisit sa main, et lui embrassa le poignet.

– Mmmh… Oui, c'est vrai… Mais il fallait te lever plus tôt. Vince et moi avons vidé la cafetière depuis longtemps. Figure-toi qu'on travaille, nous !

– Ooh, gémit Louise. Tu veux bien m'en préparer une nouvelle, s'il te plaît ? Tu me connais, je suis incapable de faire autre chose que du jus de chaussette.

La romancière poussa un soupir bruyant, puis elle écrasa sa cigarette dans le cendrier et repoussa son siège.

– Tu m'excuses une seconde, Vince ? Il est des devoirs conjugaux auxquels on ne peut hélas se soustraire.

– Faites comme chez vous, je vous en prie, dit Cronyn, prenant sa place.

Elsa déposa un petit baiser sur le bout du nez de sa compagne, et l'attrapa par la main pour l'entraîner avec elle dans le couloir menant à la cuisine en sifflotant joyeusement. Louise n'eut que le temps de jeter un regard désolé à Vince avant de disparaître à son tour.

Le libraire contempla l'encadrement de la porte sans rien dire pendant un long, très long moment.

– Ouais, murmura-t-il finalement, esquissant un sourire. « Pas nécessairement ensemble », non… Accroche-toi au pinceau, Vince ! Ne cesse jamais de t'accrocher à ce foutu pinceau.

Il relut la dernière phrase de la feuille manuscrite toujours coincée dans la machine à écrire et enfonça la touche entrée. Le chariot repartit à la ligne.

– Enfin, bref. Quoi qu'il en soit, chers lecteurs, pour le meilleur ou pour le pire, cette fois, c'est vraiment la…

Il tapa les trois lettres du mot…

FIN

… avant de fourrer ses mains dans ses poches.

Composition et mise en pages : FACOMPO, LISIEUX

Achevé d'imprimer en février 2012
par Novoprint (Barcelone)

Dépôt légal : février 2012

Imprimé en Espagne